有爱的青春陪伴者

嘘，听我心动的声音

北流 著

花山文艺出版社
河北出版传媒集团
河北·石家庄

图书在版编目（CIP）数据

嘘，听我心动的声音 / 北流著. -- 石家庄：花山文艺出版社，2020.11
　ISBN 978-7-5511-5199-3

Ⅰ. ①嘘… Ⅱ. ①北… Ⅲ. ①长篇小说－中国－当代 Ⅳ. ①I247.5

中国版本图书馆CIP数据核字(2020)第095717号

书　　名：	嘘，听我心动的声音
	XU, TING WO XINDONG DE SHENGYIN
著　　者：	北流
策划统筹：	张采鑫
特约编辑：	迟　暮　张　磊
责任编辑：	郝卫国
责任校对：	董　舸
美术编辑：	胡彤亮
封面设计：	颜小曼
封面绘制：	陶　然
内文设计：	孙欣瑞
出版发行：	花山文艺出版社（邮政编码：050061）
	（河北省石家庄市友谊北大街330号）
销售热线：	0311-88643221/29/35/26
传　　真：	0311-88643225
印　　刷：	长沙鸿发印务实业有限公司
经　　销：	新华书店
开　　本：	880×1230　1/32
印　　张：	9
字　　数：	220千字
版　　次：	2020年11月第1版
	2020年11月第1次印刷
书　　号：	ISBN 978-7-5511-5199-3
定　　价：	36.80元

（版权所有　翻印必究·印装有误　负责调换）

序言
/ 去有光的地方 /

"我喜欢这个作者的文。"

这是我第一次读北流的故事时对她责编说的话。

几年前,我在一家图书公司负责稿件终审的时候,读到过一个故事,结果竟然一发不可收拾。工作这么多年,我只遇到这种情况两次。

是啊,那种只期望作者能快点交稿,让我能一口气看到结局的心情,本来出现在年少时看"闲书"当成娱乐的时候。

那部作品叫《他从暗夜里来》,作者是北流。

我承认,从一开始,我便对这个没有听说过的作者生出了爱才惜才之心。

很久以后,我不再从事出版类的工作,有一天,忽然发现手机里还存着那个当时因为没有交全稿而让我没有看到结尾的故事,我再次去问了那个责编,这才先读者一步看到了《他从暗夜里来》完整版。

一年后,她小心翼翼地请我帮她的新书《嘘,听我心动的声音》写个序言。这本书她尝试着融入了科幻的元素,我发现,她的故事已经有了自己的风格,像雪花,冷寂、纯净;也像火焰,热烈、真诚。

她擅长推理,故事里的人常常行走于无尽的黑暗中,仿佛一脚踏空就能下沉,可那至关重要的一脚却始终踏在干净安全的地方。

她写的明明不是现在扎堆的小甜文,却有很多很多细致的温柔,读得人的心一点点变暖,不由得感叹一句,好故事总是细节处见真章。

读到后来,心境也跟着磊落与光明。

个人感觉，爱情与救赎是我读她两本书里共同的主题——就连男主，肖澹与秦晋茴都是高智商，业务能力强，对爱情全情投入，深情守望的男人。

他们让我想起尼采的一句话——更高级的哲人独处着，这并不是因为他想孤独，而是因为在他周围找不到他的同类。

他们当然不是哲人，但是他们都曾长久与孤独为邻。

庆幸的是，他们都找到了同类。

只是，不知道在巧妙的构思和精彩的迷局背后，作者想带我们探索的除了真相，是不是还有找到同类，踏出困境，去有光的地方的心愿？

最后，在全球疫情依旧严峻的3月，借这个故事的原名"我在冰川下遇见你"期待这世间冰雪融化，期待人类打赢这场战疫，也期待北流能够写出更多优秀的作品。

米炎凉

2020年3月24日 长沙

目　　录

第一章
沉默中苏醒
/ 001 /

第二章
囚笼梦境
/ 036 /

第三章
让风暴席卷
/ 068 /

第四章
或许心动
/ 092 /

第五章
想要触碰的过去
/ 116 /

第六章
推开那扇门
/ 145 /

CONTENTS

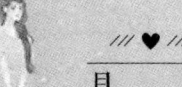

目 录

第七章
悬浮爱慕
/ 166 /

第八章
水面下的冰川
/ 186 /

第九章
长夏逝去
/ 215 /

第十章
冰山与繁花
/ 242 /

番外
世间人有千万种好，我独爱你一种
/ 266 /

后记
不停溯流而上
/ 280 /

CONTENTS

第一章
♥ 沉默中苏醒

一辆黑色的商务车行驶在蜿蜒的山路上，行驶了二十多分钟后，眼前豁然开朗，露出十几栋高耸的公寓楼，像一群张牙舞爪的巨兽，盘旋在广袤的领地。

这里原本开发成一片高级住宅，只是由于交通不便，入住率并不高，透着几分荒凉。

车停在一栋公寓楼前，司机回身看向后座一个眉眼精致的女人。

"江小姐，就是这里了。"

江锦望向窗外，皱了皱眉："你就在这里等我，我自己上去。"

司机还是不太放心："那您有什么事，立刻给我打电话。"

江锦点点头，捏着手上的卡片下了车。

13栋2301号。

她一路找过去，终于在一处阳光照射不到的角落里看到了这个门牌号。她往头顶上看了一眼，一个簇新的监控摄像头，正对着这户人家，一闪一闪地冒着红光。

大门是半掩着的，里面隐隐有古典音乐的激昂节奏传出来，她试探地敲了敲门，里面没有任何反应。

江锦犹豫了一瞬，还是轻轻地推开门，走了进去。

屋内昏暗得很，她绕过玄关，脚下突然被什么东西一绊，一个踉跄栽倒，手拄在地上，摸到了一大团棉花触感的东西。

江锦正要爬起来打开手机的手电筒。突然腰间一紧，有人从身后揽住她的腰，利落地将她捞了起来，同时，耳旁传来了一声男人的呵斥："别动，不要破坏现场！"

声音清亮，是二十七八的年纪该有的嗓音。

男人的气息极近，江锦耳根一热，条件反射地抬脚踹向他的胯下。那人"咦"了一声，敏捷地躲开，扶稳她、松手、后撤，一气呵成。

江锦的眼睛逐渐适应了昏暗的光线，费力地看过去。

那男人已经在墙边的沙发上坐了下来——以一个没骨头似的、极其慵懒的姿势。他有一张相当英俊的脸，可目光幽深，仿佛裹挟着火焰的最炙热的风，足以让人忽略他的长相。

江锦意识到了什么，清了清嗓子："您好，我……"

"你还是来了。"

男人打断了她，跟方才相比，音调突兀地降了下来，配合着背景音乐深沉的大提琴声，有一种戏剧念白的感觉。

江锦莫名："你知道我会来找你？"

他伸着长腿，懒散地窝在宽大的沙发里，整个人透着一股颓废的气息，可是言谈间，又有一股子谁都看不上的傲慢劲儿。

"我当然知道。"

"那……"

"我还知道你是谁。"

"啊？"

男人又骤然蹿起来，大步冲到江锦跟前，骨节分明的手指紧紧地抓上她的手腕。

"我还知道，是你杀了他！"

"你是不是……"认错人了？

男人再次打断了她，语速很快："我看过他的尸检报告，匕首横刺本就更加费力，尤其他的手臂很长，又惯用右手，这么紧急的时刻，他会以左手横刺左心房自杀吗？不可能！所以，一定是有人杀了他，伪装了犯罪现场误导警方他是自杀。

"所有人都以为家是第一案发现场，实则不然。除了我，只有凶手知道第一案发现场到底在哪儿。所以上次我故意提出凶器还没有找到，就料到凶手一定会急匆匆地赶过来销毁证据。

"而我在这里看到了你——被害者的妻子！所以真相显而易见，你——就是凶手！"

交响乐的终章，鼓点落幕，应和着他的话，合起来就像是一出演绎得淋漓尽致的舞台剧。

江锦的内心毫无波动，低头看着自己隐隐发痛的手腕，甚至有点想骂人。

神经病吧？

男人骤然松开江锦的手，又瘫回宽大的沙发上，长长地舒了一口气，自顾自地做了总结：

"啊，真是完美的推断啊！"

语气还挺得意。

江锦走过去，余光在亮着的电脑显示屏上扫过，"消失的凶手·尾章"几个大字映入眼帘。

"……"

短暂的无语过后,她快速地调整好态度,试探地问:"请问您是肖澹吗?"

男人没答话,仿佛是在打量她。过了十几秒,他才拿起遥控器随意地按了一下。窗帘缓缓拉开,外头正午的阳光瞬间洒了进来,一切魑魅魍魉统统现形。

江锦的余光扫了一眼所谓的"案发现场"。

一只等人身高的毛绒泰迪熊凄凄惨惨地躺在地上,胸口横插了一把水果刀,棉花都翻了出来,周围洒了一些也不知是红墨水还是红色颜料的东西,旁边还有一些杂七杂八的陈设,完美复刻了一个犯罪现场。

果真是闻名不如见面,这个疯子。

肖澹交叠着双腿,一手拄着脑袋,食指有规律地点着太阳穴。

"这个问题没有意义。直说,什么事?"

"……"江锦有点气,但还是要保持微笑。

"您好,我是欧博科技的总裁特助,我叫江锦。"

肖澹眉宇间透出轻微的不耐烦,仿佛听到她的自我介绍对他而言是一件难以忍受的事。

"我是问你来干什么。"

一米八几的人了,非要试图把自己蜷成一个球瘫进沙发里,也不考虑一下沙发的承受能力。

江锦忍下翻白眼的冲动。

"事情是这样的,我们公司新研发出了一款智能系统'六爻',它是一款基于脑激光图的精神感应系统——可以实现细胞级别的探测,不仅能精准筛查脑部疾病、感应人的情绪……甚至能探究人类的潜意识等等。"

肖澹拨弄着自己的手指,显得兴致缺缺。

江锦觉得自己完全是因为超高的职业素养才能继续站在他面前,她深深吸了一口气,努力说服自己来都来了,忍一忍。

"只要六爻顺利发布,下一步我们会申请到试点许可,对国民的大数据资料进行融合,在全国范围内建立试验站,利用三至五年的时间进行检测技术推广……"

"说重点。"

"六爻下周就会正式问世,但是,前几天,我们受到了黑客攻击。幸而发现得早,并没有什么损失。但是如果不找出这个人,我们的发布会就存在威胁。有人向我们推荐了你,希望你能协助我们。"

"无聊。"

男人站起来,伸了个懒腰,扬声做了总结:"我拒绝,你显然不适合做一个说客。"

江锦按了按自己突突直跳的太阳穴,放弃了晓之以理,她的站姿放松了些,收敛了面上虚虚的笑意,目光显出三分锐意:"肖澹,听说你离职之后就一直行动受限,只要你能帮我们找出这个人,使发布会顺利进行,我们有办法撤销对你的监控,还你自由。"

肖澹蹲在泰迪熊身边,将他掏出来的棉花往回塞,认真的样子宛若一个智障儿童。

想到他后背也没长眼睛,江锦终于忍不住翻了一个白眼,低头看他,语气不自觉地不耐烦起来。

"一直待在这里,只能自己跟自己玩过家家,甚至外出都有人监视的日子,不好过吧?"

肖澹塞完棉花,抱着玩具熊站了起来,转身看着她,身高上的便利使他可以俯视江锦。

他的眼睛正对着光线,呈现出一种深邃的琥珀棕色,一眨不眨地盯着她的脸，薄唇轻启，从鼻腔里发出了一声低沉的嗡鸣。

"嗯……这下有点儿意思了。"

男人的气息喷洒在她的脸上，有种淡淡的烟味儿，她突然觉得呼吸不畅，心慌意乱地别开脸去。

从肖澹那里出来，江锦觉得自己至少苍老了三岁。

"回公司吧。"

司机从后视镜中小心地睨着她："江特助这一趟不顺利？"

江锦没说话，疲惫地闭上了眼睛。

车开了近一个半小时才回到市中心的CBD，巍峨的写字楼上有一个硕大的金属LOGO，旁边矗立着"欧博科技股份公司"几个银色大字。

她脚步飞快，经过的职员纷纷冲她打招呼：

"江特助。"

"江特助，孟总在顶层的办公室等您。"

江锦点点头，拐了个弯刚走到电梯间，外面就传来一阵喧哗声，隐约有个年轻的男子大喊着："江小姐，江小姐！"

她刚要探头去看。

忽然，两个保安匆匆赶来，不偏不倚地挡住了她的视线："抱歉江特助，有个人来闹事。"

"前面怎么回事？"

"哦，是一个前员工，因为被开除了不忿过来嚷嚷，我们马上就把他赶走。"

江锦皱起眉："尽快，不要影响正常的工作秩序。"

"好的。"

在保安的目送中，江锦刷卡上了电梯。

欧博大楼的最高层，她一路走过了五六道关卡，最后走到一个办公室门前，办公室的门口挂着一个银色的牌子，上面写着"六爻"两个字。

输入指纹和密码，门自动开了，江锦缓缓吸了一口气，走了进去。

这是一个与外面的繁忙形成鲜明对比的地方，屋内摆放着几个巨大的机器，乍一看像是工业生产用的庞然大物，可那低频率的机箱转动声，昭示着它们属于昂贵的精密仪器。

这是中央总控电脑，也是六爻的自动脑。

角落里，一张宽大的办公桌前，坐着一个英俊的男人。听见声音，他抬起头来，目光中暖意一闪而过。

"小锦，你回来了？坐吧。"

孟汀洲，年纪轻轻却已经是欧博科技绝对的掌权人，她的上司、她的伙伴，也是她的男朋友——据说是。

不需要额外的指令，一个不到一米高的机器人移动过来，将冒着热气的红茶准确地送到她的手里。

见她情绪不高，孟汀洲没有问她这一趟结果如何，而是随手递给她一份文件。

"明天有一场讲座，你跟我一起去吧。"

"好。"

江锦翻了翻流程，看到举办地点，正要说什么。忽然，孟汀洲面色一变站起身，手中的茶杯"砰"地搁在桌面上。

江锦一愣，只见面前的人突然一矮，半蹲在她面前。

她想起身后退，却被孟汀洲抓住了脚踝，他声音低沉："别动……是怎么弄的？"

江锦低头一看，这才发现自己的脚踝上一片红，应该是不小心沾上了那只可怜的泰迪熊的"血迹"。

"没事,涂料而已。"

孟汀洲拧着眉,拇指擦过她脚踝上的皮肤,见那块红色没有擦掉,又神经质地反复蹭了几下。

男人的一只手圈住她的脚踝,手指干燥而灼热,令江锦有一种被禁锢的糟糕感觉。她垂下眼睛,用了些力气才将脚缩了回来。

"真的不要紧,我回去洗一下就好了。"

孟汀洲不着痕迹地看了一眼江锦脚踝上自己握出来的痕迹,没再说什么,退回了座位上端起茶杯。水汽弥漫,看不清他面上的表情。

江锦低下头盯着脚踝那一抹刺眼的红墨水,仿佛又看见那个男人逼迫的目光,还有他最后对她说的那句话——

"等到你找到更有意思的事情,再来找我。"

江锦的手缓缓地攥了起来。

那个狂妄又没有礼貌的男人——肖澹。

一个曾经叱咤警界的人物,他是一个天才,也是一个疯子。

第二天,孟汀洲一早就到江锦的家里接她。

江锦穿着一袭浅蓝色的连衣裙坐进车里,有些不好意思:"其实我自己过去就行。"

"顺路。"

孟汀洲作为上司和朋友,无疑都是优秀的。

孟汀洲自然地倾身,拉过她的安全带扣好。

随着男人的靠近,一股淡淡的古龙水味道冲进了江锦的鼻中。不知怎的,她蓦然回忆起了昨日肖澹身上那股子烟味儿,好像是薄荷的。

"你穿这一身很漂亮。"

"谢谢……"

——只是有时,孟汀洲理所当然的亲近,令她浑身上下不自在。

孟汀洲的讲座在北城大学举行,这是江锦昨日比较担忧的事情,不同于在总部大楼举办活动,这里的安保得不到保障。

果然,下了车,江锦就看见学校大门口围了十几个人。有男有女,年纪大的已经头发花白,年纪小的约莫才二十来岁,手上都举着牌子,在领头青年的带领下呼喊着。

徐蕙一看见他们,连忙迎上来。

"孟总,江特助,你们可算来了。走,我们从偏门进去,免得被这帮人缠上。"

孟汀洲语调淡淡地说:"吴成光他们呢?"

"已经在里面准备了。"

江锦余光中有个分外熟悉的身影一闪而过,可是当她仔细朝那群人看过去的时候,又找不到了。

她不安地皱起眉:"你们先进去吧。"

孟汀洲犹豫了一下:"那好……小徐,你陪着江锦,我自己进去就可以了。"

徐蕙盯着孟汀洲的背影,忍不住手捧脸颊,面色泛红:"天啊,孟总真是体贴,我要是能有一个他这样的男朋友,我死而无憾了。"

江锦没说话,刚才那一闪而过的身影,就像是她的幻觉似的……也该是幻觉,毕竟那个人,已经许久未见了。

江锦叹了口气,下巴扬了扬:"他们是什么人?"

"一个自发的组织,自从我们公开了'六爻'系统的运作模式,这群人就成天盯着我们,认为我们的系统会侵犯他们的隐私权。"徐蕙厌恶地皱起眉头,"天天闲得没事做,总以为谁都稀罕弄明白他们脑子里在想什么,一群愚昧无知还活在上个世纪的人。"

江锦偏头看了一眼徐蕙:"一项新技术的问世总要经过漫长的检验,我们不能保证它百分之百完美,他们当然有权质疑。"

徐蕙还想说什么,但一扭头就看见江锦看着自己。

江锦倒是面色如常,但目光中却流露出淡淡的压迫感——江锦是欧博的高级工程师,直接参与了六爻的核心研发,甚至六爻的雏形都是她已经过世的父母研发的,她比谁都有资格评价"六爻"。

意识到这一点,徐蕙强笑着附和了一句,低下头不再反驳了。

到多媒体厅的时候,孟汀洲的演讲已经开始了。

底下座无虚席,江锦和徐蕙在角落随意找个地方坐下。

孟汀洲演讲时的姿态,绝对称得上气宇轩昂,科技界的精英、商业界的男神、理想型男友的顶配版。

"六爻系统刚刚宣布研究成功的时候,外界对我们有很多揣测。有人问,六爻真的像我们宣传的一样,达到细胞级的探测吗?甚至有人问,它跟做了个脑电图有什么区别?"

他说得有趣,底下一片善意的哄笑。

孟汀洲却收敛了笑意,踱步站到中央。

"欧博科技从成立初期,到如今成为国际顶尖的科技公司,用了十年时间。这十年中,我们最出色的一项研究成果,相信在座的诸位都听说过——脑激光图。

"脑激光图是一种新的测定形式,它跟脑电图最大的不同之处就在于,后者只能测量电位,而前者则能达到细胞级的测量。

"它可以飞速地对大脑进行细胞级的扫描和鉴定。我们通过研究它的图谱,分离出不同波段,时至今日也才堪堪破解了部分信息。譬如有些波形代表了被扫描者的心情起伏，有些波形代表了被扫描者的睡眠状态，有些波形代表了被扫描者的大脑是否健康，等等。由此我们延伸出了许多项目小组，这些分支研究成果如今已经广泛地应用在生活、医疗、教育等领域。"

欧博的辉煌从来都不是一家之言，"科技"两个字带给它的不只是金钱、名气，还有广泛被大众认可的形象和威望。

看着台下一张张憧憬的脸，孟汀洲顿了顿又说：

"基于此，我们开发了六爻系统，我们将这些年关于脑激光图的所有研究成果都导入它的主脑，又赋予它智能的运算模式。

"所以六爻可以自主将脑激光图传出的信号不断进行深层分析，再通过大数据的对比进行解析，将结果反馈给你。比起我们所了解的自己，显然自己的细胞能告诉我们更多。

"你在自己眼中将不再是一个'你'，而是一个可以分析的指定目标，你可以在六爻成立的任意一家研究室调取你所需的任何资料。

"而这一切，只要在你的大脑皮层植入一片两毫米厚度的电极就可以了，就像接种疫苗一样简单。"

孟汀洲准备周全，将六爻系统的技术原理用了很浅显易懂的话讲了出来，底下的学生听得津津有味。

忽然，一个戴眼镜的男生从座位上站起来，大声问："孟总，既然涉及神经层面，我们怎么能确定六爻的安全性？就算它是安全的，可是像您说的，我们脑细胞里的信息是无穷的，有些难免会涉及我们的隐私。我怎么能确认，这个系统不会解析出我不想让它解析的东西，而你们又怎么保证，它解析出的这些信息不会被泄露呢？"

江锦不由得看向发言的男孩儿，男孩儿严肃地皱着眉头，显然之前的话都没能打动他。江锦也不意外，就像校外那些闻风而来的抗议人群一样，并不是所有人都放心让自己脑袋里多点儿什么东西的。

孟汀洲不慌不忙地回应："这些信号，还有些我们至今未能正确解密的，我们甚至可以假设它——有些源自人类的潜意识也未必不可。我们还可以设想，如果给动物植入电极，随着六爻系统的不断完善，我们是否有朝一日能实现交流？这对我们来说都是一个全新的、未知的领域，但我相信，科技的进步是不可逆转的，我们永远不可能有完全准备好的一天。

"欧博从来都没有泄露过任何一个用户的隐私，新技术的面市总要经过漫长的检验，我们也不能保证它百分之百完美。我在这里说了，你们也不会相信，你们当然应该质疑，这很好。

"关于六爻系统怎么保护个人隐私这个问题，很复杂，我们设置了详细的环节，将会在发布会现场展示，届时你可以过来参加，亲自了解一下。"

孟汀洲的想法同江锦不谋而合，江锦也忍不住点头。

几个互动下来，底下的气氛逐渐热烈起来。

一只手臂高高举起，一个女学生站了起来，满脸红晕。

"孟总您好，我一直很仰慕您。我今年即将毕业，请问我以后可以去欧博工作吗？"

底下传来一阵哄笑，孟汀洲错愕了一瞬，而后笑了起来。

"仰慕就不要了，不过六爻的运行、维护、升级，需要各个领域优秀人才的加入，我代表欧博科技，欢迎你来。"

那个女孩子脸一红，激动地使劲儿点头。

现场掌声雷动，徐蕙将巴掌拍得震天响，双眼紧紧地盯着台上，眼中浮现出狂热之色。

江锦也跟着鼓掌，视线所及，不期然对上了孟汀洲的目光。

孟汀洲愣了一下，随后，毫不避讳地冲她扬起了一个帅气的笑容，当下，前几排的女生又是一阵小小的惊呼。

江锦默默地低下头去。

演讲结束之后，北城大学的校长亲自送了他们出来。江锦留意到，校门口多了许多警卫，而聚众抗议的那些人已经不知道哪里去了。

回去的路上，孟汀洲的秘书吴成光接了个电话。撂下电话后，吴成光神情严肃地扭头对孟汀洲说："孟总，刚才董事会沟通过了，他们的想法都是，发布会的进程不能停止。如果我们不能在发布会之前……搞定那件事，确保发布会安全进行，我们的股价可能会出问题。"

"我知道了。"

孟汀洲的目光投向窗外。外头春光明媚，成片的绿荫飞速掠过，在他脸上留下明明灭灭的光影。

他的声音很轻，却郑重："江锦，我们这一次的发布会，不能失败，那是我们……也是你父母的心血。"

江锦低低地"嗯"了一声。

她的父母是激光学方面的专家，他们最早实现了脑激光图的绘制，甚至在日复一日的探索中，他们最先触碰到了人脑精神世界的壁垒，六爻是她父母穷尽一生的心血。

只可惜，两年前的一场意外，他们再也看不到如今已然成熟的六爻了，她失去了父母，同时失去的——还有一段记忆。

也许那是一段撕心裂肺的痛苦记忆。

所有人都在替她庆幸，一个目睹了父母身死的女孩子还有机会从那片阴影中走出来，以一个痛苦却不失温和的方式，继续着她的人生。

可是江锦总觉得，自己心中的某一块地方空空的，像是失去了什么重要的东西，每每探究，每每空虚无度——她觉得不应该是这样。

车到了欧博楼下，江锦回过神，率先开了车门下车。

孟汀洲摇下车窗："小锦，你去哪儿，不吃午饭了吗？"

江锦摇头："我还有事，你自己吃吧。"说完，她两三步跑走了。

孟汀洲长久地注视着她的背影，他的表情隐匿在车厢的阴影中，看不真切。

从欧博离开，江锦打了个电话，不一会儿就赶到了一处中型超市内。她躲在大门后，目光搜寻着进进出出的顾客。

"肖澹看起来不像是会逛超市的人，你确定他会在这儿？"

负责调查的人点点头："我打听清楚了，他每个星期一都会来这家超市采买生活用品。"

果然，不到半个小时，江锦就看见一个穿着黑色风衣的男人走进来，熟练地推走了一辆购物车。

奶制品区，肖澹举着一瓶酸奶看了一眼，不知看到了什么，眉头一皱，顺手将东西扔进了购物车。

忽然，一只纤细白净的手从车中捡起了酸奶，然后像逗狗似的，将酸奶在肖澹面前晃了晃，语带微嘲："这杯酸奶已经过了保质期，肖先生不看生产日期吗？"

肖澹表情未变，像是压根儿就没见到江锦这个大活人一样，推着车继续往前走。

江锦连忙跟上："莫非肖先生眼有疾，耳朵也不太好使？"

肖澹淡淡地瞥了她一眼："过期了的东西，更不应该放在货架上。"

江锦嗤笑一声，成吧，还挺有公德心。

周一白天来超市逛的，大多都是赋闲在家的老人，最不缺的就是八卦心理，看见这一幕都不由得啧啧称奇。

都说结了婚的男人不爱逛超市，勉强陪着老婆来也都巴不得早早买完回家。可是到这一对儿，却全然反了过来——男人推着购物车在前面精挑细选，女人一脸不耐烦地跟在后面。

倒是没一个人觉得他们不是夫妻关系，毕竟男的帅、女的靓，约莫这就是传说中的……夫妻相吧。

肖澹不搭理江锦，江锦就远远地跟着，直到跟着肖澹回了他的住处。

肖澹权当没她这么个人，一手拎着袋子，一手刷了门卡，自顾自地进了家门。正要关门，一只脚抵住了门缝，随后，一道纤瘦的身影灵巧地从门缝中挤了进来。

肖澹低头看着勉强到自己胸口的女人，蹙起眉峰："私闯民宅，江小姐，我可以报警抓你的。"

江锦面带笑容："何必那么麻烦，您出门冲着监控摄像头招招手，保准警察一会儿就来了。"

"你对我倒是调查得清楚。"

说完，肖澹皮笑肉不笑地扯了扯嘴角，也不理她了，扭头将东西一样一样地往冰箱里塞。

江锦抱着手靠在一边，漂亮的眼睛瞬间满溢了好奇。

"听说以前你还是警察的时候，就喜欢那些奇奇怪怪的案子？我这有一个有意思的案件，你要不要听？"

肖澹不咸不淡地说："说说吧。"

江锦像是在讲故事，音量适中，娓娓道来。

"两年前，有一对科学家夫妇，专门研究人类脑部神经，在这个领域成绩斐然。可是在一次试验中，他们以自己为实验对象，但不知为何实验出现了差错，实验室无端发生大火，两人葬身火海。随后赶到的女儿昏厥在现场，过后被救了出来。

"后来，火灾的调查报告上显示，是因为电路故障。而通过对当时那场实验的还原,并没有找出任何疑点,所以只能当作是一场概率很小的意外……但他们的女儿坚信,那不是意外。"

肖澹从冰箱门后探出头来看她:"实验致死?听起来挺玄幻的,你是怎么知道这件事的?"

"因为我就是他们的女儿。"

"你在现场?"

江锦抿了抿唇,目光有一瞬间的闪躲。

"对。"

"你又怎么能肯定那两个科学家的死亡不是意外,你有证据?"

"没有……但是如果你这次肯帮我们的忙,我就把原因讲给你听。"

肖澹看了她一会儿,忽然"嗤"了一声,双手搭上她的肩,将她往门外推去。

江锦皱着眉,被男人推得踉踉跄跄毫无招架能力,不由得心生恼怒:"肖澹,你不好奇这里面到底是怎么回事吗?"

肖澹淡然地回答:"不管你是想激我,还是想利用我调查你父母的案子……但我认为,一个根本记不得事故现场发生了什么的人,对我毫无用处。"

江锦惊讶地扭头看他:"你怎么知道……"

她的头发擦过他的脸,肖澹被弄得有些痒,忍不住伸出两根手指,捏住她的脸,硬是把她转回去。

"我要是这点儿能耐都没有,你们怎么会找我……慢走,不送。"

"砰"的一声,厚重的铁门将江锦关在了外面,冷冰冰的门可没给她半分面子。

江锦舔了舔自己发痒的后槽牙,怒极反笑。

行,肖澹,软硬不吃是吧?她还就不信自己搞定不了他!

隔天，孟汀洲开完了会，就看见总裁办公室沙发上埋头苦读的江锦。

"在看什么？"

"《消失的凶手》复印稿，肖澹写的书。"

孟汀洲走过来靠着江锦身边坐下，随手拿起一册翻阅。

他靠得太近，江锦不自在地动了动身子。

"小锦你看这里——"孟汀洲似乎看到了什么有趣的地方想要分享，一边凑过来，一只手自然地环住她的肩膀，将她半揽在怀里。

江锦一个激灵，"嗖"地站起来。

孟汀洲的手落在了空中。他苦笑了一下："抱歉，我只是……一时间忘了。"

江锦也尴尬起来："应该抱歉的人是我。"

孟汀洲说，她失忆前，是他的未婚妻，如果不是两年前那场意外，他们现在可能已经结婚了。可江锦不记得了，自她清醒已有一年，现在的她，对孟汀洲欣赏有余，却始终生不出除了朋友之外的感情。

气氛一时间沉闷起来。

江锦掩饰性地拿起书稿，佯装认真，装着装着，倒是真的被书中的内容吸引了。孟汀洲也抬手，将自己的面容掩盖在书稿之下，颇有几分手足无措的意味。

合上书，孟汀洲感慨道："果然是天才，不管是当警察，还是写小说，都令人叹服……可惜了。"

江锦知道孟汀洲在可惜什么，肖澹的处境不容许这些书稿问世。

这只能是一场彻头彻尾的，只属于他一个人的狂欢。

看着手里的一个个方块字，江锦突发奇想……

午后，"砰砰砰"的敲门声响彻走廊。

两分钟之后，门终于开了。

门后是肖澹略带不耐烦的脸，他在没陷入自己内心世界中的时候，表情还是很寡淡禁欲的，此刻脸上特意刻薄起来，那真是要多刻薄有多刻薄。

"合着就你学过三顾茅庐是吧？"——言语也成了刻薄的代名词。

话虽如此，肖澹还是留了个门缝，让江锦顺利挤进来。

肖澹一边瘫回沙发上，一边漫不经心地说："这回你又有什么好说的？"

江锦将包里的复印稿掏出来往桌面上一摊："我是来给你提意见的。"

肖澹扬眉："哦？"

这个男人真是连微表情都那么欠揍呢。

江锦咬着牙笑了笑。

"你笔下的女人，永远都是'柳叶眉，鹅蛋脸，樱桃小口'，咱们且不说这种五官搭配合不合理，连看了几篇之后，我甚至都不用思考，看到这么描写的女性角色我就知道是凶手了。"

……

肖澹："看出来确实是用功了……"

江锦指指自己的脸，真诚地建议道："肖先生，你不会没见过女人吧……要不，你看看我？"

肖澹神色复杂："你还真是无所不用其极啊。"

江锦脸色都没变一下："好说，随叫随到，考虑一下。"

阳光温暖而耀眼，一束光中，有细微的灰尘在空中胡乱飞舞，而她站在屋子中央，眼睛晶亮，隐含期待。

肖澹站起来，围着江锦，不紧不慢地踱了几圈。

"这样吧，我帮你这个忙，作为交换，你也要帮我一个忙。"

江锦点头:"很公平。"

"我要构思一本新小说,你来做我的助手。"

"注定不能问世的小说,写它做什么?"

肖澹扬了扬眉,一瞬间,气质显出几分痞气。他脑袋微低,凑近江锦的耳朵,一字一句地说:

"你管我!"

江锦吸气呼气,艰难地重新构建了自己几近崩塌的理智世界,才又笑靥如花。

"那我也有一个小小的附加条件。"

肖澹扬了扬眉,极近地打量着江锦,两个人之间的距离近得仿佛都要看到她脸上被阳光照着的细小绒毛。

"啧,有求于我还谈条件,有趣……你说。"

江锦勾着笑,伸出手,葱白的食指缓缓贴上肖澹的额头——然后兀地用力戳开。

"麻烦肖先生以后说话……站稳了。"

这回,肖澹连眼睛也弯了起来,又重复道:"有趣,真的有趣。"

在江锦见到肖澹的第三回,肖澹愉悦地答应了她的请求,但这不能让她对他增添几分好印象。

在江锦眼里,肖澹就是个浑蛋。

犹是春寒料峭的三月,欧博科技的大门前,孟汀洲站在台阶上等候,身后跟了几个穿着西装的员工。

徐蕙不耐烦地抬起腕表看了一眼时间,嘟嘟囔囔地说:"让孟总等他,架子还挺大。"

终于,一辆豪华型商务车驶了过来,车停下,隔了十几秒,后座的车门才缓缓打开——当先走下来一个男人,倒是西装革履,只是神色懒散。

他眼皮掀了掀,也不知看没看到这群人。

孟汀洲走上前,冲他微微点头:"肖先生,这一次要麻烦您了。"

肖澹这才打量了一圈他身后面色各异的职场精英,丝毫不给孟汀洲面子:"是挺麻烦的……"

江锦正好从车上下来,闻言忍不住瞪了肖澹一眼,冷着脸越过他走向孟汀洲。

从她的车开到肖澹楼下,等着肖澹换好衣服下来,足足等了两个小时。她实在是不想跟这个既狂妄又龟毛的男人走在一起。

"哎哎哎,你往哪儿去?"肖澹一下子伸手拽住江锦的手腕,生生将她溜得转了一个圈,甩回自己的身后。

他向后瞥了瞥,目光中透着漫不经心,可手下的力度丝毫不减。

"说了给我当助手,你当然要跟在我身后。"

"等我闲暇的时间自然会帮你,但这里是欧博集团,我是欧博的高级工程师和总裁特助。"

"哦。"肖澹脚下一停,松开手,扭头就要回车上去。

江锦连忙反手抓住他:"你干什么?"

"回家。"

江锦的眼睛都瞪圆了:都到门口了,怎么还能反悔?

肖澹挑挑眉:你都可以,我为什么不能?

眉眼官司毕,江锦殷勤而不失优雅地站到了肖澹身边:"走吧肖先生,我带您去会议室。"

肖澹从鼻子里拱出一个"嗯"字,两人一前一后进了欧博的大楼。

孟汀洲看了一眼肖澹的背影,这才提步跟了上去。

恐吓信的事要保密,会议室里,与会人员不超过十个人,要么是欧博的高管，要么是孟汀洲极为信任的人。

孟汀洲清了清嗓子："肖先生，十分感谢您能……"

"倒也不必。"肖澹的胳膊肘放在桌边随意地撑着脑袋，食指点了点太阳穴，朝江锦一努嘴，"我是因为她才来的。"

方才在楼外两人的互动已经够耐人寻味的了，没想到肖澹非但不知收敛，还这么"直言不讳"，周围人的目光隐秘地流连在桌首区域，众多视线画出了一个标准的三角形。

徐蕙看见孟汀洲微微蹙起的眉峰，当即便冲肖澹冷呵："不管是为谁而来，肖先生总该知道我们找你来的目的吧？"

吴成光伸手拍了拍徐蕙的背，轻咳一声："肖先生，我给您复述一下事情的经过？"

肖澹略一点头。

于是，吴成光说："两个月前，六爻系统最后一次的模拟测试，实验效果非常好，我们都很高兴。经过董事局的讨论，决定着手准备召开六爻系统面世的发布会。可是就在我们内部讨论会后的第二天，六爻系统的主程序受到了黑客的攻击。随后，有人向我们发送了匿名邮件，声称他已经拷贝了六爻的关键代码，威胁我们如果不满足他的条件，他将公布这个代码，让我们的发布会毁于一旦。"

"他想要什么？"

"他想要我们解散六爻研究组，停止发布会的进程。"

"没了？"

"没了。"

椅子摩擦地面的"刺啦"声突兀地响起——肖澹突然起身，伸手理了理自己的外套纽扣就要往门外走，江锦连忙拉住他："你干吗去？"

"回家。"

又来这套？你到底是多想回家？

看出了江锦的不可置信，肖澹的唇飞快地一抿："这个黑客提出的要求你们无论答不答应，结果都只有一个，那就是发布会会因此失败。他提出这样鱼死网破的要求你们还在这儿慢吞吞地想办法？除非你们根本就没有实话实说，防着我，还想求我帮忙……真是活在梦里。"

气人，但话糙理不糙。

一直坐在首座没有说话的孟汀洲抬头示意："吴成光。"

吴成光低下头，纠结了一会儿才勉强开了口：

"黑客手里的确有把柄，但不是所谓的代码，而是一段实验记录。

"六爻系统的实验前期，曾经出过一次事故。当时由于实习生的错误操作，一个研究志愿者的脑电波发生了紊乱，精神恍惚，虽然我们及时停止了实验，但他的神经系统还是产生了不可逆的损伤。

"我们之所以没有报警而是请您来帮忙，一个原因是这件事确实不宜闹大，另外一个原因是……我们怀疑，这就是六爻系统研究团队内部的人干的。

"且不说这份实验记录本来是保密的，黑客是怎么知道的，单说主脑被攻击的情况就有些蹊跷。在构建安全系统的时候，我们曾经邀请了国际黑客比赛 Pwn2 几届的冠军来攻击，他们也都无法入侵程序，所以只能从主脑自身的端口入手。

"可是外部人员从欧博大厦的正门算起，一直走到主脑面前需要经过九道门,,且门卡权限和安保等级不断升高，外人闯进直接接触主脑端口几乎是不可能的事。所以，如果不是外人，那就极有可能是、是……"

肖澹总结："不是极有可能，是一定是你们内部人员搞的鬼。"

江锦咬着牙说："既然知道了，你还不坐下？"

"坐下干什么，都说了是内部人员搞的鬼了，当然要去现场看看了。"

"可是六爻的主脑中心……"吴成光有些为难,余光扫到孟汀洲,才转换了口风,"好吧,我带您去看看,请跟我来。"

"不用你。"肖澹伸手指了指江锦,"她职位比你高吧,她带我去就行。"

"可是……"

吴成光话音未落,孟汀洲便站了起来:"要说权限,我是最高的,我带你们一起去吧。"

肖澹回身看了一眼孟汀洲:"那就麻烦小孟董了。"

孟汀洲抬头直视他:"应该的。"

三人在众人的相送下走出办公室,上了电梯。

这部电梯的外头是透明的玻璃,正对着欧博大楼内部,随着层数不断升高,大堂空地上忙碌穿梭的人影越来越小。欧博的大楼无论是外观还是内部,设计上都散发着淡淡的金属光泽,是科技感和金钱味道的完美结合。

见肖澹漫不经心地打量着,孟汀洲笑了一下:"如果不是跟我们俩一起上来,你还会再接受两道人工核验和两道自动安保门。"

"叮"一声,电梯到了。

这一层格外寂静,踩着厚重的地毯,顺着走廊走到尽头就能看到一个门上挂着"六爻"牌子的办公室,孟汀洲输入指纹和密码,门自动开了。

孟汀洲伸手按下灯的开关却没反应,他顿了一下,有些歉意地冲肖澹笑了笑:"我忘了,自从上次黑客事件之后,为了确保主界面不会再次被黑,我们给自动脑另外连接了电路,不用的时候断开。稍等,我去开电源。"

办公室的门开启又闭合。

一室静谧中,江锦瞥了瞥肖澹,忽然问:"你是不是不喜欢孟汀洲?"

"能看出来?"

"不能再明显了,别人都叫他孟总,你却叫他小孟董。"

肖澹偏过头，不以为意地笑："那又怎么了？"

江锦顺着他的目光往窗外看去，为了安全性，这里的玻璃都做得灰蒙蒙的，几乎透不进什么光，更别提能看到窗外的什么风景了，她不知道有什么好看的。

"他父亲还是欧博总裁的时候，大家的确叫他小孟董。但是后来他父亲身体不太好，逐渐退了下来，欧博就是孟汀洲掌权了。据说他跟他的父亲有些观念不合，所以不喜别人叫他小孟董，后来欧博上上下下的人都只叫他孟总了。"

"据说？你不是孟汀洲的未婚妻吗？怎么听起来，你们的关系并没有想象中亲密。"

"这你也知道？还有，你到底是怎么知道我有……失忆症的？"

肖澹扭头，敛了肆意的目光安静地落在她身上。

"我知道的远比你想象中多。"

仿佛有风吹入心湖，有一丝讶异，有一丝动容。

可这室内无风，心跳的紊乱转瞬就灭了踪影。

江锦对上他的双眼，正想要说什么，忽然，两人头顶的灯亮了起来，四周响起了机箱低沉的嗡鸣声，是孟汀洲回来了。

"肖先生，这里就是中央总控电脑室，也是六爻的自动脑所在。"

"哦……"

肖澹负手在屋内转了转。

见肖澹久久没有说话，孟汀洲忍不住出声询问："肖先生发现什么了吗？"

肖澹扭头，面无表情地说："我又不是学计算机的，就这几个黑色的大箱子，你觉得我能看得出来什么？"

江锦冷笑:"说要来看的是你,觉得没用的也是你。"

肖澹就当没听见,拍了拍手:"既然现场没有任何可疑之处,我还需要就近观察,找出那个人。所以,你们的员工卡,给我做一张?"

"你是说……"

"让我以欧博员工的身份留在这里,找出那个人。想必你们也不想把事情闹大,所以对外就说……我是江锦的助理。"

没忍住,江锦大大方方地冲他翻了一个白眼。

——还一副勉强的样子,考虑过她这个当事人的意见吗?

孟汀洲最终还是同意了,他严肃地看着肖澹:"肖先生,你只有一个月的时间。"

清晨,欧博的大楼里到处是来去匆匆的忙碌景象。

高跟鞋"咚咚"地踏在大理石上,带着一种凌厉的节奏,令人目光都忍不住集中过来。

"江特助,早。"

"早。"

"江特助这是昨天企宣部的会议记录,您看看。"

"好,辛苦了。"

"江特助,咖啡。"

"谢谢——"

蓦地,一只手略过江锦,灵巧地接过了这杯咖啡。

江锦骤然停下脚步,身后的男人也不知是没留神还是故意的,整个人撞了上来,修长的身影正好将江锦罩住。

江锦往后退了一步:"肖澹!"

"嗯。"

江锦语塞，不知道该说些什么："你别跟着我了。"

肖澹喝了一口咖啡："我是你的助理，我不跟着你我去哪儿？"

"我要去开会，没心思跟你开玩笑。我们能让你在这里自由活动而不受监视，也是走了不少的流程，肖先生要牢记自己的任务才好。"

"我正在找嫌疑人啊。"

"跟着我你就能找到嫌疑人？"

"对啊！"肖澹勾着唇，意味深长地笑，"比如……你啊。"

"你怀疑我？"

"熟悉六爻系统，能调取意外事故的记录，权限高能接触主脑，以及……有阻碍发布会进行的理由。"

江锦双手抱胸："那你说说看，六爻是我父母生前的心血，我有什么理由阻碍它的发布？"

肖澹伸手半捂住嘴，凑到她耳边神神秘秘地说："今天我来得比较早，恰好听到了一段有趣的谈话。"

会议室里，六爻项目组的众人鱼贯而入。二十多号人，组成了六爻系统的核心研发团队。

孟汀洲自然地为江锦拉开了左侧的第一把椅子，而后才在前面落座。

江锦顿了一下，低声说了一句谢谢。身侧肖澹似笑非笑的目光无端令她脸上发热，有一种莫名其妙的羞愧。

被肖澹占了位置的徐蕙拧着眉另外找了座位。

面对众人若有似无的打量，江锦只是指了指身边的男人，淡淡说了一句："我的助理，肖澹。"

会议无非就是确认再确认，六爻系统的每一个微小程序都准确无误。

付言滔滔不绝。他是六爻系统研发的负责人之一，在公司内职务和江锦平级。平日里，江锦虽看不惯他的某些行事作风，但他资历在，再加上四十来岁了，也算是上一辈的人，江锦只尽量避开，不愿和他正面起冲突。

但是，今天不一样——

付言讲到尽兴处，江锦忽然敲敲桌面，打断了他。

"付教授，我查了一下出入记录，昨天你们开启了六爻系统，怎么事先没和我说？"

付言一句话没说完，突然像是被掐住了嗓子。

会议室里诡异地安静了一瞬。

"只不过有个小问题要测试罢了，不值当打扰你。"

"小问题？"江锦勾了勾唇，"我要你们昨天测试的全部细节，现在就要。"

两个人僵持了一分多钟。付言忽然冷笑，踢了一下身侧助手的椅子："敏雅，没听见吗？去把昨天的实验记录找出来，江特助要看。"

一个长着圆圆苹果脸的女孩儿连忙起身出去了。

会议被打断，许多人低头玩笔，或战术喝水，将自己的存在感降到最低。开玩笑，大佬打架，向来小鬼遭殃，此时自然是当个双目失明的瞎子安全。

只除了孟汀洲和肖澹。

前者眉宇间似是染了疲惫，苦恼着不知道如何开口。而后者……跷着二郎腿，看戏似的，嘴里还发出了疑似"啧啧"的声音。

江锦毫不怀疑，如果此时给肖澹一把瓜子，他能当着满屋子人的面游刃有余地嗑起来。

宋敏雅再进来的时候，拿了一个档案袋，双手递给江锦："江特助，这是昨天的实验记录。"

"多谢。"

江锦利落地拆开档案袋，不顾付言难看的脸色，细细看了起来。

六爻的启动是有严格规定的，无论是不是实验性质，只要电源开启，都要形成一份详细的实验报告存档，以便发生什么问题可以及时翻阅。之前的每次启动江锦都在现场，因此从来都没有调阅过，可是现在，付言竟然绕过了她，私自带人实验。

越看，江锦的眉头皱得越紧。

"隐私模块测试？你想修改隐私模块？"

"你想多了，没有你和孟总的授权我能干什么？不过，既然你今天提出来了，我们不妨就商量一下——我昨天确实做了一个隐私模块的测试，测试后我发现，我们可以做到在隐私模块的系统里留下一个窗口，用来反馈用户的使用体验。"

江锦没有被他绕进去，一下子就明白过来："你是说，让六爻在后台对用户的信息进行实时监控？"

"江特助，话不要说得这么难听嘛。我们也只是在系统程序里面留下一个窗口，给日后的软件升级留下参考数据。"

"付教授，你的这个参考数据，就是我们公司的隐私协议里明文禁止的内容。我们对我们的用户承诺过，植入电极，利用六爻系统读取的一切个人信息都将在用户获取之后自然销毁，未经允许，没有第二个人会看到。"

付言喘了一口粗气："我们可以做得隐秘一些，而且这些信息储存在六爻系统的主脑中，没有人会去查阅，就让系统自动进行大数据分析，这对我们掌握受众的使用情况有很大的帮助！"

"用户的隐私并不是说我们保证不去看它就可以的，而是我们想看都看不了的时候，才能说我们真正用科技的力量保障了用户的隐私……所以我坚决反对。"

频繁地被拒绝，付言暴怒地踹了一脚会议桌，脸色狰狞起来："你反对我们就不能做了？凭什么？就因为你是孟总的未婚妻你就觉得整个欧博都是你的了？"

孟汀洲这时轻轻敲了敲桌面，提醒道："付教授，请你注意言辞。"

付言做了一个深呼吸，拽了拽自己的领带结："是我失言了。我只是想提醒江特助不要忘了，欧博能走到今天是因为什么，眼光还是要放长远一些。"

"欧博走到今天是因为我们掌握着先进科技，但也是因为我们做事有底线。六爻系统不是平凡的科技产物，它的隐私泄露带来的后果是毁灭性的，在这方面，绝对不能留下隐患。"

江锦起身，双手撑在会议桌上，下巴略扬起："我也不需要你提醒我，我的父母为欧博的今天做了什么贡献。我只需要你记住——只有我，掌握着我父母的核心技术，并且，我才是六爻系统的总工程师。我说不行……就不行。"

寸步不让、掷地有声……且有点可爱。

肖澹忍不住扬了扬眉。

会议室里的气氛一度陷入诡异的凝重。

"好了。"孟汀洲挤了挤眉心，"江锦说的话有道理，六爻系统能够大范围推广的前提，就是绝对的隐私……这件事，不要再提了。"

"孟总！"

付言不可置信地看向孟汀洲，在发现对方无动于衷之后，恨恨地摔门离开了。

江锦轻轻舒了一口气，一转头就看见肖澹托腮仰望着她，还冲她眨了眨眼睛，像是在说：看，这一定就是你想阻碍发布会进行的理由。

江锦一口气梗在胸口。

智障！

散会后，江锦沉着脸收拾着资料，孟汀洲伸手拉住了她："小锦，一起吃饭。"

"不了，我还有事。"她笑了一下，攥着文件离开了。

肖澹双手插兜，自然地跟上。

肖澹看着江锦利落地处理着今天的工作，她格外认真，肖澹绕着她的办公桌转了两圈，哗啦啦翻阅了她身后书架上的书、"不小心"碰倒了两个奖杯，她都没有任何反应。

肖澹从她身后望向办公桌，一份份上面写着的……都是他看不懂的专业名词。

他干脆坐在办公室角落的沙发里，百无聊赖地以目光勾勒她的眉眼。

午后的阳光斜斜地照射进来，宽敞的办公室内隐约有细小的灰尘飞舞着。她侧脸的轮廓尤有几分属于少女的柔和，可不经意间经常蹙起的眉头和下笔签名时的笃定，都让她较同龄人多了几分气势凛然。

年轻的女孩儿已经早早地独当一面。

时间一分一秒地过去，肖澹离开又回来，没有对江锦造成丝毫影响。她似乎因为某种原因，强制性地将自己沉浸在忙碌中，和外界隔绝开来，直到一个托盘轻轻搁在了江锦的身旁。

"给，咖啡和三明治。"

她顿了一下，没抬头："谢谢。"

"不用谢，早上喝了你一杯，这是还你的……别生气了。"

"我没有生气，只不过是一杯咖啡而已。"

"我说的是小孟董。你该知道，没有孟汀洲的允许，付言怎么这么硬气，非要跟你叫板。"

江锦握着笔的手紧了紧:"谢谢你今早提前提醒我,不然或许我还真会被付言打个措手不及。"

肖澹看着江锦,目光深深。显然,眼前的女孩儿并不想谈论这个话题。

"原来你也知道这事儿跟孟汀洲有关?"

江锦微不可察地点了点头:"虽然我不赞同他们的想法,但是我理解他,孟汀洲毕竟是个商人。"

"可是你不是很看重这个六爻系统的隐私问题吗?孟汀洲跃跃欲试想要过线,你还能假装不知道?"

肖澹突然变得执着,似是非要从江锦口中听出她的真实想法。

江锦拿起三明治咬了一口,挺奇妙,竟然是她爱吃的那一款。周边的超市都没有卖,要开车去几公里外的一家咖啡馆才能买到,也不知道肖澹怎么会刚好买了这个。食物落进胃里,她的心情好了几分。

"孟汀洲最后不是也在会上表态了吗?就算孟汀洲一定要支持付言,我也不是没有办法阻止。隐私模块的雏形是我父母主导设计的,我曾经听我爸妈说过,为了防止六爻落在心怀不轨的人手里,他们给六爻设计了一个自毁程序,由一串密钥和一个存储了自毁软件的设备组成……我曾将密钥告诉过孟汀洲,但是那份自毁软件,他并不知道在哪里,因此绝对不敢轻举妄动。"

眼见她的神采恢复了些,肖澹也笑了:"那你还自己生什么闷气?"

"因为我没想到孟汀洲原来也有……这种想法。但是不管怎么样,他都是我的上司,六爻是我父母的心血……也是我爸妈留给我唯一的东西了。在让六爻顺利问世这个心愿上,我们的目标是一致的。"

她一本正经分析问题的时候,显得格外不近人情。冷静、理智、克制得惊人,没那么可爱。

肖澹的眉眼却柔和了下来:"你的父母一定很为你骄傲。我记得,你来找我的时候说过,希望我帮你找出父母的死因。"

"我父母的死因啊……"不知想到什么,江锦微微出神,"等你先找出攻击六爻系统的黑客再说吧,我父母的事,要更难。"

"我找不出。"

江锦几疑自己听错了:"啊?你说什么?"

他弯下腰,表情坦然并丝毫不以为耻:"我说……我找不出那个黑客。"

"可是你之前说……"

"现有的线索等同于无,我找不出黑客,但我能让他自己出来。"

如此中二的一句发言,江锦自然是……信了。他可是肖澹啊,这个名字自带传奇光环,由不得人不信。

肖澹起身细细地打量起江锦身后巨大的书架:"对了,你们生物学有什么入门书籍吗?"

"你要学生物学?跟找出黑客有关?"

"不是,你写的那一堆东西,我都看不懂。"

所以你要看懂我写的东西做什么?疑问在嘴边转了两圈,又咽了回去。江锦莫名地有些不自在,轻咳了一声。

"我这里都是高阶书籍,公司有普及入门的生物学,电脑里有个学习系统,你自己找找看。"

肖澹回头,用一个更加坦然更加不以为耻的表情说道:"我不太会用电脑。"

"我给你找技术部门的同事过来教你……"

"你自己教我不行吗?"

江锦一脸茫然地回望:"我是生物学博士,不是搞计算机的。"

"看不出来你还是个博士。"

"我上学早,父母都是生物学博士,从小就耳濡目染,本科读完就直博了，有什么问题吗？"

"那你很棒！"

"我没有要求你夸奖。"

话题向着不可预知的方向策马狂奔，两个人突然相顾无言，江锦率先翻了个标准的白眼。

"除了用 Word 打字以外基本就等同于不会用电脑的人，住嘴吧。"

"喜欢吃葱花香菜的味道却不喜欢直接把葱花香菜吃进去，每次都要先放再挑出来，我之前从来不知道这世界上还有这种挑剔的女人，你才应该住嘴。"

江锦愣了一下："你怎么知道？这也能观察出来？"

肖澹冷笑一声，扭过头去："因为我是肖澹。"

江锦突然觉得这个名字上的传奇光环越来越耀眼了。

或许是下午跟肖澹拌嘴太过兴奋的原因，江锦折腾到半夜才勉强有了睡意，只是一闭眼，脑海里就忍不住浮现出那双掺杂着嘲讽和傲慢的眼睛。睡意加深，她也没力气将他的身影赶走，只得腹诽着进入梦中。

窗外有恼人的蝉鸣，应该是个燥热的夏日午后。她推开房门，里面只有一个陌生的男人。她好奇地走过去问："你是谁？"

那个男人虽然面对着她，可是窗外阳光刺眼，晃得她睁不开眼睛。她费力想看清那个男人的脸，可是换来的只有眼睛越加酸痛，使得她几乎沁出泪来。

男人始终不答话，她急了，又催促着问："你到底是谁啊？怎么会在我爸妈的实验室里？"

他张了张嘴，似乎要说什么——忽然，周围的光线急速昏暗下来，蝉鸣和阳光都消失殆尽。顷刻间，如同有一张巨大的网笼罩了整个世界，也笼罩住了这个世界里的人。

那人终于逐渐显露出身形——可就在这一刹那,火光顿起。

目之所及尽是漫天火海,刺目的红遮蔽了她的视线。

周围有浓重的烟雾,有炙热的温度,她心底涌起一阵巨大的悲哀,令她不由自主揪住了自己的领口,蹲下身困难地呼吸。

有人说:"江锦,走!"

她拼命地摇头。

她忘了是什么原因,可是她知道自己不能走,一旦她走了,就……就会有什么事发生?

有人在她耳旁说:"江锦,对不起。"

她于是逐渐堕入更深的梦里……

天光大亮,江锦满头大汗地从床上坐了起来,四肢的无力感令她缓了好一会儿才穿上拖鞋慢吞吞地去洗手间洗漱。镜子里的女人面色苍白,眼底泛青,宛如一个晃悠了一晚上的女鬼。

尽管穿着昂贵的职场三件套,擦着最有气场的红棕色口红,脚踩着五厘米的银色高跟鞋。来到欧博大楼的时候,江锦依旧从内心觉得疲惫,仿佛今天还没有开始就已经要结束了。

刚进电梯,江锦一个没留神,尖细的鞋跟踩在电梯门框上的凹槽里,重心不稳地往前扑去。

"小心。"

男人清浅的呼吸近在咫尺,他皱着眉,不甚满意地看着她:"怎么一副精力透支的样子,你昨天晚上去做什么了?"

江锦站稳后立刻翻脸不认人,面无表情地说:"我干什么跟你有关系吗?麻烦收起你脑子里龌龊的思想。"

"咱俩到底谁的思想龌龊?而且我脑子里想什么你也要管?"

"毕竟在这里你是我的助理,你归我管。"

肖澹"啧"了一声:"你再说,谁是谁的?"

你来我往短短几句话的工夫,奇迹般地,江锦觉得自己的状态回来了。

电梯门"叮"的一声开了,江锦挺胸抬头,气势雄浑地当先走出电梯。肖澹轻笑一声,摇摇头,也提步跟了出去。

电梯门开了又合……而后再次打开。

之前电梯里一个个将自己站成了壁画的员工们,瞬间像是活了过来一样,一个个人模人样的,争先恐后四散去自己的办公室打卡上班。

虽说工作诚可贵,可八卦……价也挺高的。

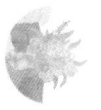

第二章
♥ 囚笼梦境

江锦和肖澹一前一后地往江锦的办公室走去,走廊的转弯处,一个女孩儿跌跌撞撞迎面跑来。

她低声啜泣着,却因为双手抱着沉重的文件资料,无法腾出手擦眼泪。

江锦一把伸手拉住女孩儿的胳膊,声音低了下来:"敏雅,你怎么了?是不是付言又骂你了。"

看见江锦,宋敏雅抱紧了手中的文件,头恨不得埋进文件里:"江特助……是我搞错了实验数据,付教授批评我是应该的。"

江锦皱眉,一声不吭地扭头就往付言办公室的方向走。宋敏雅连忙拉住她,低声哀求:"江特助,别去,求你了,我真的没事。"

小姑娘明显是怕事,她是付言的助手,江锦这会儿找付言为她撑腰,等江锦走了,付言极有可能变本加厉地责骂她。

江锦烦躁地拨弄了一下头发:"现在已经过了实验期,付言天天还在搞什么乱七八糟的实验。他老这么折腾你们这些研究人员,孟汀洲怎么也不管管?"

宋敏雅像是不敢回话，怀里的文件有些重，她用膝盖抵着，又重新将文件往上抱了抱。用力间，她的衣袖往上蹿了一截儿，露出了手腕。

肖澹的目光落到宋敏雅的手腕上，一圈红痕，有些刺眼。他若无其事地又移开目光。

江锦没注意到这个细节，见宋敏雅快要抱不动资料了，她干脆从宋敏雅手中将沉重的文件接了过来："要送去哪儿？我帮你送过去。"

"档案室……"

"没问题。"

江锦脚下生风，吭哧吭哧扭头就走。宋敏雅抹了抹鼻子刚要跟上，忽然被肖澹叫住了。

"宋助理。"

肖澹伸手从兜里掏出一张纸巾，递给宋敏雅，示意她擦擦："你还好吗？"

鼻尖通红的宋敏雅道谢："谢谢肖先生。"

意识到自己口误，她不太好意思地又低了低头："哦不对，在这里应该叫您肖助理。"

肖澹漫不经心地摆摆手："都一样……不过看来，那位付言付教授的脾气，很不好啊。既然江锦有心帮你，何不让她想想办法？"

"您也别觉得我不识时务，付教授是公司的元老。江小姐要是为了我去找付教授的麻烦，我倒不怕付教授因此更加针对我，只是江小姐哪怕有孟总护着，她也免不了会受些闲气……没必要。"

宋敏雅忽地又笑了一下："不过要是六爻系统能顺利发布就好了，到时候江小姐的名声传出去了，谁也不敢招惹。之后江小姐肯定也需要助手，我就打调职申请，争取调到江小姐手下去！啊……抱歉，我有点激动了。"

"没关系，你的愿望会成真的，发布会一定可以顺利召开。"

"真的吗？可是黑客的威胁……"宋敏雅说了一半反应过来立刻住嘴，警惕地向四周看了看，然后紧张兮兮地问，"难道肖先生找出黑客了？"

肖澹笑了笑："快了。"

忽然，有个不合时宜的声音强势地插入了两人的谈话，正是独自走了几步却发现没有人跟上来的江锦："肖澹，你还走不走了？"

颇有几分不耐烦的架势。

肖澹冲宋敏雅点了点头，越过她往江锦的方向走。

宋敏雅突然又扬声叫住肖澹，紧走两步到他身边，低低地说："肖先生……小心付言。他一直嫉妒江小姐，他不可能允许六爻这么顺利就发布的。我担心他会针对江小姐做些什么，因为如果江小姐离开六爻研究组，他就是六爻的实际负责人了。他是个为达目的不择手段的人。"

遥远的走廊尽头，再次传来了江锦的呼喊。

肖澹感觉啼笑皆非，看了一眼江锦，这才扭过头："我会留心，谢谢你的提醒。"

江锦关上了办公室的门，将手提包往沙发上一扔，打开咖啡机塞了一把咖啡豆。

咖啡的香气飘散在空气中，看着自然地伸出手要咖啡的男人，江锦登时气不打一处来。

"你来欧博后，不说认真调查就算了，现在竟然还撩拨我们的员工！"

肖澹端走咖啡，闲适地坐在沙发上喝了一口，才悠悠地问："她怎么回事？"

"谁怎么回事，你问宋敏雅？"

"嗯。"

"你觉得她长得好看？"

"什么？你说谁长得好看？"

江锦不耐烦地说："宋敏雅，就是刚才那个苹果脸，眼睛挺大的那个女孩儿，你不是还跟人家热聊来着吗？"

"……"

看到江锦怪异的目光，肖澹忍住叹气的冲动："我知道谁是宋敏雅，我没有脸盲症。"

江锦立刻回讽了一句："哦，对，我差点忘了，在你眼里，女人根本没有美丑之分，都是'柳叶眉，鹅蛋脸，樱桃小口'。"

两个人的谈话究竟何时怎么发展到这一步的？

看着眼底闪烁着好斗光芒的江锦，肖澹放弃了研究这个深奥的问题。

他放下咖啡杯，单脚跷起。往日双眼盛满了"与我无关勿扰"的男人，此刻满眼都是对面女人的身影。

"不，你在我眼里就是另外的模样。"

"嗯？什么样子？"

"人面桃花，情致两饶。"

"……"

对视了几秒钟，江锦佯装无事地移开了视线。

险些被撩到了，真是够了。

不得不说，肖澹这一招还是有用的，最起码，两个人又可以坐下来，心平气和地聊天了。

"敏雅算是我的学妹，她在生物学上很有天分，毕业之后就直接来了欧博。但是欧博归根结底毕竟是个科技公司，除了核心科技'脑激光图'和它延伸出来的六爻之外，电子、计算机、软件开发这些专业比较吃香，生物学……如果不是核心岗位，其实经常会受到一些……歧视。

"可是，哪有那么多核心岗位啊。当时如果不是付言刚好缺一个助手，敏雅根本就留不下来。

"说是助手，跟付言的出气筒没什么两样了。敏雅来欧博一年，几乎天天都被付言骂，我跟她提了好几次，让她不行就先去别的部门历练一下，以后有机会我就把她调回来，可是她不愿意，我也不好横加干涉。"

一口气说了许多话，江锦端起咖啡当水灌，苦涩的口感令她的脸忍不住皱了皱。

"所以，你真的看上宋敏雅了？"

肖澹无语，半响才说："你去洗手间照照镜子，顺便翻个白眼——就像你平时经常对我做的那样。"

"做什么？"

"那就是我现在想面对你的表情。"

江锦随手抓起桌面上的本子扔了过去："翻白眼都不想亲自来，懒得你。"

肖澹伸出手利落地接住，阴阳怪气地说："呵，恼羞成怒，说不过现在还升级成动手了。"

"你闭嘴！"

欧博科技大楼，越往上走，就越接近核心区域，气氛也就越严肃。付言一路上了顶层，敲开了总裁办的门。

"孟总，这是下午会上要用的对外宣传资料。"

孟汀洲伏案写着什么，闻言也不抬头，只伸手指了指一旁的桌面，示意把资料放一边就行。

"不是什么重要的东西，付教授怎么还亲自送过来？"

"正好没事，活动活动腿脚。"

"嗯。"

见孟汀洲没有再说话的意思，付言干笑了两声："您之前说，下午开会要公布发布会日期，这个时候公布，是不是……有点冒险？"

孟汀洲终于停笔抬头看向付言，眸光淡淡，却如有无形的压迫落下。

付言不退反进，酝酿了一下，直接道："我的意思是，威胁我们的黑客还没有找到，这个时候公布发布会日期，万一到了那天出了什么状况，对江特助来说也不是什么好事。"

"公布发布会的日期，就是江锦提出来的。"

付言意外地皱眉，回过神来就看见孟汀洲审视的目光，他心下一凛，挤出抹笑来。

"江特助心里有数就行，她为六爻付出了这么多，我也不想节外生枝。

"话说，我上来的路上，听见了很多八卦啊。说是江特助和她新来的助理之间……关系匪浅，许多员工都亲眼见到了。江特助是您的未婚妻，您看这事……"

说到这里，付言眯了眯眼睛。

"孟总，咱们请那肖澹过来是调查黑客威胁的，可是我看再过几天，黑客没找到，咱们的江特助就要跟他跑了。我看这小子，说不定根本就是名不副实。"

孟汀洲撇开面前的一摊子文件，手肘撑在桌面上，双手交叉。

"那付教授的意思是？"

"孟总，要不然早点儿让肖澹走吧。"

"肖澹走了，万一发布会当真出了什么问题呢？你是想让肖澹走，还是想要江锦走？"孟汀洲冷冷地望向付言，"不要以为我不知道你在搞什么小动作，做好你该做的事，不然我都不知道是该叫你付教授还是付总了。"

这话有些犀利，付言的脸色变了几变，最终只得点了点头："我明白了。"

上下级之间的气氛有些僵硬。

孟汀洲缓和了脸色,从座位上站起来走到付言身前:"对不起付教授,我并不是想对你发火。只是最近欧博内部杂事太多,我实在没有心情去听那些乱七八糟的事。"

孟汀洲英俊的脸上疲惫之色十分明显:"这样吧,付教授的能力我是了解的,我会将我的最高权限授权给你,日后付教授不管想做什么类型的实验研究,都不用经过我和江锦的同意,你可以自行动用欧博旗下的全部资源,你看这样可以吗?"

打一个巴掌再给一颗甜枣,这是上司驭人的常用手段,付言自然也知道,可是看破不等于要说破。说穿了,老孟董渐渐退居幕后,欧博的未来,还不是掌握在眼前这个年轻人手上?

"我明白了。"

这一次,付言脸上的笑意也自然了些——最起码从表面上看是这样的。

午后,隶属于六爻系统研究组的员工们不约而同接到了会议通知,等他们刚将椅子坐稳,就听到了让他们坐不住的消息,他们年轻的掌权人宣布:

"发布会的日子定下来了,就在4月20日谷雨那天。"

这是大事,意味着多年来努力的成果,此刻终于尘埃落定,要从实验室走向大众生活了,成功还是失败,马上就可见分晓。

大部分人都有一种尘埃落定的轻松感,只有几个知道黑客事件内情的,隐秘地互换了视线,俱是不明所以——没听说黑客找到了啊,带着这个隐患开发布会,真的没问题吗?

江锦丝毫不意外,这个日期就是她和孟汀洲一起确定下来的。

肖澹说，他找不出黑客，但可以让对方自己出来。

肖澹采取的办法就是这么简单粗暴——如果黑客一心想要阻止六爻的发布，直接在发布会当天曝光出了差错的实验就可以了。有众多想搞一个大新闻的媒体在，绝对能掀起一阵腥风血雨。既然黑客没有这么做，那就说明他别有所求，如果欧博对他的警告无动于衷，依旧按部就班地推进发布会，那个黑客，一定会下达最终警告。

只要他动，就一定会留下更多的线索。

孟汀洲有条不紊地安排了工作，等到说到最关键的推广问题时，吴成光毫不犹豫地建议："业内最好的宣传推广公司，就是新宇传媒了。"

"那就找人去跟新宇传媒洽谈合作吧。付教授，这件事就交给你了。"

这种露脸的事，付言自然心甘情愿地接下了。人一满足了，就免不了要自大，付言的眼神在会议桌上转了一圈，最终落到了肖澹身上。

"肖助理，发布会将至，每个人都很忙碌，请问您准备做些什么？"

肖澹眼神放空，转着笔，一副与周围气氛格格不入的样子，江锦突然觉得有些碍眼，故意用胳膊肘碰了碰他："付教授问你话呢，你在想什么？"

肖澹回过神，竟然也听清楚了："哦，我倒是可以给你们一个建议。谷雨时节气温偏高，阴雨频繁，易发虫灾……要小心啊。"

孟汀洲宣布散会后，付言脸色阴沉地走了。

"小锦——"

孟汀洲只堪堪碰到江锦的衣角，江锦的身影就已经消失在会议室门后，他叹了口气，还是没有追出去。他垂下头，脸陷在阴影里，有几分萧索的意味。

江锦两步追上肖澹："喂，发布会日期按照你的想法定下来了，下一步你要怎么做？"

"还没想好。"

"啧,你到底靠不靠谱啊?"

"不过我想好晚上吃什么了。"

江锦的态度显而易见地好转:"吃什么?"

"嘘!"

两个人你一言我一语地往前走,只看背影却有一种莫名的和谐。

"江特助,请您等一下。"

江锦停下脚步,是徐蕙追了出来。

徐蕙看了一眼肖澹:"肖先生,我想单独跟江特助说两句话,不知道您方不方便……"

肖澹做了一个"请便"的手势,退开了几步,四处望风景。

江锦好奇地看向眼前的女孩儿,徐蕙是秘书处的,平日里经常跟他们跑来跑去,为他们打点琐碎事务,只是脑筋有时候不太灵光,譬如此刻——

"您是孟总的未婚妻,理应跟其他男人保持合适的距离。我知道我没有资格说这些话,但您这样对孟总并不公平。"

"徐蕙……"江锦组织了一下语言,"我和孟汀洲……我们的关系不是你想象的那个样子。你只管做好自己的工作就行了,其他的事情,你不要担心。"

"您觉得我多管闲事?"

"没有,你能直接当着我的面说出来,而不是私底下跟别人八卦,我觉得很感谢你,但是……你还是先关心关心自己的感情问题吧,这么漂亮的小姑娘,单身可惜了。"江锦语重心长地说完,拍了拍徐蕙的肩,离开了。

徐蕙咬唇,攥紧了手。

这时,肖澹踱着步子走过来,貌似好奇:"你是不是很想江锦离开欧

"您……好？"

"好好好，江小姐，我经常在肖澹口中听到您的名字，现在终于见到真人了。"

江锦伸出去的手又默默地缩了回来。

原来是肖澹的朋友，这就说得通了，都是一副不是正常人类的样子。

沈辛安委屈地看了一眼江锦身后的男人，仿佛是在疑惑自己怎么突然不被待见了。

肖澹抽了几下鼻子，别开了脸。

付言看看这个，又看看那个，半天才憋出一句："江特助，既然来了，就一起坐下来谈谈吧，毕竟你是六爻的总工程师，宣传的方案，也应该征求你的意见。"

看着付言满脸憋屈不甘的表情，江锦摆足了姿态，在首位落座。没有多余的位置，肖澹就站在江锦身后，宛如跟着大佬出街的小弟。

"听说沈总有化腐朽为神奇的本事。"

沈辛安谦虚地摆摆手："业界的吹捧罢了……不过如果我来推广你们的新产品，保证做到尽人皆知。"

"达到这个效果要多久？"

"两到三年。"

"推广费七位数？"

"对，七位数。"

江锦点了点头："那我没什么问题了，我觉得可以。"

付言总算找到机会插嘴："就这样了？江特助太草率了吧？"

"我既不懂得推广，也不负责财务，对我来说，我们团队努力的结果能被更多的人看到，我就很满意了。而且……既然你们想要找人家来做，就直奔主题吧。没听见吗，这位沈总是肖助理的朋友，价格上也一定会有所让步的,不是吗?"

"当然。"看到江锦投过来的目光,沈辛安痛快地回答。

搅和了一气,江锦的心情美好。

"肖澹,走了。"

……

从接触到达成合作意向,欧博和新宇传媒仅仅花了三天,双方就进行了签约仪式,对比沈辛安一开始时的狂放不羁和付言的小心谨慎,整个过程顺利得惊人。

江锦问了吴成光之后才知道,这件事是孟汀洲发了"绿色通行证",对新宇传媒提出的条件全盘满足,当然也定下了极高的宣传标准。

孟汀洲的迫切,根本就掩藏不住。江锦十分理解这样的心情,因为她亦是如此。

正式的签约现场,沈辛安西装笔挺,看起来倒是有几分人模狗样的。

江锦打量了他半天:"真是因为你是肖澹的朋友……所以你才答应给欧博的发布会做推广?"

"那是自然,我和肖澹是多年好友,这点儿小忙还是要帮的。"

对七位数的合同款绝口不提,轻描淡写间,就突出了两个人坚固的友情,真是……太不要脸了。

"你们是怎么认识的?"

"不打不相识吧。"沈辛安的话说得含糊,不大想多提的样子。

这时会议室的灯光大亮起来,签约即将开始,江锦也只得将疑问埋进肚子里。

签约仪式过后,人还没有散去,孟汀洲径直走到了江锦眼前。

"小锦,中午一起吃饭吧,正好关于六爻我还有些问题要问你。"

上个月她在会上跟付言在隐私系统的问题上有争执,虽然没有明说,但她心知肚明那些提议都是孟汀洲默许的,于公于私,她都不太想面对孟汀洲,前几次孟汀洲每每想要找她的时候,她都装作没听见绕开了。

不管孟汀洲是否明白她的用意,但是现下大庭广众之下,尽人皆知她是他的未婚妻,这点儿面子,她还是要给的,毕竟孟汀洲失了颜面,就是欧博科技失了颜面,现场还有许多媒体呢。

江锦在心底叹了口气,脸上却挂上标准的笑容:"好……走吧。"

话音刚落,她身后几不可察地飘来一声冷哼。她顿了一下,向后望去,只有神情平淡的肖澹和一脸无辜的沈辛安,一时之间也分不出声源来自哪里。

孟汀洲显得心情很好,车开了二十多分钟,才在一家装修雅致的西餐厅前停了下来。

绿植葱茏,音乐流泻,环境幽雅得不像是一家餐厅。

"这一家的红酒品类很全,要不要试试?"

"下次吧,你找我什么事?"

孟汀洲笑着看向她:"最近一段时间真是辛苦你了,等发布会之后,我们俩一起放个假,然后找个地方休息一阵,公费。"

江锦的手指在叉柄上摩擦了几下:"汀洲,等到发布会之后,我们好好谈谈吧。"

她很少叫他的名字,此刻"汀洲"两个字却比"孟总"来得更为疏离。

孟汀洲叹息一声:"小锦,你在为付言的事怪我。"

终究是个绕不开的话题,江锦沉吟。

"我还记得你曾经跟我说过,你接手欧博科技,最大的原因就是六爻系统。你坚信它可以成为一项划时代的技术,你希望能跟六爻一起,改变人们的生活。"

"至今仍是。"

江锦摇了摇头："不,汀洲,我一直将你视作伙伴,可是不知道什么时候起,比起实验数据的精确,你更在乎它能不能成为一项有利的指标说服股东;比起它在各个领域可能发挥的作用,你更在乎未来会不会有商业发展前景。我没有说你这样不对,我只是觉得你……你的初心变了。"

"我没有变,变的是情势。如果我们不能拿出有力的证据向股东证明六爻的价值,它甚至没有机会面世。是,我知道付言想要动隐私模块的事,可是你有没有想过,按照江教授夫妇原来的设计,隐私权是能得到保障了,一年、两年、十年。十年后呢?现在的科技发展日新月异,如果六爻绝了升级的可能性,它早晚会被淘汰。"

"我知道你的为难之处,所以我并没有责怪你。"

孟汀洲苦笑了一下:"但是你的无视远比责怪更让我无法接受,小锦……你毕竟是我的未婚妻。"

每次提到这个问题,江锦的内心除了别扭,就只剩愧疚。

"对不起,我忘记了。"

相比较她的手足无措,孟汀洲显得更淡定,只是这份淡定中多少掺杂着几分认命。

"我愿你忘记那场意外带来的痛苦……可我不想让你忘记我。"

江锦觉得喉咙有些干,她端起手边的水喝了一口,也借此避开了孟汀洲专注的眼神。

放下水杯,她说:"汀洲,我们解除婚约吧。"

此时或许不是一个很好的时机,可是话一说出来,江锦却觉得浑身轻松了。

孟汀洲曾说,他们从前的感情很好。

他说，如果不是因为江氏夫妇的骤然离世，他们此时或许已经谈婚论嫁了。

她对自己遗忘了深爱的人也曾经感到费解和怀疑，可是过去他们曾经在公开场合出双入对的情况并不少，随便一问，就有许多"亲眼所见"。

这是江锦的幸和不幸，也是孟汀洲的无妄之灾。

"好。"孟汀洲话音沉稳，"但不是现在。"

他顿了一下："你是六爻系统的总工程师，也是我的未婚妻。这一点，很能稳定人心。小锦，发布会在即，我们不能在这个时候再掀波澜了，你要帮我。"

这是一个江锦无法拒绝的要求，她点了点头。

她从红色的噩梦中奔逃出来，眼前逐渐从漆黑过渡成一片清明。入眼是医院雪白的天花板，伴随逐渐恢复的知觉和神智，更多的却是由内而外涌出的无力感。

"你醒了？"

听到耳旁的声音，她费力地扭动脖子望过去。

对视间，男人的眼中瞬间绽放出迫人的神采，她能感受到他发自内心的喜悦，可她只能问："你是谁？"

男人陡然皱起了眉头，最终将惊愕的表情压下，对她说："我是孟汀洲。"

医生和护士迅速地赶过来，给她做了一系列检查。她脑子很乱，一边任由医生摆弄，一边企图回想起自己为什么会在这里，然而直到病房内又只剩下她和孟汀洲两个人，她也一无所获。

她只好接上先前的话题。

"我听过你的名字，你是欧博科技总裁孟宪的儿子，可你不是在美国吗？"

孟汀洲给她递了一杯水,在她身边坐了下来:"我回国一年多了。"

"哦……那可能是我的消息不太灵通吧。不过我经常听我父母提起你,说你年少有为,虽然学的管理,但是对于计算机、生物科学等等都有涉猎。"

"嗯……"

孟汀洲的脸色算不得好,也算不得不好。他看着她,却又在她对上他目光的时候别开脸。他有几次分明是想说什么,但是话到嘴边又咽了下去,气氛有些奇怪。

"那个……我刚醒,脑袋不是很清醒。我爸妈呢,让他们过来找我吧。"

孟汀洲坐在那儿,半天没有动弹。

她有些不耐烦了,抿起嘴,撑着身子想要下床。下一秒,她被男人按回了床上。

"小锦,对不起。"

人长得挺帅,就是有点自来熟,嗯,不是她喜欢的类型。

她漫无目的地想着,礼貌性地问了一句:"对不起什么?"

"你的父母死于实验室大火之后,你的精神就一直有些恍惚……可是我没想到,你在昨天昏倒之后,竟然遗忘了一些事。"

"你在跟我开玩笑吗?"

孟汀洲定定地看了她许久,忽然一把将她拥在怀里,在女孩儿呆滞的目光中,他说:"不要怕,小锦,我会代替你的父母,一直陪着你。"

清晨,不出预料地看见镜子里的黑眼圈,江锦不由得叹了一口气,将遮瑕膏抹得更厚了一些。

最近频繁地梦见以前的事情,也不知道是个什么征兆。江锦想着,等六爻系统发布后，一切走上正轨，她就再找个医生看看。或许，这代表着自己的记忆正逐渐恢复。

也是因着这场噩梦，她收拾完来到公司时还不到七点。

江锦之所以能挂上六爻系统总工程师的名头，一半是因为她确实有这个实力，另一半则是因为江氏夫妇的关系。

可是江锦毕竟太年轻了，核心研发项目组只有十几号人，外围参与六爻各项实验却足有上百人，人一多，需要解决的问题接踵而至，她不得不将更多的时间投入工作中，这其中最无聊的就是以各种名目开的会议。直到宋敏雅敲开她办公室的门，告诉她付言等一会儿想要召开一个宣传方向的会，她才突然意识到，肖澹今天还没有来。

还有点不习惯。

江锦胡思乱想地往会议室走的时候，忽然肩膀一沉，一个清冽的气息靠了过来。

江锦吓了一跳："你早上去哪儿了？"

似是才从户外进来，肖澹的身上还带着微微凉意。他说："怎么，开始对我的行踪有控制欲了？"

找碴儿？江锦心动了一下，无语地别过了脸。

会议，照例是付言主持，一通令人乏味的发言之后就是展望未来。

"……所以大家要相信，有我在，发布会一定会顺利推进的！"

这时候不抬杠，她就不是她了。

江锦冷笑一声："看你说的，最新的监控系统连只蚂蚁都爬不进去，有没有你在都一样……我是说，要是真有这么一个系统就好了。"

江锦一时失言，嘴里的话硬生生拐了个弯儿，脸色懊悔。

可没想到肖澹比她还疯——

"付教授是真傻还是装傻，六爻总控室马上就要安装一套红外线人体监控设备,据说这还是你们欧博科技的最新研发成果,后续如果还有人想在发布会前捣乱,找出他轻而易举。"

轻描淡写之间,把原本只有三个人才知道的事情宣告于众人。

"……"

"……"

室内瞬间寂静。

在座的研究组成员此刻都恨不得变成聋子瞎子,也好过知道这么一个惊天机密。

知道得太多,活不久啊。

散会后,江锦拉住肖澹就将他拖到了背人的地方,秀美的脸上一派气急败坏:"肖澹,你疯了?你这是要干什么啊,我们的监控系统不是白安了吗?"

男人被吼得掏掏耳朵:"我要干什么,你晚上就知道了。"

江锦一脸嫌弃:"你没事开什么黄腔。"

"……"

肖澹的表情变得一言难尽起来,到底是谁想歪了?

这一打岔,江锦刚才的愤慨瞬间烟消云散了,转而注意到肖澹一直攥在手里的东西。

"这是什么?"

"没什么。"

江锦笑了一下:"秘密嘛,没关系我知道的,我才不会多问。"

白色的绢布料子,一角有淡红色的像是花纹,有点像手帕,分明就是女人用的东西。

气氛莫名地僵硬起来,仿佛有什么泡泡被戳破,让人一下子清醒过来——啊，两个人其实也就认识了不过一个来月，有些莫名其妙的话还真问不出口。

比如说"早上你去了哪里""见了谁""手上的又是属于谁的东西"。

从红日西垂到月上柳梢，室内一片漆黑。

江锦抱膝横坐在沙发上，双目无意识地透过窗子落在外面璀璨的城市夜景中。

墙上的时钟过了一刻，旁边突然响起了一声嘤咛——一声男人初醒的嘤咛，附赠一个手肘不小心打到她的脸。

江锦不耐烦地伸手挡了一下："醒了？"

肖澹揉揉眼睛"嗯"了一声，嗓音低沉，微微哑着。摸着良心说，很好听。

江锦忍不住离他远了些："你说今天晚上会有动静，我们要等到什么时候？"

"不知道。"

江锦看了一眼毫无动静的监视屏，忍不住打了个哈欠。肖澹见状，脚尖轻轻地碰了碰她："聊会儿，我也困了。"

"别总动手动脚的——你还没睡够？从六点我们俩假装下班你就开始睡，你看看现在都半夜了，你是猪吗？"

也不知道自己哪句话招了她这么一通抢白，肖澹也不恼，甚至有些习以为常的样子。

城市灯火漫射进来，她颈间有小颗粒泛着银白色的光。

肖澹下颌扬起："这项链是什么，总看着你戴着。"

"定情信物，别瞎看。"说完，江锦随手把项链往脖子里一藏，白了肖澹一眼。

肖澹惺忪睡眼一下子睁开了："定情信物？什么时候有的？"

这时候不是应该问是谁给她的吗？江锦只是短暂地疑惑了一下，注意力就被显示屏上移动的红点转移了。

她忍不住惊呼出声："有动静了！是付言实验室的位置！"

肖澹起身理了理褶皱的衣服。

"走吧，过去看看我们的付教授这么晚了，又回到公司做什么。"

付言的办公室理所当然地锁着门，乌漆墨黑的，看上去并没有人活动的迹象。

江锦沉思了片刻，低头看了一眼自己的脚，利落地伸腿踹开了门。在肖澹的瞠目结舌中，江锦解释道："这门早就有点毛病了，但我知道，付言惯会做面子工程，实事不会办一件的。"

她伸手就按下了墙上的灯开关，从黑暗到刺眼的光，她不由得眯了眯眼睛，冷声道："付教授，黑灯瞎火的，干什么呢？"

逐渐适应了刺眼的光线，江锦看清了办公室内的情形。

付言的脸色在白炽灯的照射下，显出几分不正常的白。除了付言，办公室内还有另一个人。

宋敏雅坐在椅子上，头上戴着一个状似头盔形状的东西，上面密密麻麻许多电线，连接着几台电脑，电脑屏幕上，许多数据飞速掠过。她两只手分别被束缚带固定在两边的扶手上，由于痛苦，嘴角甚至被她自己咬出了殷红的血迹。

江锦花了两秒钟来反应现在是什么情况，然后蓦地弯腰脱下高跟鞋冲着付言的脸就扔了过去。

"你居然强迫敏雅做实验？"

付言捂着脑袋，有些慌张："你们怎么过来了！快出去！"

江锦眼风扫过，恶狠狠地说："待会儿再找你算账！"她说完，便赶忙上前给宋敏雅解开束缚。由于心急，她被脚下的电线绊了一下，所幸肖澹扶住了她。

喧闹声很快启动了楼内的安保设施,保安闻声赶了过来。

宋敏雅被立刻送去了医院做全身检查,又过了一个小时,事态闹大,包括孟汀洲在内的高层如数到齐。

等待紧急会议的间隙,江锦还站在窗边,肖澹脱下外套披在了她身上,在她转身之际,又塞给她一杯热茶。

闻到喜欢的茉莉花茶的味道,江锦放松了一些。

肖澹转身捡起了什么,又走回来:"刚才江特助好威风。"

"都这个时候了,你还有心思开玩笑!"

肖澹但笑不语,手上提着她揍付言时踢掉的鞋:"穿上鞋吧,地上凉。"

江锦这才觉得脚底有些凉意,才进4月,地面都冒着凉意。地面也并不能因为这里是万众瞩目的欧博科技而纤尘不染,她来回走的这几步,灰尘沾上了她的脚底,再加上头发散乱,神情疲惫,显出几分狼狈之色。

一点也不漂亮……可他的眼中却沉溺着她从未见过的柔和。就仿佛,曾经有一刻,他们曾经这样深沉地、动心地彼此注视过。

她的心跳忍不住紊乱起来。

忽然,肖澹蹲了下来,在江锦不解的目光中,抓住她的脚踝往前一拽——江锦失去平衡,跌坐在身后的椅子上,骤然之间的坠落,令她坐下的一瞬间发出了"啪"的声音。

有点疼,但又不好意思去揉,就连龇牙咧嘴都会显得不优雅。

这见鬼的心跳紊乱。

江锦咬牙切齿地低头整理好鞋子,迅速调整好心态,一副公事公办的样子:"不过话说回来,你到底是怎么发现付言有问题的?"

肖澹耸耸肩:"我没发现,是他自己送上门来的。"

说完,他掏出江锦惦念了一天的手绢,摊开在她眼前:"今天早上我路过洗手间的时候，宋敏雅刚好从里面出来，撞了我一下把这个手帕偷偷塞给了我。有意思的是，当时付言就在门外等她，看见我之后，还皮笑肉不笑地催我离开。"

"女洗手间门口……变态啊他。"

"比起变态，他应该是想监控宋敏雅的行踪。我用你的权限调出了这一层楼的监控，虽然发现付言这一段时间一直频频出入实验室，想必是什么实验进行到了紧要的关头，一刻也不能停。"

江锦联想起了什么，恍然大悟："付言一直想说服孟汀洲改动六爻系统的隐私模块，想必就是这个了——哦，我知道了！所以今天会上，你刻意说我们即将安装监控，就是想逼付言一把。他肯定会趁着安监控前把实验做完。是因为怀疑付言的实验是跟原来的黑客有关系。对啊，我怎么就没想过呢。"

她看着那块手帕，手帕上星星点点的淡红并不是什么花纹，而是可疑的血迹。

"所以说，之前假装黑客想要我们停止发布会进程的人是付言？就为了有时间能让他攻克隐私模块？"

"你是这样以为的？"

"不然呢？难道你还有什么别的想法？"

肖澹张了张嘴，最终还是紧蹙着眉头："算了，没什么，让我再想想。"

一夜过去。

天光微亮，路灯熄灭，城市的道路上逐渐汇聚起了车流，空气宁静而清洌，微微的凉意令人的大脑一瞬间清醒起来——哪怕是在熬了一个通宵之后。

江锦将昨天晚上的会议记录拍在孟汀洲的办公桌上："事情的起因经

过你们都清楚了,你想怎么处理?"

孟汀洲抬起头:"我已经把他调离了研究岗位。"

"他这是学术不端!我们应该立刻开除付言!"

"付言这些年的形象很好,而且昨天晚上开会的时候他已经说明了,这个实验是宋敏雅心甘情愿配合的,由于操作不当造成的微小损伤,欧博也会出面给予赔偿,董事会不会同意以这个理由将他开除的。"

江锦早上补了口红,此刻丝毫看不出熬夜的迹象,眸光亮得慑人:"那就让他们闭嘴。"

孟汀洲有些无奈:"小锦,事情没有这么简单。"

江锦却不吐不快,语速惊人:"那些股东一个个只知道股价,他们但凡对技术有一点敬畏的心,也不会每次在我们研发部的会议上指手画脚了。这件事的性质严重,这是原则问题啊。你相不相信,如果我们不处理付言,任由他这样生了异心的心继续留在六爻,明天就会有更多付言这样的人,将利益看得重于底线。"

她做了一个深呼吸。

"没关系,你可以转告董事会,如果他们不同意付言走……那么我就走。"

她的父母看着欧博诞生,陪着欧博成长,现在换成了她。欧博对于她来说,不仅仅是一个公司,更是承载着她无数美好回忆和未来愿景的地方。可如果现在的欧博已经不再是她心中的圣地,那么勉强留在这里,也并没有任何意义。

读出了江锦眼中的认真,孟汀洲起身绕过办公桌,伸手拍了拍她的肩膀:"小锦,请你理解我的处境。"

孟汀洲自从昨晚收到消息赶来公司,也是一夜未合眼,此刻眼底泛着红,却无损他身上那股子干净而柔和的气质。可是这样一个人,却又身居高位,温和中又掺杂着凌厉。

或许,她曾经真的被他身上这种矛盾而又奇异的气质吸引过,可是现在——

"汀洲,我们分手吧……哪怕是名义上的未婚妻,我也不想再背负着这个名号了。"

孟汀洲骤然伸手抓住她的手腕,喉结滚动了一下,他的手用力,锢得她有些疼。她挣了一下没挣开,只好蹙着眉头看他。

"汀洲?"

"我现在不想用那段被你遗忘的感情对我有多么不公这种借口来挽回你。"孟汀洲冷声打断她,"只是你该考虑一下,六爻发布会就在眼前,你跟我分手,外面的人会怎么想,好歹等这段时间过去。"

孟汀洲提起六爻,江锦反而松了一口气。

"就说,我移情别恋了吧,你可以卖卖惨。反正人都是爱看八卦的,我们百分之八十以上的用户都是年轻人,对你这位年轻霸总的感情生活可是好奇得很,还有好多小姑娘觉得你'英年早婚'未免太可惜。"

这个时候还能以开玩笑般的口吻说出这些话,江锦突然有点佩服自己。

她从外套兜里掏出早晨就已经准备好的文件:"这是我的辞呈,还希望董事会尽快受理。"

她原本不希望用到这个的,可是她似乎别无选择。

无视孟汀洲的呼喊,江锦走出去,重重地关上了门。

北城神州医院高级病房。

护士给宋敏雅量了体温,嘱咐她好好休息之后就出去了。

见宋敏雅手撑着床想要坐起来,江锦连忙上前帮她调整了一下病床的高度。

"医生说你只受了一点皮外伤,再休息两天就可以了,你感觉怎么样?"

没得到回应,江锦顿了顿,又说:"这一次的事后处理,我会帮你的。"

宋敏雅慢慢扭过头,像是初次认识般上下打量着江锦,而后缓缓笑道:"帮我?你其实有无数次机会可以帮我。我刚进入欧博科技的时候,你可以提出让我做你的助理,可是你顾忌自己资历尚浅不愿惹人闲话,没有这么做。我在付言手下被骂、被羞辱的时候,你可以站出来向总裁汇报把我调离,可是你不想惹麻烦,视若无睹。最近,因为你一意孤行敲定了发布会的时间,付言为了和你打擂台,威逼我签了参与实验的自愿书,如果你真的把我放在心上,你怎么可能发现不了我的异状?"

宋敏雅的眼睛里闪动着异样的光:"事已至此,你还要装出一副关心我的样子,过来跟我说,你会帮我的,你不觉得迟了点儿吗?"

她原来是这样想的吗?

江锦想说些什么,可是看见宋敏雅苍白的脸,却觉得无论说什么都无法安慰她。

见状,宋敏雅冷笑了一下:"怎么,没话说了?"

声音莫名刺耳。

江锦站起来,脸色淡淡:"敏雅,我说这些不是想要得到你的感谢的。但是我希望你明白,我可以为你提供力所能及的帮助,但是这并不代表,如果我没有替你解决所有难题,我就是欠了你的,就是对不起你了。现在的局面不是我造成的,你明白吗?"

她其实隐隐也责怪过自己,是不是自己再细心一点,宋敏雅受到的伤害,就可以避免?可是她才吞吞吐吐地说出这个念头,就被肖澹重重地敲了脑壳。

肖澹的观点简单粗暴：宋敏雅自己的人生，她的生活和选择都是她自己的事，没有人能替她负责。

江锦于是深以为然。

"我已经跟孟总打过申请了，你……你回欧博科技之后，就不用待付言身边了，调去秘书处吧。"

从病房出来，江锦就看见了站在角落里的付言。

付言显然是特意在等她，他径直走向她，在后者戒备的神色中，停在了离她两步远的地方。

"听说你去找了孟总说要开除我。六爻系统的研发也有我的功劳，江特助非要赶尽杀绝吗？"

江锦冷声说："就凭你做的这些事，你就不配待在欧博科技。"

"你以为宋敏雅是个什么好东西？"付言突然莫名地激动起来，随后像是意识到自己的失态，他喉咙吞咽了一下，停顿了一会儿。

"江锦，我是你父母的朋友。要是你父母站在这里，你也是要叫我一声付叔叔的。"

这是见来硬的没有用，就开始打感情牌？

江锦丝毫不为所动："那我父母一定不知道，当年他们的朋友，变成了如今这个样子。"

一丝颜面也无，付言的脸色涨红起来，他的视线突然从江锦的身上移到她身后，泄愤似的大喊："你还站在那儿干什么，我现在还没被扫地出门呢！还不快给我滚过来！回去了！"

江锦闻声望过去，是一个不曾在欧博见过面的女孩儿，但又觉得有几分莫名的面熟。

应该是宋敏雅出事后，付言的新任助理……他这么快就招上了新助理,看来欧博董事会是不会放弃付言了。

再次踏进欧博,望着宽敞的大厅后面的"欧博科技"四个大字,明明已经见过千百次了,可这是第一次,江锦由衷地从心底生出一种陌生感来。

江锦知道周围的员工看着她的目光里都带着深意,经过宋敏雅的事,哪怕是不明详情的员工都知道,她和付言的矛盾已经摆在了明面上,到了两个人一定要走一个的时候。

没有商战片里的刀光剑影,她认输了。

一个脚步缓缓走过来,最后在她身后停下。

"在看什么?"

"在想,这个金字招牌能不能永远地在这个领域存在下去——啊!"

一只手蓦地拍上了她的后脑勺,不疼,但是这个动作带来的挑衅意味让她立刻回神,对身后的男人怒目而视。

"肖澹,你干什么?"

肖澹缩回手,懒洋洋地说:"你站在这里好久了,周围人都在看你,跟傻子似的。"

纷杂的思绪彻底消失不见,江锦跳了脚:"跟你有什么关系……话说你怎么还在这儿?"

"你把我哄过来给你们欧博工作,现在工资都还没给我结呢,我能去哪儿?"

"我已经辞职了,虽然董事会还没有批复,但是你的劳务费可能要换个人给你结算了。"

肖澹双手插着兜往电梯门溜达,神态散漫,跟这周围忙碌的精英们形成了鲜明的反差。他说:"那正好,辞了职,专心给我当助手好了。"

"我一个月工资可是很高的,你付得起吗?"

她嘟囔着，提步跟了上去。

不管不久的将来会发生什么事，此刻有一个人能站在她的身旁，这种感觉不差。

江锦打定了主意要辞职，也不顾秘书室的小姑娘一副快被吓昏过去的表情，逐步开始单方面交接自己手上的工作。她还有别的事想要找孟汀洲，可后者像是躲着她似的，她转了两圈都没能找到他的踪迹，只好又回到自己的办公室。

肖澹正对着电脑。为了满足某个人的舒适感，她的办公室近期都是半拉着帘子的。室内的光线并不明亮，电脑屏幕反射的光照在他脸上，绿油油的。

"你在看什么啊，这么专心？"

"这几天的监控视频。"

江锦走过去，才发现这不是普通的楼内监控视频，而是当初为了找出所谓的"黑客"而安装的红外人感监控系统的监控视频。

"不愧是最新型的监控系统，你看这视频上面代表建筑结构的绿色线条和红色的人像，就像是在看3D模型图，还是完全没有死角的模型图。虽然不能准确识别出这上面每个人的面部，但只要这个人身处欧博科技大楼，结合你们大厦内部的监控视频详细地观察之后，每个人都能绘制出他独特的行动轨迹。"

江锦听得云里雾里，只能说："哦……"

肖澹抬头瞥了她一眼，摇头笑了笑："行了，不说这个，你去找孟汀洲了？"

"你总是什么都知道？"

肖澹的视线放回了电脑屏幕上，幽幽地说："欧博上下传得沸沸扬扬的，我偶尔听了几句。说是六爻系统的几项研发专利都属于你，如果你离职了,恐怕这里面会牵涉许多纠纷。"

"你还知道些什么?"

"嗯……公关部A组的员工说你在这么关键的时刻提出离职,是在借题发挥,归根结底是想威逼小孟董以博上位。"

"……"

"秘书处还有两个女人说你其实是被男色所迷,背叛了欧博,准备带技术出走建立新的基业。"

"男色?谁啊?"

男人缓缓伸出了修长的手指,短暂地停止了一秒,随后理所当然地指向了自己。

江锦再一次被人类惊人的想象力和八卦心理所折服,她深深地呼吸了几次,而后"噌"地站起身往门外走去。

经过肖澹身侧的时候,他一把抓住了她的手腕,将她像个陀螺似的转了回来。

他问:"你干什么去?"

江锦的话像是从牙缝里挤出来的一般,一字一句地说:"去撕了他们的嘴!"

"那……要我帮忙吗?"

"不用!"

肖澹放开了手,笑起来有几分意味深长。

"或许……你很快会需要了。"

第三章
❤ 让风暴席卷

一周后,欧博科技有限公司在北城 CBD 最高的大楼里,举行了一场盛大的产品发布会。

各界名流和媒体汇聚,所有人的视线都投向了台上正在接受媒体采访的男人,欧博科技年轻的掌权人——孟汀洲。

江锦听见一旁两个西装革履的中年男子碰完杯之后,压低了声音说:"你说,这六爻系统的功能真的像他们所说的这么神奇?"

另一个人的口气带着点酸溜溜的味道:"不过是依托了脑激光图的成果,再加上大数据时代的便利罢了,这小孟董倒是幸运。"

话音刚落,两人就感觉到身后深沉的注视。

第一个人警惕地往四周扫了一眼,看见江锦后愣了一下,或许是见她面生,又不甚在意地扭回头去跟同伴说话了:"是啊,如果没有江氏夫妇,没有孟宪,他孟汀洲能有今天?"

"行了行了,这个就别说了。孟宪退出欧博,你又不是不知道什么情况。"

两个人又嘀咕两句，声音渐渐低了下去。

江锦仗着自己常年混迹实验室不在公众场合露面，也不怕被认出来，再次从旁人的口中听到自己的父母，她一时有些发怔，直到一个女声突然在她身旁响起。

"江特助，孟总叫您。"

江锦蓦地回头，是一个穿着一袭白色礼裙的女孩儿。她不过二十三四岁的样子，眼神还带着初出茅庐的冲劲和热情，是上次在医院见过的付言的新助理。

"好……不过，我是不是在哪里见过你？"

那女孩儿受宠若惊地合拢双手置于胸前："两个月前，北城大学，我去参加了宣讲会！"

江锦皱眉想了一会儿，忽然恍然大悟："哦，我想起来了，你就是那个举手发言说一直很仰慕孟总，并且以后想来欧博工作的那个女孩儿。"

女孩儿不好意思地捋了捋耳边的发丝："是，我叫孙朵，我已经得到了实习的机会，我会努力的。"

属于欧博科技未来的，年轻的血液。

江锦忍不住在心底感慨，又说："趁我还能说上几句话，如果你在付教授手底下待着不顺心……"

"多谢江特助！不过还好啦，付教授虽然为人不太和善，但是也不会无缘无故骂我。"

孙朵这样说了，见她也没有很勉强的样子，江锦只好笑笑走开了。

孟汀洲看见江锦，递了一杯香槟给她。

两人碰杯，孟汀洲看着她，神色柔和："你的辞呈，发布会之后我会受理。"

"好。"

"这次多谢你了,发布会前对外公开表示将相关研究成果授权欧博使用,稳定了军心。"

"毕竟,我也想看着六爻系统顺利面世,不过那也还是要感谢孟总个人魅力无穷,私生活和研发成果同样令人瞩目,我一走过来,好多女孩儿都在往这边看,也是个神奇的现象。

"在场的商业精英都不知道我是六爻的总工程师,但是这些名门淑媛却都知道我是你的未婚妻——曾经的。我估计她们都在嫉恨我,怎么你都宣布跟我解除婚约了,我还巴巴地往上凑。"

江锦说得起兴,忽然看到了孟汀洲的表情。

他看着她,极为专心,像是有很多话想说,但是又似乎被什么禁锢住,或许是笔挺的西装,又或许是扣到喉结处的纽扣,除了不真实以外,还有一份潜藏的危险。

她不由得尴尬地咳了咳:"我只是想活跃一下我们俩之间的气氛,毕竟虽然有一句话叫道不同不相为谋,但我还是希望,六爻系统能给欧博科技带来另一个高峰。"

香槟见底,江锦将杯子放在一旁,向周围各色意味不明的目光点头示意,正要离开之际,忽然听见孟汀洲说:"小锦,一定要离开吗?"

她脚步顿了一下,没回头。

孟汀洲继续说:"事情已经告一段落了,你铁了心离职还有什么意义呢?六爻系统的推广和后续实验还需要你……我也,还需要你。"

"我只是想在能好聚好散的时候离开。"

"是想要离开这里、离开我,还是——想要去什么人身边?"他的语调冷了下来,用词甚至有几分偏激。

周围是西装革履的男人,亦夹杂着些许妩媚的女人,偶尔照相机交错的快门声甚至压过了觥筹交错的热络。发布会现场布置得高端大气,高科技的细节比比皆是,香衣鬓影,言笑晏晏,无不彰显着这个科技帝国的庞大。

她转过身,在这一片浮光中显得格格不入:"汀洲,我很感谢你在我最迷茫的时候一直陪在我身边,但或许是因为我遗忘了我们之间的所有,现在的我,一点都不爱你。"

她的声音很轻,擦身之际,好像有什么在这一刻,彻底变了质。

徐蕙指挥着秘书室的人搬走了文件和电脑。

"江小姐,您没有别的事我就先走了。"

江锦点了点头,徐蕙的眼角睨了一眼沙发上闭目养神的男人后,面无表情地离开了。自从江锦提出辞职并和孟汀洲"分手"后,徐蕙每次都只会用冷若冰霜的下颌弧线面对她和肖澹,江锦既无奈又好笑。

办公室明显空了一半,她坐在宽大的办公椅上左右转悠着,还有些不适应。窗外黄昏的光影,城市的路灯渐渐地亮了起来。

她该下班了。

悠悠地叹了口气,江锦起身从架子上拿下两个人的外套,伸出脚碰了碰睡得一脸安详的某个男人。

"喂,走了。"

肖澹没有任何反应,江锦怀着莫名的心思,弯下腰,端详着他。

金黄色的余晖中,美景如画,男人的五官被光影磨去了凌厉的棱角,显出几分潜藏在嚣张与傲慢之下的俊美来。

他突然睁开了眼睛。

没有丝毫睡意,仿佛自始至终他都仅仅是在闭目沉思而已。

肖澹只是看着她,什么也没说,江锦的脸就火烧般热了起来。

"醒了就别睡了,今天是我们俩最后一次来这里上班了。走,我请你吃点好的。"

"欲盖弥彰……"

意味深长的四个字，江锦权当没听见，伸手把他的外套丢在了他的脸上，扭头就往门外走。

就在江锦的脚尖踏出办公室的一刹那，她的手机响了起来，是孟汀洲打来的。她犹豫了一下，还是接了起来。

他的声音难得带着焦急："小锦，宋敏雅从医院里失踪了，她联系过你吗？"

"她自行出院了？"

"是，徐蕙今天报告给我的时候人已经不见大半天了。她住院情况特殊，发布会的热度还没散，我很担心。"

江锦迅速说："我知道了，我也帮你们找找看。"

她挂断电话后立刻就给宋敏雅打电话，意料当中，打不通。总归是没有关机，她一时也想不到好办法，还要再打。

这时，一只手伸过来扣住了她的手机。

肖澹看着她，忽然问了一个似是而非的问题："宋敏雅知道你会辞职吗？"

"什么？"

"那你今天见过付言吗？"

怎么又突然问起付言？起初，江锦没有明白，等到想明白了，她的脸色逐渐严肃起来："你是说，宋敏雅会去找付言……报复？"

肖澹顿了一下："不是报复，但……算了，跟我走。"

太阳完全消失在天边，云彩呈现出一种灰蒙蒙的层次，月亮才刚刚升起，银辉并不透亮，仿佛逢魔时刻，妖魔将出，大行其道。

随着员工们纷纷下班，欧博科技大楼里逐渐空荡起来，江锦跟着肖澹坐上电梯,看着他按下按键,忍不住睁大了眼睛:"你——"

"嘘。"肖澹比了一个嘘声的手势。

没过几秒钟,电梯门开了又合拢。

下了电梯,两人眼前是一条昏暗的长廊。自从付言被江锦撞破私自实验之后,这一层的实验室就都被封了起来。这里平常除了研究人员本来就鲜有人至,此刻更显得阴森森的,像是鬼片里常出现的场景。

一只手搭了江锦的肩上,她寒毛倒竖,险些惊叫起来——如果没有被另一只手捂住的话。

肖澹站在她身后,一手放在她肩上,另一只手捂住她的嘴。

这个姿势,江锦几乎被他半揽在怀里,男人的声音在她耳旁低低响起:"我怎么不记得你胆子有这么小?"

暖风入耳,江锦只觉得浑身颤抖了一下,她偏了偏头,连忙从他怀里退出来,一派色厉内荏:"谁让你突然吓唬我,神神秘秘的,不知道的还以为咱们俩做贼心虚呢。"

将她的不自然看在眼里,肖澹哼笑了一声:"我是让你看那儿。"

尽头的一间实验室,门缝里隐约露着光。江锦意识到,他们想要找的人,竟然就在自己的眼皮子底下。

江锦提步走过去,手腕又被拉住。

"小心一点,跟在我身后。"说着,肖澹极为自然地将她往自己身边拉了拉。

实验室没有锁,一推就开了。

饶是做足了心理准备,看到眼前的情形,江锦还是忍不住倒吸了一口凉气。她猛地向前迈了两步,身前却被一片玻璃挡住,指尖的凉意唤回了她的理智。

这间实验室有化学药剂,因此实验室里面还有一层玻璃窗,中间两扇玻璃门锁着,隔着巨大的玻璃壁,宋敏雅直勾勾地看着他们。

她手中拿着针管,里面的药水澄明清澈,却透着难以言喻的诡异。她身旁,付言被堵住了嘴,绑在椅子上,宛如那一天的情形彻底颠倒了过来。

看见两个人进来,付言激烈地挣扎起来,口中含糊地呜咽着。宋敏雅瞟了两人一眼,脸上丝毫没有慌张之意。她将针管举到眼前,手指用力,豆大的未知药水溢了出来。

江锦连忙伸手敲了敲玻璃以吸引宋敏雅的注意力:"敏雅,你冷静一点。"

隔着玻璃,宋敏雅脸上只剩冷冰冰的凉意:"你来了,你怎么才来呢……"

当然是才发现她这个"真凶"了!江锦气得想骂人,但深吸一口气,还是冷静下来。付言不是什么好人不假,但不能让他在欧博出事。

她企图安抚宋敏雅:"我已经说过了,我可以帮你,你有什么要求为什么不肯跟我说,非要行事这么极端?"

她一边说着,一边用背在身后的手捅了捅肖澹,示意他赶紧出去找人来。可是不知道为什么,肖澹一点反应也没有,她气得在心底骂人。

所幸宋敏雅没有发现她的企图,整个人沉浸在一种既亢奋又紧张的情绪里。

"你帮不了我任何事,你甚至帮不了你自己。你如果能早一点醒悟过来,你就会知道,你这个六爻系统的总工程师的位置有多可笑。你知道付言他们背着你做了多少实验吗?现在,我就让你看看——这就是其中之一。"

说着,针尖狠狠地刺入付言的手臂。

宋敏雅的动作狠绝,江锦根本就来不及阻止,只能眼看着付言瞪大眼睛,抽搐了起来。

仪器表盘上的数值飞快地跳动起来。

江锦心底一凉，脑中霎时闪过了许多骇人的实验室事故案例。

"砰"的一声。

实验室外的门又被人撞开，在江锦没反应过来之前，她就被肖澹拉了一把。紧接着，她眼前晃过了一道暗光。

一柄消防斧劈了下来，持斧的人用力挥舞，玻璃门碎成了蜘蛛网状，再踹一脚，便彻底被破开了。

鱼贯而入的保安立刻冲进去制住了宋敏雅。

江锦顾不得看宋敏雅的情况，疾步走进去解开了付言，在他哆哆嗦嗦之中，扒拉了一下他的眼皮："宋敏雅可能是给他注射了某种使人神智涣散的药物，他需要立刻送医院。"

等处理完一切，已经是深夜了。

沈辛安走过来，一手还拎着方才用来劈玻璃的消防斧，一脸玩味的神情："孟总，这就是你承诺过的，欧博科技是一家备受信赖的科技公司？您能不能给我解释一下，现在这是什么情况？"

孟汀洲脸上溢出一丝苦笑："警察已经把宋敏雅带走调查了，媒体或许会闻风而至，之后的事情，还要靠你们公关了。"

"应该的，收人钱财，替人消灾嘛。"

沈辛安尽管穿得人模人样的，说出来的话却带了几分痞气："但是还需要孟总把事情的原委跟我讲清楚，不明不白的活儿我不干，我也不是什么钱都拿的。"

"应该的。"

这真是一波未平一波又起。

孟汀洲显然分身乏术了，他看了一眼江锦，甚至都没来得及跟她说些什么，就带着沈辛安匆匆离开了。

相关部门的员工很多被叫了回来，每个人的脸上都写满了忙碌与紧张，欧博科技大楼内，重新灯火通明，可没有人向江锦交代欧博科技准备如何处理这件事。

她看着满地的玻璃碎片，在原地站了一会儿。

肖澹带着点儿探究问她："不打算去看看？"

"调查宋敏雅的目的有公安局，付言的身体健康有医院，清点损失有财务部，公关有公关部，还有一个沈辛安，我在不在都一样。"

说到这里，江锦回头看向肖澹："是你让沈辛安这时候过来的？"

她脸上没什么表情，看不出在想什么。

肖澹自然地"嗯"了一声："你手无缚鸡之力，我又得保护你，当然要有人出面解救付言。"

"我是说，你是不是早就知道沈辛安这个时间会在欧博？"

穿过破碎的玻璃门，白炽灯的光线隐隐地在她和他之间画出了一道灰和白的模糊界限。

她不依不饶，肖澹按了按太阳穴，安抚性地开口："沈辛安是不是我一早叫来的并不重要，重要的是，现在外人看到了这一幕，他还是你们的合作伙伴，孟汀洲就算是想瞒也瞒不了了。付言和宋敏雅的事情无论是谁报复谁，细究起来，都是付言学术不端，德行有亏造成的，所以，付言不可能再留在欧博科技了，你也算了了一桩心事。"

见江锦脸色稍缓，他不由得笑了笑。

"你不如关心一下，宋敏雅到底想做什么。看宋敏雅那副病态的样子，你该不会真的相信，她仅仅是为了报复吧？"

"我也觉得里面有古怪，不过你怎么会知道宋敏雅有问题？"

"她一早就露了，不论是之前蓄意接近你，还是之后引着我发现付言对她的控制，都太刻意了。你没注意到也正常，毕竟这不是你的专业领域。"

江锦撇撇嘴……瞧不起谁呢这是？

上一秒还自我陶醉的傲慢男人，下一秒突然伸出手，放在她的头顶，轻轻拍了拍。

"江锦，这件事情已经解决了，我要走了。"

那只手在她的头顶短暂地停留了一下才离开。

江锦伸手抓住他的袖口："等一下，之前你拷贝的监控视频在哪儿？"

肖澹从怀里掏出一个小巧的 U 盘递给她。

"谢了，也算没有白做我的助手一场。"她伸手去拿，可是他攥着 U 盘的尾端不松手。

他意味不明地笑了一下："你以为，我把你当作什么人才这样帮你？"

空气莫名有些黏稠。

江锦一阵心慌意乱，手上用力，将 U 盘抠了下来，胡乱地回答道："知道了知道了，我谢谢你还不行吗？"

"怎么谢？"

"双倍酬金。"

他的目光依旧在她脸上："我不要这个。"

"那你想要什么？"

"跟我在一起。"

肖澹以一己之力，重新让气氛变得奇怪起来了。

"你突然发什么疯？"

看见江锦双手抱胸后撤了一步，肖澹愣了两秒钟，而后幡然醒悟："哦，你误会了，我不是让你做我的女朋友，我只是让你跟我在一起。"

江锦不解其意，在一起，但又不是女朋友？该不会是她想的那个意思吧……渣男!

"做梦!"

不明白江锦为什么陡然变了脸色,肖澹轻咳一声:"你现在不明白不要紧,不过等你明白的时候,我的条件可要加倍了。"

说罢,肖澹又上前一步,重新拉近了两人之间的距离,重复道:"我真的要走了。"

江锦莫名其妙地看他一眼:"我知道啊,这么晚了,我也要回家了。"

"我是说,我要离开北城了,下周六。"

屋内一片狼藉,门框边上,摇摇欲坠的碎玻璃碴晃悠了一下,掉了下来。

江锦没说话,甚至脸上的表情也没有改变。

偌大的房间内,只有肖澹的声音:"你知道我的来历。两年前,我因为一个案子从一线退了下来,由于案件特殊,我离职之后行动一直受限。可是就在上周,我的前同事们破获了这个案件,所以……我自由了。"

"哦,恭喜你。"

"我走了……"

"嗯。"

她看着他转身,看着他的身影消失在走廊尽头。

江锦定定地在原地站了一会儿,不知道是怎么想的,她走到巨大的落地窗前向下看去。

楼太高,城市灯火太璀璨,地面之上什么都看不见。天空中也没有星星,夜晚的欧博,从来都看不到星星。

醒来的一年间,江锦渐渐懂得了一个道理,要是有人想离开她,就让他离开。

她叹了口气,也提步准备离开。今天她十分疲惫,此刻只想好好回家睡上一觉。

江锦刚扭头，目光却被地上散落的纸张吸引了。有一页实验记录字迹朝上，让人想不看见都不行。

她走过去捡了起来，不过几眼，她的脸色逐渐严肃起来，这不是关于隐私权的实验。

她从来没见过这些实验样本。

江锦半是犹豫，半是不可置信。

这更像是，有关神经系统方面的实验。难怪宋敏雅要给付言注射药物，如果实验对象心理抵触的话，以药物模糊他的神智的确是最快捷的解决办法。

宋敏雅自从来了欧博科技，就一直是付言的助理，协助他做一切实验。那么……付言之前的实验到底是想做什么？

眼前犹如迷雾聚集，似有什么穿破乌云，到达苍穹边界，却只能窥见一道暗光。

三天的时间，足够江锦将U盘所有的监控快进看过，第四天下午，她洗了把脸就奔向欧博科技。

"我要见孟汀洲。"

没有了员工卡，她被拦在了大堂。

前台的小姑娘和保安自然认识江锦，让她进不符合公司规定，不让她进又觉得过意不去，左右为难之际，徐蕙僵着脸下来了。

"孟总知道你来了，要见你。"

江锦沉默地跟上，她以前怎么从没注意到，孟汀洲对欧博的掌控已经到了纤毫毕现的地步，她不过踏进大门不到五分钟，他就已经知道并且让她上去找他。

她或许从来都不了解孟汀洲。

六爻系统的总控室。

徐蕙将江锦送到门口，便阴沉着一张脸离开了。江锦伸手欲要敲门，却发现自己的指纹依旧能打开这道门。

总控室内，一个机器人移动过来，送上一杯冒着热气的红茶。

角落里，孟汀洲戴着眼镜，伏案写着什么，一切依稀如昨日。

听见声音，他抬起头，挤了挤眉心："小锦，抱歉，我这两天太忙了，本来想要忙过这一段时间再去找你的……你来找我，有什么事？"

江锦没有坐，也没有去拿那杯红茶，她站在孟汀洲的桌前问他："宋敏雅的事情处理完了？"

似乎没察觉到她语气之中的怪异，孟汀洲轻轻颔首："六爻系统刚进入推广期，我们决定不追究宋敏雅的责任，让她赔偿实验室损失之后就让她离开了。本来有媒体得到风声想趁机做不实报道，但多亏了沈辛安公司帮忙，风波平息了下来。"

"那付言呢？"

"自然是开除了，现在哪怕是董事会想保他也保不住了。"

江锦点了点头，又问："那你呢？你是否觉得可惜？"

孟汀洲皱起眉："小锦，你在说什么？"

她攥起了拳，声音由于激愤而隐隐地颤着："付言正在进行的，根本就不是什么为了更新系统而进行的隐私权实验——我不信你一点也不知道。"

没有预想之中的否认或是慌乱，孟汀洲仅仅只是抬头，平静地注视着她，反问道："你说说看，不是隐私权实验，那是什么？"

孟汀洲那张熟悉的脸，仿佛突然之间就看不清楚了，江锦激动的情绪冷静下来，她今天来这里，是有目的的。

"有个人说,许多事情细节方面我没注意到也正常,毕竟不是我的专业领域,所以我回去反省了一下自己。我看过了这段时间以来的所有监控后发现,自从装上监控系统,你一次也没有到过六爻系统的总控室,你虽然不止一处办公室,但这太刻意了。我又联想到,也是你给了付言所有实验室的权限。你看,只要有心,没有察觉不到的异常。所以孟汀洲,我今天来是要跟你摊牌的。"

她从未如此针尖对麦芒般同他说过话,孟汀洲眼睛下垂,周身的气氛逐渐沉闷得无以复加。

"小锦,你闯到我的地方说了这么多话,又不肯听我的解释。不如直接说吧,你想做什么?"

"我已经不信任你了。我不知道在我相信着你的那些日子,你究竟想利用六爻做些什么,所以……"顿了顿,她郑重其事地说,"孟汀洲,停止推广计划吧!"

良久,江锦忽然听见他笑了一声,那声音轻到她几乎以为是自己的错觉,带着点古怪的讥讽。

"你知道的,这不可能。"

金属装修风格的室内,处处都是反射出来的银白色的光,清清冷冷地投射在孟汀洲脸上,往日的柔光在撕裂了温和的表象后,终于露出了凌厉的一角。

"在我失去了我的未婚妻、失去了我最优秀的同伴的时候,我也不曾产生动摇。六爻系统的推广,没有人能阻止,你也不可能。"

江锦硬声问:"所以,你是否承认,你瞒着我指使付言进行了危险的实验,甚至……甚至已经修改了六爻系统的程序。"

孟汀洲没有否认:"实验研究没有不危险的。"

"那就不能推广!这已经不仅仅是隐私权的问题了,涉及精神类的实验更应该小心谨慎，一不小心，使用者就有可能出现精神问题。"

孟汀洲看了她一眼："不会有问题，我也只是希望更好地了解我们的用户。而且在未来，随着研究推进，我们一定会有办法能产生正向的导向。你试想……原来的六爻系统只能帮助人了解自己，而未来的六爻系统，甚至可以按照使用者自己的意愿改变自己的思维模式。"

"是按照研发者的意愿吧。当你想做一件事，却分不清这是出自本心，还是出自私利，你不觉得这太可怕了吗？"

"小锦，你太极端了！"

两个人针锋相对，江锦心中涌起一阵深深的无力感。孟汀洲已经陷入自己的逻辑中，根本就说不通。

孟汀洲俊秀的脸由于情绪翻涌而微微潮红，缓和了好一会儿，他才向江锦走过来，伸手搭在她的肩上："小锦，有些事我现在不能告诉你，但如果是从前的你，一定会赞成我的决定。"

江锦退后一步，甩开他的触碰："说得好像我失忆了十年八年一样，不过一年而已，我对自己有最起码的信任，我是我爸妈认真教出来的孩子，我不会做出和你一样的决定。"

"既然我劝说不了你，我只能说——你已经离开欧博了，就不要再参与六爻的事情了，你阻止不了。"

脱去了昔日温情的外衣，站在她对面的男人显露出几分上位者的模样。

江锦沉默了一会儿，再抬头的时候，神色已经坚定了许多："不，我可以。"

"你说……什么？"

"我说，我可以阻止。你还记得吗？六爻有一个摧毁指令，如果你不停止，我来替你停止，到时候六爻不复存在，你便连修正的机会都没有了。"

孟汀洲皱起眉头，审视般看着她，像是在揣测她话里的真实性："但是存储了自毁软件的设备已经丢失了。"

"我知道在哪儿，我爸妈死前告诉我了。"

"你不是已经忘记了你父母死前的情景了吗？"

"我做过一个梦，我妈高喊着让我去一个地方，找一个东西，说那东西对六爻十分重要。"

有些荒唐的说辞，但孟汀洲信了。

"你竟然……小锦，我从没想过，你会用这样的态度和我说话。"

江锦不语，执拗地看着他，一定要听到一个回答。

孟汀洲慢慢地走向门口，一边按下了什么按钮，一边说："如果你下定了决心，那么我也没办法了。"

江锦察觉不对，扭头要往门口走，吴成光不知什么时候出现，拦住了江锦的去路："江特助，请留步。"

吴成光倒是没对她做什么，只是身材高大的男人堵住了门，用意十分明显。

江锦惊怒："你们这是要做什么？"

孟汀洲叹了口气，走上前来试图拉她的手："小锦，我们马上将会在十个一线城市建立试点，接受志愿者报名，替他们做芯片植入。这个时候，你听话一点好不好？这是无数人的心血，不能被你毁掉。"

"所以你就选择让我闭嘴？你明知道……"

孟汀洲不顾她的挣扎，将她揽过来，在她耳边认真地说："小锦，我会向你证明，你的坚持是错的。未来之所以叫未来，科技之所以令无数人不断探求，是因为，它能不断地打破人们的认知。你怎么知道，今天我对六爻系统做出的改动，不会让它成为明日人们赖以生存的核心。

"科技，有时候也可以成为新秩序，不是吗？"

他的眸中闪烁着不正常的狂热，令江锦心惊。

孟汀洲很快就走了，推广计划稳步进行，他作为领导者自然不仅仅是坐在办公室里就行的，和睦的气氛荡然无存之后，他似乎再也不吝于向江锦展示他的野心。

吴成光走过来："走吧江小姐，孟总让我送您回家休息几天。"

"他是不是还嘱咐你盯着我，不能让我到处跑？等他腾出工夫来，再想办法从我口中套出自毁软件的下落。"

吴成光不语，只是僵硬的姿态表明了一切。

衡量了男女体能的差距后，江锦沉着脸走在了前面。两个人从消防通道离开，路上没碰上一个欧博的员工。

吴成光亦步亦趋地将江锦送上了车，自己坐上了驾驶位。两个人毕竟共事多年，替孟汀洲限制她的自由，吴成光还是显得有几分无措："江小姐，后座有水，您渴了可以喝。"

这时候还粉饰什么太平。

江锦心底冷笑着，眼风不经意间扫过后座——两瓶矿泉水旁边，还放着半瓶花露水。

这么早就有蚊子了？不过或许……某个念头在她脑海中迅速闪过，还没等她想好具体如何实施，手已经先于头脑做出反应。她佯装倾身去拿水，却握住了旁边的花露水。

"吴成光。"

在他转头的一刹那，江锦拔了瓶盖，将整瓶花露水劈头盖脸地浇在他脸上。趁着对方捂脸紧闭双眼之时，她拉开车门下了车。

临走前，江锦捞过一瓶矿泉水扔进吴成光的怀里，讽刺地说："自己好好洗洗吧，别年纪轻轻就瞎了。"

江锦飞快地从欧博大楼的周边离开,看着街上川流不息的车流人群却犯了难。孟汀洲几乎知道她的一切,她能去哪儿呢?

江锦终于意识到,此刻自己竟然不知该如何寻求帮助,又该去寻求谁的帮助。

蓦然,她脑中浮现出一个男人的身影。虽然很不可思议,但他似乎早就预料到,她很快会需要他的帮忙。

肖澹。

肖澹说,他会在周六离开,今天是……星期五。

江锦不免又想起他说这话时漫不经心的神情,以及那一句"跟我在一起"。

不是让她做他的女朋友,仅仅是让她跟他在一起。

这个关头,江锦竟然认真地思索起来了。

肖澹长得俊俏,自己好像也……不吃亏。

一个小时后,在月亮刚刚挂上树梢之际,江锦站在肖澹的家门前,做了一个深呼吸,重重地叩下了门。

敲了几下,门开了,半敞的门缝后,露出了肖澹既警惕又疑惑的脸:

"江小姐,这么晚来找我,有什么事吗?"

突如其来的客套?

哪怕已是仲春,楼道里卷来的夜风还是吹得江锦一哆嗦,似是怕自己会后悔,她的语速有点急切:"你的要求我答应了,现在就带我走。"

"……"

肖澹不知是没听懂还是在考虑,一时没有反应,只是抵着门,低头盯着她,没说话。

江锦狐疑地看着他:"怎么,你想反悔?"

生怕他把自己关在门外,江锦上前一步伸手抓住他的衣领就往后推。

肖澹没防她有这一手,一个一米八几的男人脚下一踉跄,跌跌撞撞地往后倒去。

两个人从门口一直退到玄关处。

门"砰"地关上了。

江锦直勾勾地盯着他:"说话啊,你是不是想反悔?"

被人揪住领口的感觉并不好受,可肖澹还是就着这个姿势往身后的墙面上一靠,一点都没有反抗的意思。

"你压着我,让我怎么说话?"

"就这么说!具体的一时半会儿也说不清。我知道你有自己的门路,带我离开,我们今晚就走。孟汀洲对我有了防备,我继续留在北城只会被控制。"

男人抿了抿嘴,表情有些犹豫:"可是……"

江锦松开手,一掌拍在肖澹耳侧的墙面上,语带不满:"可是什么啊!你自己说的,让我跟你在一起,怎么翻脸不认人了?"

"咳咳……"

某处忽然传出了做作的咳嗽声。

江锦一愣,僵硬地转过头向屋内看去——二十来平方米的客厅内,五六个人坐在沙发周围,此刻脸上都一片惊愕。

江锦:"……"

有点尴尬。

莫名觉得这几个人眼熟,可江锦想不起来在哪里见过他们,不过其中一个人她的确认识。

沈辛安笑眯眯地冲江锦摆了摆手:"我们什么都没看到,你们继续。"

再扭头看见自己的姿势,江锦连忙站直,耳朵有些发热。

肖澹整了整衣领,笑了一声:"我这里有客人,刚才就想跟你说来着,可惜你没给我这个机会。"

看到江锦红着耳尖,却力图摆出一副云淡风轻的模样,肖澹不免觉得好笑:"好了,先过来坐吧。"

江锦坐在了肖澹身边,为了表现自己真的不尴尬,她还姿态优雅地喝了一口水,冷不防——

"那是我的杯子。"

肖澹仅仅是好心地提醒了一句,绝对不带一点嘲笑,可江锦却从那张没什么表情的脸上看出了戏谑。

无处发泄,江锦于是找了个看似好欺负的出气筒。

"沈辛安,你怎么会在这里?"

她的语气有点冲,沈辛安却仿佛习以为常,甚至还露出点儿怀念的样子,直到肖澹警告似的瞥了他一眼,他才有所收敛,笑眯眯地回答:"哦,我来串门呀。"

江锦一皱眉,这孩子怕不是有点傻吧?

"沈总挺闲啊。"她忍不住又嫌弃地看了一眼沈辛安。

沈辛安像听到了夸奖,照单全收。

还是肖澹看不下去,轻轻拍了拍江锦的手背:"本来就不太聪明,你别折腾他了。说说吧,发生什么事了。"

"我……"她有所顾忌,抬头看了一眼。除去沈辛安之外的五个人,她都不认识。

肖澹安抚性地笑了笑:"这些人都是我的朋友,你有话就直说吧。"

孟汀洲此时一定得知了自己的逃走,而且她想要阻止六爻系统的推广也绝对不是一个人就能做到的,她需要帮助。

想到这里,江锦逐渐镇定下来。肖澹觉得这些人可信,那她就姑且信他。

"现在发布的六爻系统有致命的缺陷,推广绝对不能举行。"

肖澹的手指在沙发的扶手上有节奏地叩了叩:"什么缺陷?"

"孟汀洲瞒着我私下在六爻系统里加入了一些别的东西……具体是什么,我还不知道,但可以确认的是,加入的这一部分,会对使用者的神经系统产生影响。

"六爻系统的运作核心是脑激光图和分析能力,脑激光图可以快速地对大脑进行细胞级的扫描和鉴定——这个速度远远超过你们的想象。六爻系统还可以通过研究它的图谱,分离出不同波段,透过这些波段,得出不同信息,被分析的对象在六爻系统面前根本毫无秘密可言。

"所以,在它的研发过程中,本身我们就对隐私方面极为看中,百分百确保用户隐私不会泄露,甚至要做到就连我们内部人不经使用者授权也无法查阅的地步。可是孟汀洲似乎,不仅仅是想要窥探,而是……干预。

"虽然,欧博科技现有的水平不足以支撑他的想法,但是在这一代六爻系统里,我能确定他已经留下了窗口——也就是说,一旦日后他研发出升级版,只要在总控中心操作,就可以直接控制用户植入的芯片。我没办法想象出他一旦成功的后果,因为没有人知道,升级后六爻影响使用者的上限究竟在哪儿。"

江锦一连说了许多话,正有些口渴,旁边已经自然地递上一杯水,她喝了一口,突然觉得自己说的是不是有些过于细致,毕竟这是鲜有人知的专业领域,对普通人来说难免晦涩了一些。

可是她往周围一看,那几个人都听得一脸认真,屋内恍惚充满了浓郁的学术氛围。

总有一种古怪的感觉挥之不去。

见对面的几个人神情严肃地小声交流着什么,她忽然扭头看向肖澹:"你早知道孟汀洲……有问题?"

肖澹"嗯"了一声："我早就跟你说过，我知道的远比你想象中要多，而且，你会需要我的帮助。"

"那就帮我找到自毁程序的软件。"

"好。"肖澹往前凑了凑，"不过……这可不是我逼你来的，而是你自投罗网。"

瞧瞧，明明是他总是话带歧义，却老一本正经地说她想歪。江锦暗自下决心，今后绝不让肖澹牵着鼻子走了。

"你注意言辞，'自投罗网'这个词可不是这么用的。"

"谁让你刚才一进来就扑住我，不像是求助，倒像是想拉我私奔。"

她瞪了他一眼，不甘不愿地又靠近了一些："我们今晚就走？"

"嗯，今晚就走。"

说罢，肖澹双手抱着肩，歪起脑袋打量着她，连连点头："好……这下更像私奔了。"

肖澹的行动力惊人，当江锦反应过来的时候，所有人已经乘坐两辆车上路了。

他的车已经掠过北城大学的门前，看着夜色中模糊不清的学校大门，江锦忽然想起来，在哪里见过这几个人了。

她扭过头，旁边坐着新认识的小伙子小夏，五官俊朗，十分讨喜。

"小夏。"

"什么事啊江小姐？"

"你们上次去北城大学抗议的时候，有没有见过一个短头发的女孩子，长相挺英气的，一米七多。"

"没有啊。"小夏毫无心机地挠了挠头，一脸疑惑，"英气的女孩子？用我帮你打听打听吗？"

江锦没再说话。

肖澹从后视镜里看了一眼后座的两人，小夏冷不防对上他平静的目光，忽然僵住了身子。他看向江锦，张张嘴想要说些什么，可最后还是尴尬地别过了头。

江锦也看着车窗外，车窗外光怪陆离的世界都不属于她。

她听见自己的心脏在胸腔里迅速地跳动着，像是在问，她来找肖澹，是正确的决定吗？本以为肖澹是跟她的世界完全扯不上关系的人，她凭借着一点肤浅的识人技巧就认定他是个可靠的朋友。

可是现在看来，被蒙在鼓里的，只有她。

开了五六个小时的车，中间还进了一次休息区，再上路的时候，已经只有他们这一辆车了，小夏也不见了。肖澹没有说其余的人去了哪里，江锦也没有问，这种古怪的气氛一直持续到车开到北城附近的一个小县城——一元县。

一元县地处三个大城市的交界地带，但因种种原因，经济一直没有发展起来。不过这里的山川轮廓，竟给了她一种莫名的熟悉感。

车趁着夜色开到一个小区时，已经深夜三点多了。

这里路灯稀少，天上的星星却因此亮得惊人，借着月光，周围的居民楼影影绰绰地显现出灰突突的轮廓。

老旧、偏僻。

这是一个和肖澹以及沈辛安的气质都不大相符的小区。

楼梯间里的感应灯跺了好几下才亮，楼梯陡峭，还堆积着杂物。肖澹掏出一把钥匙，拧了好几下。终于，门锁里面隐隐传出生锈了的金属低哑的摩擦声，他用力一拽，门开了。

肖澹一手扶着门，让出路，回头看她：“要进来吗？”

"我都走到这儿了，你问这个不是废话吗！"说完，江锦提步走了进去。

　　虽然不解他怎么来了这么一个地方,但安顿好后,她还有许多疑问需要他来解答。

　　鞋子踏在老旧的地板上发出"咯吱咯吱"的声音,看不清前面,她不由得停下了脚步。

　　肖澹也走了进来,她一回头,昏黄的灯光下,男人的身形近在咫尺,凌厉傲慢的五官也因柔光显出几分柔和,总令人有几分将心绪剖开展露的冲动。

　　"咳咳!"沈辛安做作地咳嗽一声,"那个,我们要不先进去吧,抓紧时间还能在天亮前睡几个小时。"

　　肖澹还垂头看着江锦,并没有分给他一个眼神,只说:"不方便。"

　　"好嘞。"沈辛安答应得痛快,语气甚至有点兴奋,"那你们好好休息,有事给我打电话,明天我再过来。"

　　沈辛安离开的时候还贴心地带上了门。

第四章
♥ 或许心动

　　许是久不住人的原因,周遭的空气有些沉闷,令江锦觉得呼吸不畅。她借着玄关的灯光打量着这间房子。

　　小,小得格局一目了然,一室一厅一卫组成了这个房子的全部空间。

　　不过,小却精致,虽然家具看起来款式老旧,但一应俱全,大件的家具上还罩了防尘罩,很讲究。

　　肖澹走进客厅将家具上的罩子一一掀开,江锦顺势坐在干干净净的沙发上。没有其他要做的事,她的目光无意识地跟着肖澹游移着,肖澹不经意抬头,冷不防和她四目相对。

　　已经后半夜了,人的精神都有些呆滞,她的目光看起来甚至夹杂着无辜和懵懂。

　　肖澹本应说的话被自己的口水呛了回去:"咳——"

　　江锦回过神,挑了挑眉刚要开口,肖澹突然解释道:"是灰呛的。"

　　一本正经的语气配合他僵硬的肢体动作,此刻在江锦看来颇有些欲盖弥彰的意思。

"我也没要问你……你别忙了,这些天亮了再收拾吧。"

江锦顿了顿:"你坐下来,我有话说。"

老式的摆钟,每一秒摆动的声音在这半夜三更时都被无限放大。厨房的水开了,烧水壶发出尖锐的鸣声。水汽弥漫间,肖澹走了出来,将一杯热水放在了江锦面前。

"审问我之前,不想休息一下吗?"

她握着杯子,感受着指尖滚烫的温度,忍不住缩了一下:"我怎么会睡得着?"

肖澹轻笑了一声,转身进了卧室,出来的时候手上拎着一个牛皮纸袋,鼓鼓囊囊的。

他一边走一边说:"如果我们还留在北城,凭借孟汀洲的手段,不用到明天就能找到你。你已经逃跑了一次,孟汀洲一定会有防备,到时候可就不是把你关回家这么简单了。这里我比较熟悉,短期内很好掩藏。"

"这是我小时候的住所,后来我去了北城,就空着了。"他补充道。

他的小时候?江锦有些失神。

"你到底……是谁?"

她心中有怀疑,却又莫名不想将这份怀疑按在心底。

她其实更想问的是:他的朋友,都是六爻系统的反对者,他接近她,是不是别有目的?

肖澹在她对面的椅子上坐了下来,伸手在兜里摸了摸:"我有点困,介意我抽根烟吗?"

江锦打开身后的窗子,一阵清凉的风涌了进来。

肖澹手指修长,按下打火机的动作格外赏心悦目。

烟雾逐渐弥漫到整个室内。

"我是谁……我是一个能帮你的人。"

他双腿交叠在一起："江锦,你找上门来的时候,我之所以答应你们公司那么无聊的委托,并不是你的诚意打动了我。"

话聊着聊着,又不经意间带出了几分肖澹式的傲慢。

在江锦面无表情的注视下,肖澹的二郎腿不自然地又放了下来。

"咳——我接受你的委托,是因为我早就见过你。江锦,我认识你,也认识你的……父母。"

江锦半晌都没有反应,似是不明白他到底在说些什么。

"你认识我?"原来她遗忘的那段记忆里,也包括他吗?

看穿她脸上的疑惑,肖澹摇了摇头:"你别多想,我可不像那个你不知道从哪儿冒出来的未婚夫。我认识你……仅仅只是认识。你父母是非常著名的科学家,我因为当时的工作性质,去找过你父母帮忙,巧遇过你,仅此而已。你父母死之前的一段时间,曾经托人送出来一本笔记,这本笔记被我得到了。我知道你可能不会相信……这个给你。"

他将牛皮纸袋递给江锦。

以肖澹的水平来说,他这番话逻辑并不严密,可一夜晚紧绷的神经已经不足以支撑江锦分析眼前这复杂的情况。

她木讷地接过,打开纸袋,里面是一本厚厚的笔记。封面已经破损,只是扉页上,还有流利的钢笔字迹,书写了"江海"两个字。

这是她父亲的名字。

翻开笔记,里面密密麻麻的,是她陌生又熟悉的各种实验数据。

"这是……什么?"

肖澹的表情变得有些怅惘:"这是你父母生前的实验记录。他们死于实验室大火,欧博科技就销毁了他们所有的实验记录,这个举动十分反常。所以我怀疑,笔记里或许有什么重要的事情。"

"你对欧博的事情知之甚详,你在欧博有认识的人?"

肖澹没否认,算是默认了。

江锦张张嘴,却说不出什么话来——她觉得很荒唐。

浓夜的凉风灌满了室内,江锦忍不住瑟缩了一下。男人起身去关了窗子,在经过她身侧的时候,一件犹带着余温的外套落在了她身上。

"怎么不说话?你一开始来找我的时候,不就提起过你父母的意外身亡吗?"

"可是我只是……"

"你是想说,你的这种怀疑更多的是源于一种不甘心吧,你觉得自己的父母搞科研这么多年,怎么会犯下那种低级且致命的操作错误——但其实我的想法跟你一样,我也清楚他们是什么样的人,你的怀疑,我也有。"

江锦抬起头,看着他脸上认真的表情,心底却更觉得迷茫了。

她二十几年来都顺风顺水地度过,就连那一年痛苦的记忆都被遗忘了,醒来后,她又这样平淡地过了一年。可她从未在自己的生活中见过他的影子,从前也从未听自己的父母提起过有肖澹这一号人。

可他仿佛,对他们一家十分了解。

可是疑惑再深,终究也抵不过心尖的那份执念。她想记起来,她想知道大火那天究竟发生了什么,她想知道自己父母的死,究竟是不是人云亦云的"一场意外"。

"如果你也有所怀疑,你为什么不早点儿来找我……而且,你还装作一副不认识我的样子。"

"因为,比起我这个刚认识的陌生人,我不确定,你是否更愿意相信孟汀洲。如果我贸然找上你,孟汀洲……"

肖澹嘴里念着这个名字,忽然笑了一下:"这个小孟董,不是个简单的人,但也就能骗骗你这种不谙世事的小女孩。"

肖澹对孟汀洲有一种直觉的排斥，江锦没有替孟汀洲辩解，也选择忽略了他对自己的诽谤，只是坐直了些问："你想怎么办？"

"查案子是警察的事，但寻求警察帮助的前提，可不能光靠自己的怀疑，要有证据。"

她皱眉："别卖关子了。"

肖澹瞥她一眼，掐了烟："我的确有办法，但需要你的帮助——这也是我想要带你走的原因。

"你父母跟我闲聊时曾经提起过，他们在研究过程中发现六爻有致命缺陷，会干扰使用者的神经系统，并一直在研究解决办法。但是我实在不善此道，听到了也就只是听到了而已。但是你不同，他们生前最后的那段日子里，显然因为什么感到困扰和不安，只是他们什么都没有跟我说。

"这份笔记里，有他们针对这个问题做的全部研究记录，我相信，你作为最了解六爻系统技术的人，一定能发现什么不对劲儿的地方——我怀疑，他们的死或许正与这个实验有关。"

只有一间卧室，肖澹让给了江锦。

床单都是新换上的，江锦将自己埋进被子里，不留一丝缝隙。漆黑从虚无之地蔓延开来，将她牢牢地包裹在一隅之地。

她看不见任何色彩，也听不见任何声音。

那些仿佛铅笔在白纸上随意绘制出的波纹，是生物学和计算机学最神奇的集合。江锦一心一意地观察着模拟脑电波的变动，试图从中找出藏在大脑最深处的秘密。

她身后，一个男人啧啧称奇："我们小锦将来能做个科学家啊。"

十来岁的小江锦脸上一派严肃，可耳朵尖儿都立了起来，哪个孩子不喜欢听到家长的称赞呢。

另一个温和的女声接话:"那是当然,也不看看小锦是谁的女儿?"

男人说:"下周我们就要搬去北城了,欧博那边的实验室已经准备完成,可以投入使用了。希望等小锦长大的时候,我们的六爻系统能够研发成熟,让她看看,伴随着她长大的究竟是什么神奇的科技。"

"我总觉得……哎,再等等吧。"

他们又说了什么,但她听不清楚。

实验室一向是严谨、枯燥的代名词,可在小江锦看来,这就是她的家。窗外的树荫正浓,林荫小道顺着两侧的密林延展开去,漫长而又深邃。

她仿佛在飞快地长着,走马观花般将她顺遂的前半生一一看过,在某一个瞬间,大火以燎原的势头燃着整片森林,冲刷进她的梦境,灼烧着四周的一切,也吞噬着两张她最熟悉的脸。

江锦醒来的时候,窗外刺眼的阳光几乎令她分不清今夕何夕,外间隐隐传出电视机的声音,伴随着并不太聪明的大笑。

她坐起身,前半夜的一切记忆回溯,或许是因为日光所及之处万物显形,她竟也能以平和的心态来回想昨晚得知的巨大信息。

她和肖澹,从简单的雇佣关系,变成了上演着复杂剧情的伙伴,而且她所知道的还仅仅是"前情提要"。

江锦由衷地叹了一口气,借着日光打量着这间卧室。

简约老旧的陈设,却并不残破,相反还有点老房子独有的安宁韵味。

衣柜旁的格子里,摆着一个相框,江锦饶有兴致地拿起来细看,里面的主人公有着一张稚嫩的脸,小小年纪眉眼间的傲气就已经跟现在如出一辙,只是由于年龄尚小,反而令人觉得有几分"中二"。

她盯着那张照片几秒,伸手泄愤似的在小男孩的脸颊上戳了戳,而后突然笑了起来。

收拾妥当，江锦刚走出卧室，正对上一双亮晶晶的眼。

沈辛安正盘腿坐在沙发上，一手捧着薯片，看着电视上不知道哪一年的春晚小品重播。

"小锦，你醒啦？"

小锦？谁允许他叫得这么亲密了？

厨房方向突然响起了"滋滋"的油声，江锦恨恨地扭过头，映入眼帘的就是穿着浅蓝色围裙，站在煤气灶前挥舞着铲子的肖澹。

她忍不住揉了揉眼睛，是她眼花了还是这个世界快要毁灭了？现在回卧室重新起床还来得及吗？

沈辛安笑道："别看肖澹一副'人间烟火配不上我'的样子，他的手艺是真的很棒，只不过平时不愿意做罢了。"

江锦没说话，但脸上明明白白画满了代表质疑的问号。

瞬间，沈辛安像是自己被怀疑了一般满脸不忿："怎么，你不信？在我家里雇了两个米其林三星厨师，享受一个富二代朴实无华的快乐童年的时候，八岁的肖澹已经可以照顾自己了。"

江锦愣了一下："八岁？那他父母呢？"

"早就去世了，不过有个一直照顾他的阿姨，现在在杏城。"

沈辛安毫不在意地就对她公开了肖澹的个人隐私。肖澹这时候也端着餐盘出来了，明明听到了两个人的对话，可他的表情却看不出丝毫的不快。

三碗馄饨，两个小菜，肖澹当真有两把刷子。

碗放在她面前。

看见爱吃的，江锦有些惊喜："呀，小馄饨。"

肖澹哼笑着将筷子也递给她："馄饨就馄饨，为什么非要加个'小'字？"

"要你管！"

江锦白他一眼就低下头，看到汤上漂着的绿色碎末，刚想要说些什么，就见肖澹又拿了一个漏勺，娴熟地将她碗里的葱花香菜都挑走了。

她有些讷讷地抬头："谢谢……"

"没事，挑食还能挑出花样的，你是第一个。"

"要你管？"同样的三个字，气势已然弱了许多。

或许是觉得自己跟这温馨的气氛格格不入，沈辛安胡乱几口就吃完了一碗馄饨，一溜烟儿跑回沙发上看他的小品集锦去了。

江锦也不是很懂这个富二代独特的兴趣爱好："他不用管理公司的吗？刚接了欧博那么大的项目，老板就跟你跑了？"还是在这样两方隐隐对立的情况下。

一眼就看穿江锦闲聊之下的试探，肖澹意味深长地看了她一眼才说："放心吧，这世界上最不可能背叛我的人就是他。"

江锦嘴角忍不住抽动了一下，目光有些微妙……这难道就是传说中男人之间的友情？

桌下，肖澹的脚尖不轻不重碰了一下她的小腿。

"别乱想。沈辛安的头脑比较简单，在他是新宇传媒的老板之前，我们就是朋友了。而在我们成为朋友之前，他就是一个认定是朋友就要一辈子为朋友两肋插刀的'中二'少年了。双面间谍？他还没有这个脑筋。"

"哦……"

隔了一会儿，她又停下筷子，神色不大自然："帮我离开北城的事，还没有正式跟你道过谢。"

肖澹正好吃完饭，伸手拽了一张纸巾，慢条斯理地擦了擦自己的嘴角。他问："怕吗？"

离开生活了二十多年的地方，跟着他这个并不算太熟悉的陌生人，奔向一个未卜的前路，怕吗？

江锦说:"有必须要做的事,就不怕。"

"难道不是因为我陪在你身边吗?"

冷不防,她撞上他的目光——带着调笑,只是以玩笑为名的表象下,似乎又有暗流涌动。

怎么会有人这样直白地问出这种问题,她要怎么回应?

一时间,江锦的表情僵在脸上。

忽然,客厅传来了沈辛安的声音:"江锦,出事了,你过来看新闻。"

江锦松了一口气,应了一声,匆匆下了饭桌。

小品演完了,整点新闻的时间,电视里的女主持人面带微笑,播报着最新的财经新闻。

"欧博科技于本月初举行的发布会取得了巨大关注,接下来的行动也备受广大群众的关注。据悉,六爻将在北城、滨江等十个城市建立实验室,将面向广大群众征求第一批用户……"

这则新闻大肆宣扬了欧博科技未来的布局,还不忘再次提起了脑激光图的研发带来的意义和社会对欧博的认同。

"我以为,在我用自毁软件威胁他,又逃离了他的掌控之后,他会有所顾忌的。"江锦喃喃着,"可孟汀洲还是准备大规模招募志愿者参与六爻实验,我早该知道,只不过是一个小小的警告,根本无法动摇他的脚步……"

一片阴影接近,一个男人的身影罩过来:"叫小夏他们过来吧。"

沈辛安点点头,飞速穿上外套离开了。

电视上继续放着新闻,可江锦已经不在意了。她扭过头,看着那张近在咫尺的俊脸:"昨天我就想问了,之前在你家里见到的那些人究竟是什么来路,看起来并不像是你的朋友。"

"你猜到了不是吗,否则,昨天你也不会试探小夏。"

说着，肖澹走到厨房打开冰箱，看到里面空荡荡的，又叹了口气重新关上。

他一边动作娴熟地找出一个老式烧水壶，一边继续说："这些人都来自一个民间实验室，他们一直对脑激光图很有兴趣，你可以把他们看成你父母的事业粉。自从六爻公开了运作机制后，这些人提出了一些疑问和建议，他们曾经跟你的父母沟通过，部分隐患在你父母的努力下被消除。但是你父母离世后，欧博集团的人拒绝跟他们接触，他们也就只能选择公开抗议了。"

"可公开抗议并没有用。"

"做了总比不做强。"

江锦点点头，这两天受到的冲击太多，这等程度的信息她已经可以泰然接受了："所以我们有共同的目标，让六爻系统推迟进入市场。"

"没错。"

"可是……为什么他们不来找我，毕竟，我也主导了后续的研究。"

肖澹拧开了煤气灶烧上水，又重新坐回沙发上等水开。哪怕在这狭小的老旧民居中，他依旧矜贵得像是身处五星级大酒店的套房里，看得江锦眼皮直跳。

"孟汀洲对你的掌控远远超出你的想象。小夏曾经试图找过你，但是被欧博的保安发现，赶了出来。"

她脑海中浮现出小夏那张娃娃脸和清脆的声音，突然回忆起——

"啊，你是说，我第一次见你的那天？我想起来了，当时是有人来欧博闹事来着。"

肖澹点头，又说："还有，能把你金屋藏娇，他们也出了力。昨天后半夜，小夏他们分了两路一南一北上高速，凌晨才下来，引开了孟汀洲的视线，你也要谢谢他们才是。"

道理是这么个道理,但——

"什么叫金屋藏娇,你别乱用成语!"

"怎么了……你脸红什么?"肖澹疑惑地皱起眉看向江锦,"我哪句话让你脸红了?"

肖澹充分发挥了他潜藏的科研精神,歪了歪脑袋,凑近了瞧她:"金屋藏娇?"

停顿了两秒钟,他忽然笑了起来:"现在倒像个小姑娘了,我只是说金屋藏娇,又没说要结婚,你紧张个什么劲儿?"

谁紧张了!

晚上七点左右,四五个年轻人来到了这里。

客厅本就狭小,这些人一拥而入更加显得拥挤。除了江锦还能安适地坐在单人沙发上以外,其余人都委屈巴巴地挤在一排,就连家财万贯的富二代也无从幸免。

肖澹长腿一抬,侧坐在江锦沙发的扶手上:"情况怎么样?"

小夏抿了抿嘴,脸色凝重:"孟汀洲是有备而来,欧博近期上上下下铁桶一般,所有制造芯片所需要的材料和组装工序,都可以在欧博旗下的工厂生产和完成,中间没有可操作的余地。更不要说六爻系统的主脑,自从……"

说到这里,小夏小心地瞥了一眼江锦:"自从江小姐离开之后,孟汀洲似乎很生气,取消了所有人进入顶层的权限,只有几个高层和他的心腹可以出入。现在欧博顶层原本的秘书室和研究实验室全部下移到了其他楼层,安保措施也更加严苛了。"

江锦摸了摸鼻子,毕竟是自己曾经当成了半个家的地方,有些事她实在好奇:"那个……你们在欧博内部的人到底是谁?"

小夏碰了碰鼻尖，低下头有些愧疚："小锦姐，这个我们现在还不能告诉你。"

忽然，一只手落在了江锦的头顶，安抚性地拍了拍："不是不信任你，只是我曾经答应那个人，要为他的身份保密，所以迄今为止也只有我、辛安和小夏知道他的身份。他答应在不损害欧博利益的情况下，帮我们几个小忙。"

"我没想到你们竟然还能打入欧博内部。"见几个年轻人的神色多多少少都带着点尴尬，江锦又补充道，"我没有别的意思，我只是说，欧博选拔人才除了专业技能以外，最重要的就是忠心。要知道，从前国外的竞争公司开了大价钱也没能从我们的研发团队里挖走一个人。"

面对江锦的感叹，肖澹只简洁地说："哪怕陷入科技狂热的团体里，也会有清醒的人存在。"

"什么叫陷入科技狂热？六爻没有错，科技需要进步更没有错，错的永远只是使用它的人。"

肖澹盯着因激动而脸颊微微泛红的江锦，忽然伸手在她的脑门儿上戳了一下："当初你多信任孟汀洲，这话怎么不跟他说去，现在这么大义凛然地对着我说做什么？"

江锦摇晃着脑袋，伸手打掉了他作乱的手指："肖澹……你别找事啊。"

沈辛安急忙站起来打圆场："好了，现在最重要的是，既然无法从源头上制止脑部芯片的生产，也不能冲进去关了那个什么见鬼的总控脑……"

"是自动脑。"江锦有点生气，忍不住纠正，"而且自动脑不是你那浅薄无知的脑袋想象的，断了电或者按个按钮就能关闭的。"

"管它是什么脑，总之现在对我们来说是个麻烦。"

"你不了解的东西就是麻烦？"

"我没这么说过。"

江锦眼前一黑,是肖澹的手掌横了过来,挡住了她对沈辛安的怒目而视,这回换成肖澹出来平息纷争。

"好了你们俩,一聚在一起就吵得我头疼。"

被遮住了眼睛的江锦没看到,可正面接收了肖澹死亡凝视的沈辛安受不了了,读懂了那里面的警告意味,他瘪了瘪嘴:"啧,偏心偏到天上去了,那你说现在该怎么办?"

江锦拿下男人的手,也看了过去。

肖澹说:"也不是完全没有办法,欧博科技的大本营在北城,但是要说到落地实施,还需要多方配合,尤其是当地的大型企业。"

沈辛安瞬间一副恍然大悟的模样:"在这些地方都有影响力的,肯定还是你我都知道的……你是说,金鑫集团?"

肖澹勾了勾嘴角,脸色显出几分高深莫测:"地产、商贸、文化等都有涉猎,这种企业用来拖延孟汀洲扩张的脚步,最合适不过。"

"可是他不是——"

肖澹一副不是很想谈论这个话题的样子:"嗯,但是他跟你父亲的公司有合作,你可以去帮我预约。如果我直接找上门去,那个王总不会见我。"

江锦听得云里雾里,但是这并不妨碍她在心里打起自己的小算盘。

正事告一段落,肖澹站起来拊掌:"小夏留在这里就好,其余人今天就回北城吧。"

一个姑娘有些犹豫:"可是……"

"没有人能只依靠理想吃饭,你们还有各自的生活,这里的事情交给我和辛安就可以了。"

虽然年纪相仿,但是肖澹的身上似乎早早就摆脱了"年轻人"的标签,有了一种能令人信服的领袖气质。

从他的口中说出的"交给我"这三个字,轻而易举地就说服了这些人。

江锦的视线在肖澹和沈辛安身上晃悠了一圈,最后慢悠悠落到了小夏的身上,她笑得很漂亮,带着几分知心姐姐的味道:"啊,小夏,留下来吃个晚饭再走吧。"

"啊?哦……好啊,谢谢小锦姐。"

看着小夏手足无措地道谢,江锦满意地点点头。

这么单纯的孩子,最适合套话了。

一扭头,江锦就看见肖澹打量的目光,仿佛看穿了她的一切小心思。只是还没等江锦解释点儿什么,他就已经扭过头送那些年轻人出门去了。

晚餐是肖澹掌勺,沈辛安屈尊降贵帮忙洗菜,江锦和小夏坐在沙发上吃水果。

江锦看了一眼身旁坐得笔直的小夏,清了清嗓子,恍若不经意地问:"我听肖澹说,你曾经去欧博找过我?"

小夏的心思原本就不在电视上,听见她开口,连忙侧过身来,有几分面对老师时的拘谨:"是啊,当时我们模拟的实验数据并不乐观,大数据显示出在用户人数达到一定基数后,他们大脑里的芯片有可能产生微弱的磁场感应,这种磁场感应或许会影响神经系统……啊,我是不是说了太多话了?"

江锦摇摇头:"没有,我们很需要不同的想法,再通过实验去验证它的对错。对不起,我当时更留心一些就好了。"

小夏急得脸都红了起来:"不不不,这怎么能怪你呢……你和你的父母一样,人都很好。愿意相信我们这些业余的人说的话。"

小夏说到了重点话题,江锦的身子坐直了些:"你见过他们吗?我是说,最近两年。"

"我们的实验室成立之初,跟江教授夫妇两个有过交流,他们都是很和蔼的人。"

小夏看似单纯,却准确地捕捉到了她真正想要了解的部分:"江教授实验室火灾发生前一周,我们还曾经在线上联系过。"

"你们说了什么?"这个时期,她的记忆恰好是空白的。

"只是探讨了一下我近期遇到的问题,江教授解答了我的几个疑惑。哦……我记得他当时的情绪并不是很好,我问他原因,他说,六爻系统的研究有些超出他的预料,因此与孟董发生了一些分歧。"

"孟董?"

"就是欧博科技的董事长,孟宪。"

江锦蓦地想起来,在外界的认知里,欧博科技的权力交接,恰好就是在他父母出事的那段时间里完成的,孟宪退居幕后,孟汀洲成功掌权,但这件事情只是在她脑袋里转了一圈。

小夏还在说:"具体的,江教授没有透露,但是我多少能听出他话里无奈的意思。江教授和江夫人虽然是欧博科技发展至今最大的功臣,但是小锦姐你也知道,他们俩对欧博的管理并不上心。依我看那些权力更迭在江教授眼中,还比不上一个实验数据动人。"

听出男孩子话里的崇敬之意,江锦低头笑了笑,语气略带怅然。

"我父母就是这样的人,他们能终年如一日地进行科学研究,很大程度上只是出自热爱,他们不会考虑这个研究有没有市场前景,能带来多少收入,而且他们的工资基本上都拿来资助那些家境不好的小孩儿读书了。"

小夏絮絮叨叨说了许多,父母去世前那段时光逐渐在江锦的脑海中完善起来。这时,肖澹准备好了晚饭。

"吃饭吧,一边吃一边聊。"

上了桌,江锦皱皱眉头,她不喜欢吃芹菜、茼蒿这类有特殊气味的蔬菜,可是眼前这一桌子,色香味俱全,却每一道都是她平时十分抗拒的食物。

她抬起头看向肖澹，后者慢条斯理地解开围裙，抽了一张纸巾，擦了擦头上的汗。

江锦才刚升起的那么一点不满顷刻间就烟消云散了。

算了，她身为不做饭直接享受劳动成果的人，还是不要太挑剔了吧。只是捏着鼻子吃进去的时候，心情还是没那么愉快。

胃口得不到满足，她也没什么聊天的精神，原本打好的亲切大姐姐的腹稿全盘作废，草草吃了饭，她就目送小夏跟着沈辛安离开了。

墙上的时钟时针堪堪指向了"11"。

肖澹进卧室不知道做什么去了，一直都没有出来，江锦打了个哈欠，敲了敲卧室的门。

"肖澹，你快出来，我要睡觉了。"

一连敲了三四回，门才半开。

男人站在门缝后面，他身上不知何时已经换好了睡衣，手上抱着一卷被子，沉着脸看她。

江锦茫然地看向他："你……你手上拿的什么？"

肖澹将手上的枕头和被子一股脑塞进江锦的怀里，居高临下地说："你的床品。"

"我知道是我的床品，可是……"

"之前是情势所迫。你情绪不佳，我想着安抚你也要费事，还不如把床让给你好好睡一觉，可是今天看来，你的精神不错。"

"啊？"

"吃着我的水果，吃着我做的晚饭，还要睡我的床，你不觉得这已经超出朋友的范围了吗？不过看你跟小夏相谈甚欢的样子，你估计也并不在意吧。"

"我……"

"被子给你,去睡沙发。"

伴随着肖澹不近人情的冷声,江锦的手里被塞进了一床被子,而后门被重重地关上。

江锦面对着硬邦邦的门板眨了眨眼,被关在门外,她却一点也没有生气的感觉。

她隐隐觉得,她是知道肖澹为什么突然不高兴的,可现在并不是深究的好时机。

从北城"逃离"已经一周多的时间,等待沈辛安联系金鑫集团的空隙,江锦闲来无事,将肖澹给她的父亲的笔记翻来覆去地看了好几遍,也没能从中看出什么端倪。

周日下午,肖澹回来,径直走到阳台的躺椅旁边:"走吧。"

江锦放下手里的笔记,疑惑地抬头看他:"去哪儿?"

"见个人。"

"谁啊?"

"到了你就知道了。"肖澹一副不想多提的样子,将江锦从椅子上拉了起来。

他又上下扫了她一眼:"你不是应该很有钱吗?除了这一套衣服,你就没有别的衣服了?"

他语气中的嫌弃溢于言表,江锦几乎气笑了。

"我去找你的时候没时间收拾行李,你也没给我留收拾的时间不是吗?实不相瞒,我换洗的内衣都是现买的——用的还是在你桌子底下捡的五十块钱。"

肖澹颇为无语,却也不得不先带着江锦到一元县最好的商场买了一身新衣服，然后开了两个小时的车，到达了一个位于北城郊区的写字楼。

这栋写字楼建得十分突兀，周围都是低矮的楼房或是空旷的土地，这么一栋巍峨的写字楼耸立在中间，俨然有了一种与周遭格格不入的暴发户的形象。

一进大堂，前面金光闪闪的"金鑫集团"四个大字，几乎闪花了江锦的眼睛。江锦敢保证，它的建筑成本与欧博科技大楼的成本不相上下，只是风格上走向了两个完全相反的极端。

"我们是不是来这里见金鑫集团的老总，你认识他？"

"嗯，这个集团的老板姓王，他旗下有一家出版社，他找到我，说欣赏我，想要出版我那本《消失的凶手》。"

"是不是因为有阻碍没有成功？"江锦问得还算含蓄，因为肖澹身份特殊，许多带有刑侦色彩的元素是不被允许融入创作中的。

"不，不是有阻碍。"肖澹的脸色变得有几分古怪，"是我告诉他，他那家出版了二十多本他自己情感经历的小出版社，永远也别想出版我的书。"

江锦预感到这次会面会十分艰难。

果不其然，两人在大堂足足等了四十分钟，才有秘书将两个人带到了一个会客室坐着。

又过了一个多小时，这位传说中的王总才露了面。

来人四十岁上下，身材胖胖的，大号的西服穿在他身上也显得过于拥挤了一些。虽然个子没有肖澹高，可昂扬的头，似乎可以俯视二米的小巨人。

"肖澹，什么风把您吹来了？"

说着，王总坐到了椅子上，双脚抬了起来，交叠着搭在前面的办公桌上，那张狂劲儿就连肖澹也要自愧弗如。

"沈总应该跟您说过,我们有事想要请王总帮忙。"

王总哼了一声,脸上的肉也随之颤抖:"肖先生的忙可不是随便什么人都能帮的,这一个搞不好,好处没捞着不说,还要被讽刺一顿。这儿可是我的地盘儿,我要是丢了面子,以后怎么管理公司?"

"您过虑了。"

王总掏出烟盒,抽出了一根塞在嘴里,却半晌都没有点着。

气氛有点莫名的凝重。

江锦不知道两个人为什么都不说话,但是在来的路上肖澹已经交代过,到这里之后不让她随意说话,全听他的就好。

她便乖觉地没有吭声,眼观鼻、鼻观心地充当着壁画。

肖澹从椅子上站起来,缓缓走近王总。

江锦的心忍不住跟着提了一下,却见肖澹从怀里掏出一个黑色的打火机,打了两下,递到王总面前,替他将嘴上的烟点燃了。

云烟笼罩中,室内的气温上升了五度。王总吐了一口烟圈,手指点了点江锦。

"这位美女是?"

肖澹语气自然地回道:"这是我的女朋友。"

"哦……"

王总对她的兴趣肉眼可见地迅速消失。

"王总,我有话就直说了。我这次来也是受了沈总的委托,他公司今年最大的客户就是欧博科技,欧博科技预计要在今年的下半年进行十个城市的新产品推广试点,可是恰好这个时候沈总的内部出了点儿问题,这么大面积的宣传落地有些困难,可如果不能如约落地,这个违约金可是天价。"

肖澹说起谎话来,眉头都不皱一下,江锦忍不住在心底为他鼓掌。

"您的事业做得大,这些城市也都有涉足,所以才想请您帮帮忙从中运作一下,让他们的推广落地晚上一两个月。"

这个理由乍一听起来挺像那么回事,却经不起推敲。江锦有些替肖澹担心,虽然这个王总看上去有点像小说里面的降智反派,但这是现实生活,人家毕竟掌握着一个不逊于欧博科技的庞大的集团。

果不其然,听了肖澹的话,王总仅仅是微微一笑,按灭了手中的烟头,悠悠道:"你和欧博的孟总到底有什么深仇大恨,抢了人家未婚妻还不够,还要给人家的推广下绊子?"

江锦愣了一下。

这人早就知道她的身份?

江锦忍不住侧头看了一眼肖澹,却见后者震惊地瞪大了眼睛:"您怎么知道!果然什么都瞒不住您,让您见笑了。"

嗯?江锦也跟着睁大眼睛,这不是她认识的肖澹。

王总又掏了一根烟,自己利落地点上,吞云吐雾,胸有成竹。

"你呀,年轻人,还是嫩了一点。六爻系统谁不知道,我都心动。这个项目的总工程师兼未来的总裁夫人离职,有心人一探便知。只是没想到她竟然会出现在这儿,更没想到的是,她竟然会跟你在一起。"

王总的眼神在肖澹和江锦之间滴溜地转了一圈,促狭地笑了起来:"身为一个男人,我不得不说,你真是出乎我的意料啊。"

肖澹低了低头,薄唇中缓缓地吐出了渣男的经典语录:"我也对小孟董感到抱歉,但爱情是不分先来后到的。"

他脸上挂着谦逊的笑意,跟平时傲气的样子判若两人。

王总此刻就如同一只被顺毛捋舒坦的大橘猫,鹅蛋脸硬是挤成了一朵微笑的菊花。

"如果你从前的性格能像现在一样讨喜,说不定我会让你做我的朋友。"

"不敢不敢,您过誉了。"

"哈哈哈,我看人一向很准,我一早就知道你是个有意思的人,果然如此!"

事情接下来的发展让江锦自诩聪明的脑袋里犹如被塞了一团棉花一般,晕乎乎摸不着门道。

不管是因为什么原因,给欧博科技下绊子这种事,总是要付出巨大的人力物力的。可仅仅是因为心情好转,这个王总竟然真的答应帮他们。

等秘书小姐脸上挂着亲切的微笑,将他们送出来后,江锦的神志才回笼。

"就这样?"

"王总的爷爷是开矿山的,他的父亲是炼钢的,他自己是做房地产起家,一代一代的财富累积到现在,是一个你无法想象的数字。"

"所以呢?"

"你知道他的人生格言是什么吗?"

"什么?"

肖澹不知想到了什么,觉得好笑,眉毛都舒展了:"吃好喝好,好恶随心。"

江锦勉强跟着笑了笑:"没想到这么大一个老板还挺务实的……"

所以只需要肖澹动动嘴皮子就可以办到的事,她为什么要费那么大劲,从欧博科技跑出来?

最关键的是——

"你为什么要说,我是你的女朋友啊?"

肖澹满不在乎地回答:"这个时候,说你是为爱辞职,总比说你是因为理念不合而跟老板分道扬镳的好。人都有八卦之心,王总的心理得到了满足，就会变得很好说话。"

他又恢复了一贯傲慢的神情，再次刷新了江锦对他的认知——能屈能伸，高冷戏精。他并不讨厌王总，所以可以配合出演谦卑的戏码，并且乐在其中。

看着他眼角尖透露出来的那一点餍足，江锦垂在身侧的手轻轻地攥了起来，有些话终是没忍住，问出了口："我从来没有见过你这副样子，为了帮我，你竟然也能放下身段。你答应帮我调查我父母的事，又帮我阻止孟汀洲的计划，当真只是因为你是我父母的旧识？"

"要不然呢？是为了你？你把我看成什么人了，我是那种为了女人可以卑躬屈膝的人吗？"

他毫不留情地戳穿了江锦心底那些不为外人道的小心思。

还没等尴尬的绯色漫上她的脸颊，肖澹突然一把拉过她的手腕，往自己的怀里一带。

没什么人经过的道路上，江锦被他困在冰冷的墙壁和他灼热的胸膛中间，仿佛狭小的空间内，空气也稀薄起来，她呼吸忍不住急促起来。

偏偏雪上加霜，肖澹凑到她耳旁开口：

"如果我说，我是呢？"

她的心仿佛被什么重重一击。又来了，那种奇怪的感觉。

他像是认真，又像是漫不经心。

"如果我说是呢，如果我说我其实就是这样的人，所做的一切都是为了你，那么你呢……会回应我吗？"

"你……"

她的心跳越来越快，仿佛有要蹦出胸腔的样子，慌乱之中她偏了偏头，两边的碎发垂了下来，遮住了她的眼睛。

肖澹短促地吸了一口气，而后细微的气流扑面而来。他维持着这个姿势,吹开了江锦脸上的头发,也吹得她睁不开眼睛。

眼睛看不见,听觉就更加灵敏,他的声音似乎比往日要低沉和认真。

仿佛已经等了许多年一般,他再次问——

"之前我说,你会需要我的帮助的,然后我把你从孟汀洲身边带走了,现在我说,我做的这一切都是为了你,你会回应我的付出吗?"

"不是说认识我的父母吗?你别以为你这么说我就会相信你。"她着急地辩解,带着几分欲盖弥彰。

抬眼看见肖澹似笑非笑的表情,她又说:"你刚才跟王总说,我们是男女朋友关系,我理解,但是,以后澄清的时候,你可要跟他说,是我甩的你。"

肖澹怔了一下:"你的关注点还真是奇特。"

江锦回以客套一笑:"好说好说。"

气氛仿佛又回到了正常。

江锦松了一口气,刚要从他和墙的缝隙中挤出来,忽然,他一伸手把她搂了回来。

他冲她伸出手,手指停留在她的嘴角,头低了下来。

这一瞬间,江锦的神智在九天之上飞了一圈,晃悠着落不了地,只得看着他的唇越凑越近,然后——吻在了他自己的手指上。

这是什么操作?

她费力地看向近在咫尺的男人,差点看成了斗鸡眼。

肖澹的身上总是有一种薄荷的烟味。

肖澹的睫毛真长啊。

肖澹的……

她正胡思乱想,忽然,眼前一亮,男人直起了身。

肖澹神情平淡,一派光风霁月。

"可以了。"

"啊,什么?"

"刚才王总在偷看。"

江锦无语,余光里,果然有一个胖胖的身影在角落里闪了一下,迅速消失不见。

江锦无奈地摇摇头:"这个王总真是……"

有未尽的话,也不知是真的想感叹,还是想借此从什么模糊不清的气氛中挣脱出来。自以为整理好了心绪,江锦一扭头,就看见了肖澹盯着她那未来得及收回的目光。

"肖澹。"

"嗯。"

"你耳朵尖儿红了。"

江锦的心突然定了下来,双手抱肩调笑道:"亲吻自己的手指也会红耳朵?"

他看她时,眼底有浓烈的情绪。

她是不是可以大胆假设、小心求证,这个看似全世界都在掌控之中的男人,和她一样,也行走在心跳紊乱的边缘?

第五章
♥ 想要触碰的过去
....

一进 6 月，天气陡然之间热了起来，今年的盛夏来得格外早。樱花的残蕊还没有完全衰败，其余姹紫嫣红已然竞相绽开。

越远离都市，越远离那些高档的住宅和商业街，季节的更迭就越加明显。

王总虽然看起来不太靠谱，但是言出必行，从欧博集团选择推广试点的场地到装修、宣传等，大大小小使了不少绊子。

小夏他们也各自想了办法，写了无数篇专业的学术性文章公开发表，希望让人们了解到现在的六爻系统是存在隐患的。可是有一句老话说得好，无知者无畏，小夏他们收获甚微，大部分人还觉得他们太过敏感，固执地不肯接受一项新的科技。

跟孟汀洲原来的计划相比，现在的进度已然拖慢了不少。可是，这些还远远不够。

江锦一边想着，一边叹了口气，将手中的扫把放了回去。虽然肖澹什么也没说，但是住在他的家里，霸占了他的卧室，吃着他做的饭，江锦觉得自己也要付出一定的劳动，于是便自觉承担了日常卫生的清扫工作。

但是这并不代表，肖澹就可以肆无忌惮地指使她！

外间传来了肖澹的声音："江锦，帮我泡一杯红茶来。"

"没有了。"

肖澹咕哝了一句什么，听不清字，但语气分明就是抱怨。

江锦将手里的抹布一摔，扬声说："你还有完没完？我说了，红茶喝完了，只有白开水要不要？"

"我当你助理的时候，三明治咖啡，哪样少了你的？"

两个人隔空也能拌起嘴，沈辛安也是服气了。

"好了好了，我记得，你家里不是还有一块普洱？"

肖澹又说了句什么之后，提高了音量："江锦，卧室的衣柜子里应该有普洱茶饼，你好好找一找。"

江锦闭上眼睛，做了两次深呼吸，才忍住了冲出房门揪他头发的冲动。

之前怎么就没有发现肖澹的本性竟然这么懒，这几天跟沈辛安两个人神神秘秘不知道在捣鼓什么也就罢了，还以平均十分钟就叫她一次名字的频率，将她指使得团团转，差点让她以为他是一个离开她就不能生活自理的幼儿。

江锦一边在心里吐槽，一边认命地打开柜子漫无目的地翻找，十分钟后，她已经把肖澹的衣柜和杂物间画上了等号。

哪有正常人会把茶饼和揉在一起的领带扔进衣柜的？

她伸手一抽，随着茶饼一起带出来的还有几本翻倒的书……衣柜里真的是什么都可以装。

两本书中间夹着几张纸。

"辞职报告"四个大字映入眼帘。

这是肖澹的辞职报告？

江锦知道肖澹之前是做什么工作的,这是他的私人物件,她不应该看,可是女孩儿终究没有抑制住自己的好奇心,向那些字上瞟了一眼。

江锦愣住了。

这时外间又传来了肖澹的声音:"江锦,你找到没有啊?"

室内静悄悄的,没有人回答。

男人迈着一听就十分慵懒的脚步,慢吞吞地走到了卧室门口:"找不到就算了,给我烧壶白开水也……"

他的声音顿住了。

江锦坐在衣柜前的小矮凳上,视线从辞职报告上抬起来,捏着纸张的手指微微颤抖了一下。

"肖澹,你从没有告诉我,你辞职的原因,是因为我父母的死。"

她的声音异常冷静,带着几分探究,却终究少了几分温度。

"我……"一开口,肖澹发现自己的声音有些嘶哑,他清了清嗓子,"我并不是刻意想要瞒你,我……"

"你们俩在卧室里背着我干什么呢?"沈辛安也走了过来,看气氛不对,他纳闷地看了一眼江锦,自然也就发现了她拿在手中的东西。

沈辛安张嘴欲言。

肖澹抬手拦住了他:"辛安,今天你先走吧。"

"好吧……"

沈辛安往外走了两步,不大放心,又扭过头来,认真地看着江锦:"小锦,不管你现在在想什么,我只希望你不要误解肖澹,他对你真的……"

"沈辛安。"

肖澹又叫了一声他的名字,语气暗含几分警告。

沈辛安闷闷不乐地住了嘴,终是一扭头离开了。

窗外隐隐地响起了几声欢快的鸟叫。

卧室朝南，下午的阳光斜射进来，应该是很舒服的温度。

肖澹向前走了几步，伸出手想要拉江锦起来，却被后者下意识地避开了。

他的眼神闪了闪。

"两年前局里接到了一起报案，欧博科技名下的一间实验室电路短路，导致大火，致使两名研究人员丧生，死者就是你的父母。

"现场太干净了，没有任何人为的痕迹，不管从哪个方面来说，它都仅仅是一场意外而已。可是就像我跟你说的，我并不相信你的父母会犯那样低级的错误。

"只是在其位谋其政，每一天会有新的案子占据我的时间和精力，所以我辞职了。这两年来我一直在关注欧博科技和你的近况，这些事我不是不想告诉你，只是就连你自己都不记得了，我为什么还要一遍一遍地提醒你那些惨痛的事实呢？"

这一段话听起来滴水不漏。

"还有什么是你在斟酌着，应不应该告诉我的？"

肖澹顿了一下："有……据我了解，你的父母在这里有一间实验室，我怀疑里面可能会有一些线索。"

"这里？一元县？"

"是，你很早就去了北城，可能不会记得，你父母年轻的时候，曾经在一元县待了一阵子。"

肖澹这么一提起，江锦也不由得开始怀疑。

她虽然是北城人，但并不是土生土长的北城人。她五岁以前，正是脑激光图刚刚投入应用的时间，于是她的父母带着她四处奔走，说不定就是那时在一元县停留了一段时间。

只是后来到了北城，她也逐渐融入了那里的生活，渐渐忘掉了小时候的事情,再加上昏倒之后,过去的记忆就变得更加不完整,一连串童年时光也开始模糊不清。

"我印象里,我很小的时候就跟父母一起来了北城……但我们确实不是北城人。只是关于实验室我确实没有任何印象了,如果这里真的有,凭你的能力会找不到吗?"

肖澹苦笑了一下:"那个时候我也还小啊,再加上你父母在来到欧博科技之前,曾经被一家国外科技机构纠缠,因此他们的行踪十分小心,刻意隐藏行踪的话,不管对谁来说都不好找。我们已经将一元县整个翻找了一遍,也没有发现一点踪影。"

也算合情合理。

江锦问:"你没有其他的事瞒着我了吗?"

肖澹回答得很快:"没有。"

她像是陡然之间卸了力,朝外的刺卷了起来,头微微低着。

她喃喃地说:"肖澹,你就是欺负我都不记得了。"

男人叹了口气,走上前,伸手摸了摸她的头,声音带着几分捉摸不定的温柔:"我知道的已经全部给你了,究竟能不能找出你父母死亡的疑点,终究还是要靠你自己。"

"可是只有一本笔记,我都已经可以背下来了,依旧没有任何疑点。"

"你父母没有其他的遗物吗?"

"是有一些,可是我在医院醒过来,回家之后,没有发现任何值得仔细检查的东西。"

"即便是有,一早就被孟汀洲处理干净了。"肖澹对孟汀洲的不屑与敌意,从来都这么直白。

提起孟汀洲,江锦的表情也有些不自然。

不管是什么原因,她毕竟也曾经顶着孟汀洲的未婚妻这个名头,此前她一直将他定位为好的事业伙伴,可是一年多的相处,她根本没有窥见过孟汀洲真正的内心。

"我失忆后见的第一个人就是孟汀洲,我信任他,将我从父母那里了解的所有关于六爻的核心机密全盘托出,但是现在证明了这是一个错误。

"真希望哪天一觉醒来,这两年的记忆又能回来,缺失的这部分记忆对我来说就像是一个潘多拉魔盒,不把它打开,我永远不能确定里面是毁灭还是希望。

"现在,我也不知道能相信谁。但可笑的是,我除了信你,又没有别的办法。"

她显得十分苦恼,可是肖澹禁不住眉头舒展开来:"我明白,你能像现在这样坦诚地对我,我已经觉得很荣幸了。"

"谢谢……"

江锦的话刚刚说出口,就察觉到有什么不太对劲儿。这场谈话最开始的中心是什么来着?怎么就发展成她要跟他道谢了?

狡诈如狐的肖澹!

她恼恨地斜了他一眼,却发现他看她的眼神带着专注,她曾经多次瞥见过这样的注视。

他看着她,却又似乎在两个人中间竖起了一道屏障。

天色渐渐暗了下来,黄昏时浓郁的油画色彩蔓延开来,似乎已经过了很久了。

"肖澹,帮我做一件事,我就赌上我全部的信任配合你。"

"谁需要那么多信任?"话虽如此,肖澹还是欣然道,"说说看。"他说完便起身向外走去。

江锦条件反射性地伸手拉他:"别走。"

肖澹不察,被她拉得一个踉跄,跌跌撞撞地坐在了矮凳上。

江锦俯视着他,从这个角度,能看见他错愕的表情,以及因为动作而微微敞开的领口。

江锦突然间觉得自己找回了几份职场上的杀伐果断,她弯下腰,唇凑了过去:"帮我找一个人。"

"嗯……"

"程暖阳,我的好朋友。我之前尝试过找她,可是除了在我自己的手机里发现过一条她留给我,说她有事要离开一段时间,不要我找她的短信以外,这两年间再无音信。但是我始终觉得奇怪,我们是彼此的好友,哪怕她真的有什么不方便为外人道的事,也不可能一直不跟我联系。"

江锦没有说出口的是,不管她怎么保证,或者怎么说服自己的心,她现在唯一完全能够信任的,只有一个程暖阳。

她还想说得更详细一点,却见肖澹摇了摇头,语出惊人:"我知道她,跟你念一个大学,心理学的高才生。如果我帮你找到她,你要怎么报答我?"

"反正我要谢谢你的事情太多了,以后再想。"

"你现在就可以回报我,只要你答应我一个条件。"

江锦将信将疑:"你说!"

肖澹沉吟着,没有直接提,而是说:"其实有个人一直在找她,也找了两年了。"

江锦禁不住瞪大了眼睛:"谁?"

"沈辛安。"

见江锦脸色不对,肖澹一脸警惕:"我事先说明,我不知道你突然要找那个程暖阳,这可不算我隐瞒你,你不能生气——这个就是我的条件。"

现在是说这个的时候吗?

"沈辛安找暖阳干什么?"

"一见钟情。"

肖澹简明扼要地说了一句,然后就看见江锦的脸色更差。

他顿了一下,聪明地转移了话题:"总之,他找了许多办法联系程暖阳,最近也有了进展,有消息也就是这两天的事了,等我确认下来再告诉你。"

江锦除了点头,也就只能点头了。

她闺密的新恋情,她竟然一点也没听过。

夕阳的最后一丝余晖消失殆尽。

很好,在平静了一段时间后,她终于又度过了波澜壮阔的一天。

第二天,沈辛安中午照例过来串门兼蹭一顿午饭的时候,立刻就察觉出不对劲儿。

昨天他走的时候,江锦的火气分明是对着肖澹的,可是现在为什么,她刀似的目光全都割在了自己身上?

他看向肖澹,可后者摸了摸鼻尖,表示爱莫能助,顺便指了指自己的胃,示意两个人已经吃完了饭。

沈辛安只好可怜巴巴地穿着围裙,去厨房用开水冲泡方便面。

江锦眼中的探究一点一点地收敛起来,她成熟、稳重的好闺密,竟然在自己毫不知情或已经遗忘的情况下,看上了这么一个……二货。

难道是富二代的光环?

沈辛安身为富二代,也有自己的优点,他随遇而安,一袋什么也不加的方便面也能吃出享受的表情来。

这时,肖澹的手机响了起来。

肖澹的手机号少有人知,江锦不免多看了一眼,不知是不是她的错觉,他的脸上似乎飞快地闪过了一抹惊讶,然后他扯了一张纸记了起来。

"嗯……好,知道了,谢谢。"

撂下手机,肖澹看了一眼沈辛安:"你……不对,是你们要找的人可能有消息了。"

肖澹将抄好的字条递给江锦。

她以为是程暖阳的线索,可纸上写着的是一个陌生的名字"程朝阳",以及一个地址。

"这是?"单看名字,两个人之间似乎有一种隐秘的联系。

"一个心理医生,他或许知道程暖阳在哪里。"这算是个好消息,可是肖澹脸上的表情并不轻松。

程暖阳也是学心理学的,会有这么巧合的事吗?可为什么没有找到程暖阳,只找到了另一个人?江锦的心跳有些加速,问题到嘴边,却隐隐有些惧怕。

肖澹的手指在沙发扶手上叩了叩:"江锦,我们得回一趟北城了。"

即便事务繁忙,孟汀洲也没有停止过寻找江锦,为了避免麻烦,江锦他们回北城自然也是低调行事。

第二天下午,刚到北城地界,三人就直奔字条上的地址。

那是一栋办公大楼,里面大大小小的公司林立,电梯也老旧,人站进去半天,才像是行动迟缓的老人一样,合上了电梯门。

下了电梯,肖澹就停下了脚步。

"你们俩进去吧,我在外面等你们。"

江锦点了点头。

走廊长而深幽,她慢慢走到尽头一扇紧闭的门前,盯着门上"心理咨询室"五个宋体小字,跟沈辛安对视一眼,才伸手敲开了门。

"请问,这里是程医生的办公室吗?"

一阵穿堂风从她身后扫过,白色的窗帘猛地飞舞起来,傍晚的阳光带着油画般的浓烈色彩,将屋外的树影横斜尽数映在昏暗的室内,昭示着不安的因子。

屋内只有一个穿着白衬衫的男人,身形清瘦,正伏案写着什么,听到动静也不曾抬头。

沈辛安先沉不住气,往前走了一步:"您好,我想找程暖阳。"

他抬起头来,看见江锦和沈辛安并不意外,只是指了指对面的两张椅子:"坐。"

又过了五分钟,他才停下笔抬起头:"你们刚才说什么?"

作为一名需要跟各类病人打交道的心理医生,程朝阳长了一张十分俊美的脸,五官柔和,下颌轮廓棱角分明,却不过于锋利,颇有些雌雄莫辩的意味,若是单看脸,的确跟程暖阳有七分相似。

唯一与之不匹配的便是那一双淡漠的眼睛,不笑的时候,整个人渲染出一种清冷疏离的气质。没有拉近关系的嘘寒问暖,他用冷冰冰的态度告诉你,他并不像他的妹妹一般随和。

可问题是,江锦从未听说过程暖阳有哥哥。

不过现在想起来,两个人在一起的时候,程暖阳对她一直像对待小妹妹一样,关怀备至,却也很少提到过自己家里的事情。

"我们想找程暖阳。"

男人的脸上浮现出一抹不耐烦的情绪:"你们找程暖阳做什么?她死了。"

和沈辛安瞬间像是天塌下来一般的震惊模样不同,江锦只看了程朝阳一眼就摇了摇头:"你在骗人。"

她又细细打量了他一番:"两个月前,你是不是去过北城大学?"

程朝阳更加不耐烦:"没有。"

"我在抗议的人群中,曾经见到一张酷似程暖阳的脸,想来那个人应该是你。程暖阳从来没有提起过你,虽然你们长得相像,但我还心存犹疑。"江锦笑了一下,"但是看到你说话,我信你们是亲兄妹了。暖阳对于不想见的人,表情跟你现在一模一样,敷衍的谎话张口就来的习惯也是一模一样。"

也不知道是不是江锦的话镇住了对面的男人,他沉默了下来,倒是没再说要赶他们走的话了。

"我们的寻找如果给你造成了麻烦我很抱歉,但是如果你真的知道暖阳在哪儿,请你告诉我们,我现在……很需要她。"毫不夸张地说,在经历了这么多事之后,记忆里一直可以依靠的程暖阳就是江锦精神支柱一般的存在。

程朝阳看了她几秒,忽然露出了一抹笃定的神色:"你就是江锦吧?"

"你听说过我?是暖阳跟你说过?"

程朝阳含混不清地应了一声,低下头在身旁的柜子里翻找了半天,抽出了一个信封。

"也罢,既然你都找上门来了……这是程暖阳留下的,应该是给你的,拿走。"

江锦手里被他不耐烦地塞了一个牛皮纸信封。

"可是——"

她还有很多想问的。

比如程暖阳这两年到底去了哪里?为什么要让他给她东西,而不是亲手给她?甚至,她脑海中还有一个疯狂的想法,程朝阳出现在抗议六爻系统上市的人群中,或许不是偶然……

"别的我什么也不知道,更不知道她在哪儿,你们快走吧。"

这就是再也不想沟通的意思了。

两个人被程朝阳赶到了办公室门口,程朝阳将江锦推了出去之后,又开始推沈辛安。

只是沈辛安毕竟是个大男人,两个人僵持不下,程朝阳臭着一张脸:"从你们一进门我就想问了,你盯着我做什么?"

沈辛安像根柱子似的站在原地,深深地看了程朝阳一眼,才低下头,半晌说道:"你和你妹妹长得真像。"

神情追忆,还有几分可怜。

程朝阳完全不为所动,表情更加冷漠:"你再看,我就弄瞎你的眼睛。"

语气之严肃,没有一丝玩笑成分。

沈辛安瑟缩了一下,被江锦连忙拽走了。

这个程朝阳,看起来很不好招惹,却和同样不好招惹的肖澹是完全两个不同的类型。如果一定要加以比较的话,肖澹是游离于社会之外,俯视着芸芸众生的傲慢,程朝阳则是站在了众生的对立面,一个不爽就想要毁灭世界的反派角色。

从进门到被赶出来不过二十来分钟,肖澹看见他们出来,掐灭了烟。

"走吧。"

刚下了一楼,肖澹忽然伸手摸了摸兜:"刚才把打火机忘在楼上了,你们在这里等我一下。"

看着他又返回去的背影,江锦咕哝了一句:"这个人怎么总是丢三落四的?"

心理咨询室的门再次被敲响。

不轻不重地敲了两下之后,外面的人径直开门走了进去,程朝阳像是早有预料,伸手拿了两个茶杯,倒了水。

"我就知道你还是会进来找我的。"

"半年前,你通过小夏联系到我,告诉我关于六爻系统的研发近况,你就该知道,我会查出你和程暖阳的关系。"

程朝阳耸耸肩:"我那个时候就跟你说过了,宋敏雅曾是我的病人,告诉你六爻系统研究的近况,也是征得她同意的。"

"我只是好奇,你为什么肯帮忙传话。"

程朝阳端起茶喝了一口,视线透过袅袅茶气被模糊。

"从小到大,父母就觉得我心思难测,明明我和程暖阳两个人都对心理学感兴趣,他们却不许我攻读心理学,就像是怕我这个潜在的反社会人格有了知识之后走上不归路。"程朝阳说到这里,忽然露出一个略带欣赏的笑容,"可他们一定没想到,程暖阳却比我还要疯。"

话到后面,声音越来越轻,几近自言自语。

每个人都有秘密,何况一个阅人无数的心理医生,肖澹不想探究,探究也未必能得到结果。

"话虽如此,可你是个好哥哥,她想做的事,你都会帮忙。"

肖澹观察着程朝阳的神色,又说:"你和欧博科技没有任何关系,可是江锦不然,她又是你妹妹的好友,除了传递消息是你妹妹的意愿之外,我不认为你会这么热心肠。"

程朝阳伸手将肖澹面前的茶杯倒满,茶水几乎要溢出来。

"不用跟我套近乎,也别试探我,直说吧,还有什么想问的。"

肖澹诧异地一扬眉,旋即想到对方的职业也就不觉得奇怪了。他交叠双腿,说道:"我有一点想不通,为什么要让我骗江锦说,现在才找到你。"

"程暖阳说,只有江锦离开欧博,才是告诉江锦的好时机,她还有一句话——"

"洗耳恭听。"

"程暖阳说,不要相信江锦。"

肖澹的脸上,第一次出现了愕然的表情。

两个人又聊了几句，肖澹才起身告辞。

出门之际，程朝阳突然出声叫住了肖澹："还有……以后别让我再看见沈辛安。"

"你们之前见过？"

程朝阳的脸上浮现出一丝不愉快的表情："嗯，见过，在一个垃圾箱旁边……这些不提也罢。"

为了避免被孟汀洲发觉行踪，三个人连夜就回了一元县。尊贵的富二代充当了"车夫"，肖澹坐在副驾驶，闭着眼睛，也不知道是不是在睡觉。江锦独自坐在后座动了动，还是没忍住，抽出信封打开，借着窗外偶尔晃过的灯光和霓虹看了起来。

程暖阳的字迹一如往常般秀丽，信的内容也很简短：

小锦，见字如面。

如果你对现在的生活存有疑惑，对旧日的苦痛记忆意图探究，你首先要记得，不要找我。答应你的事我已经做到了，如果你不知道我在哪里，那就是我对你最大的帮助。

小锦，如果你相信我，就回到欧博科技，那里才是能解决所有疑问的根源之地，我在那里给你留了东西。另，这封信委托家兄转交，阅后销毁，不要告诉任何人。

只有寥寥几句话，每个字江锦都认识，可是偏偏组合在一起，她却什么也看不懂了。

忽然，前排传来了肖澹的声音："看完了？"

江锦匆匆收起信纸，从后视镜里看，男人犹闭着眼，夜色衬着脸色显出几分疲惫，但依旧英俊。

"嗯……"

为了避免肖澹再问，江锦转移了话题："我们还有多久能到？我有点困了。"

肖澹睁开眼，两个人的视线透过后视镜交汇，他的脸上看不出什么情绪，又闭上眼，换了个姿势靠着。

开口回答的是沈辛安："还有三个多小时吧。咱们不进服务区，还能再快点。"

不知道是不是江锦的错觉，自从从程朝阳那里出来，沈辛安便如同吃了一颗定心丸似的，整个人都明朗了起来，江锦也不是很懂他的脑回路。

信的事，没有人再提起了。这段时间以来，肖澹重新整理了一元县的地图，让沈辛安再查一遍实验室的方位。对于肖澹的做法，江锦也深以为然，一个谁也找不到的实验室，怎么会没有秘密呢？

闲暇时，为了洗刷自己只会煮泡面的污名，沈辛安信誓旦旦要露一手，可是找了一圈火在哪儿开都不知道，还把油碟打洒了。为了能准时吃到午饭，江锦不得不临时接替。可是两个人似乎都高估了自己的厨艺。江锦直到被沈辛安塞了一把铲子，站在灶台前，才知道自己是真的不行。

"加油，只要能吃就行！"说完，沈辛安心虚地一溜烟儿跑回了客厅。

江锦被迫上阵，手忙脚乱，一时发现锅冒烟了赶紧倒油，一时发现菜只是洗完了放着还没切，全身心投入了这场比研究更艰难的项目上，等她反应过来的时候，已经把菜扔了反而将盆里的水倒入油锅里。

忽然——火苗顿起，油点子噼里啪啦地溅出来，顷刻间整个锅都仿佛陷入了火海，并且有蔓延的趋势。

"啊！"江锦惊叫起来，余光里男人高大的身影就在身后，她条件反射性地扭过头想要抱住他，谁料——

"啊!"

男人的惊叫声几乎震聋了江锦的耳朵,肖澹身手利落地后退,江锦抱了个空。

肖澹,堂堂肖澹,竟然怕火。

江锦回过神来,抄起锅盖将锅罩住,然后伸手拧死了煤气阀门。一番手忙脚乱之后,江锦总算能腾出精力扭头安慰肖澹。

他呼吸急促,眼神还定在被扑灭了火的灶台上,明显是真的被吓到了。

虽然意外,但江锦还是走过去,伸手顺着他的背抚了抚。

"没事了没事了,摸摸毛吓不着。你说你一个大男人竟然怕火,丢不丢人啊。你这么怕火,平时抽什么烟?"

虽然嘴上说着嫌弃的话,江锦抚在肖澹背上的手却轻柔得很。肖澹转身,伸手抓住了她的手。

两个人逐渐平静下来。

沈辛安不知道什么时候进来了又悄悄地出去了。

水珠滴落在犹有余温的煤气灶上发出"刺啦"一声响,江锦猛然惊醒,尴尬地松开了手,却被肖澹反手用力握住。

那只握住自己的手有力、温热,却微微颤抖,如同他此刻上下轻颤着的睫毛。

他的眼神涌动着她看不明朗的情愫。

"怎么办?"

江锦讷讷地问:"什么怎么办?"

肖澹浅浅地呼了一口气,声音低了下来:"我是说,我该怎么办……等我们分手以后,每次被火吓到,我都能想起今天是你安慰了我。然后想到,啊,我的初恋甩了我。"

江锦意识到,肖澹已经彻底摆脱了被火惊到的困扰,又恢复成了那个高冷毒舌的男人。

"这怎么能叫甩？我们俩这明明是假的，你——"

不对，他说……初恋。

江锦忍不住扭捏地低下了头："你总是这样……明明是玩笑，却开得这么认真。"

他的手伸出，又放下，就像有什么从眼中一下子涌了出来，却又被他狠狠地按下来："如果我说我就是认真的呢？"

江锦怀疑自己听错了："你说什么？"

她表情惊讶，还透着点惶恐不安。她小心翼翼地试探，却又怕得到笃定的回答。

肖澹在心里默默地叹了一口气。

"没什么，我说，在这段时间，你就乖乖地跟在我旁边，不要关心我，不要再做出让我……"

"知道了。"

江锦没等他说完，便兔子似的跳开了。后面的话，她不敢听，总觉得会发生什么可怕的事情，而她还没做好准备接受。

永远不要在尘埃落定之前，走入温柔的陷阱。

丰盛的午饭自然泡汤了，幸亏有上次沈辛安买来的方便面救了场。

勉强填饱了肚子，太阳光一晒，江锦便懒懒的不想动弹，她瞥了一眼肖澹。

"你去洗碗吧。"

"好。"

"顺便把灶台清理干净。"

"嗯。"

"墙都烧黑了，买点油漆刷一下吧。"

"下午就去。"

看着肖澹往厨房走的背影,沈辛安啧啧称奇:"肖澹原来可不是这么逆来顺受的人啊。"

自从知道沈辛安对程暖阳有非分之想后,江锦就看他不大顺眼,当即想也不想地怼了回去:"你怕不是对逆来顺受这个词有什么误解。"

"你知道肖澹是个什么样的人吗?"沈辛安问江锦。

江锦认真地想了想:"自傲,谁也不关心,偶尔毒舌起来能把人气死。"

沈辛安面无表情地说:"你是在跟我炫耀什么吗?"

炫耀?江锦认认真真地思索了一遍,认定是沈辛安的诽谤。但是后者一脸的"这不是我认识的肖澹"的表情,还是让她产生了丝丝好奇。

"你和肖澹,关系很好?"

沈辛安抬起头,神色里多了几分追忆:"那怎么能说很好,我们是经历过生死的兄弟。"

"生死?"联想到肖澹原来的工作,江锦忍不住脑补了一些惊心动魄的情节。

"你想了解他吗?"沈辛安突然神色诡秘地笑了一下,"对一个男人感到好奇可是动心的前兆啊。"

江锦愣了一下,而后突然伸手一巴掌打在沈辛安的后脑勺上,力道大得将他的脸都按在了桌面上,整个动作行云流水,仿佛做了上百次那般自然而又毫不做作。

"想说你就说,别卖关子。"

沈辛安摸着后脑勺冷笑一声:"我敢说,就怕你不敢听。"

"你都敢八卦他,为什么我不敢听?"

到这里的时候,江锦还想着,既然肖澹能和沈辛安成为好友至交,那就是说对对方的人品有最起码的认识，沈辛安应当知道，关于肖澹的隐私，什么能跟外人说，什么不能。

可是事实证明，她错得离谱。也不知道是他平常嘴上就没有把门儿的，还是唯独对她这样，沈辛安，真的敢。

沈辛安是幺子，上头有四个姐姐。

沈辛安刚出生的时候，他的父亲由于太过开怀，大手一挥，就在贫困山区捐了一百所希望小学，名字统统起为"辛安小学"。这件事情当时在国内掀起了很大的波澜，一下子就将这位含着金汤匙出生的小公子架在了一个万众瞩目的高度。

沈辛安一周岁的时候，嘴里含含糊糊地叫了声"妈妈"，尽管只是个拟声词，高贵动人的沈母已经喜极而泣。沈小公子周岁生日当天，母亲家族那边所有旗下的员工都获得了一笔奖金。

沈辛安四岁开始朦朦胧胧记事的时候，隐隐知道家里似乎有很多亲戚，他们也有自己的孩子，有些孩子比自己还小，但是那些亲戚似乎都格外喜欢他，每次来都会给他带一堆好吃的、好玩的，任由他们自己的孩子哭号不止，也要把他抱进怀里，但凡他开口说了句什么，势必引来纷纷称赞。

沈辛安十岁的时候，偶然看到了一幕——他所谓的远房舅舅的老婆抱着一个所谓的"比沈公子差远了"的远房表哥，慈爱地安慰那个男孩儿："不哭不哭哦，你要知道，爸爸妈妈最疼爱的就是你，等到你爸爸从沈氏集团手里拿下了那个案子，咱们就再也不理沈辛安那个小子了……不过现在还要委屈你陪他玩一会儿，让他帮咱们说说话。"

从那时起，沈小公子终于有了一个清醒的认知，那就是他的家里实在是很有钱，所有的人不管是不是真的喜欢他，都会在他面前戴上虚伪的面具，冲着他笑。而他不管做什么，他们也都会笑着称赞，因为只要他高兴，那些人就会得到数不清的好处。

于是就跟恶俗的电视剧里出现的情节一样，沈小公子开始变得高贵冷艳起来。

这种情况，在他十三岁那一年，发生了翻天覆地的变化，他也终于不再按照偶像剧的套路成长。

成功引起贵公子注意的，并不是某个积极努力阳光向上的草根女孩儿，而是一个衣衫褴褛的冰块脸小子。

那是一个平凡的傍晚。

沈辛安坐在车后排座，无聊地跷着二郎腿，随意地望向窗外，窗外人流熙熙攘攘，却都与他无关。

他是孤独的、寂寞的、与众不同的，是夜空中最璀璨的星。

司机的话打断了沈辛安的顾影自怜："咳咳，辛安啊，前面有点堵车，今天回家可能会晚一些了，要不要跟夫人说一声？"

他瞪了司机一眼，而后身子往后一倒："随便吧。"

车辆龟速前行。

沈辛安百无聊赖，忽然，他的目光被一处巷口吸引了。

那里，一个中年男人狠狠地踢着蜷缩在地上的男孩儿，男孩儿不哭也不闹，仅仅是双手护着怀里的什么东西。

沈辛安降下车窗，男人的喝骂声随即飘来。

"你个小白眼狼，敢拿老子的钱，信不信老子踢死你！"

有路人实在看不下去，过来劝阻，结果被男人一通骂："老子教训儿子，用得着你们多嘴！再说一句，连你一起打。"

于是那路人就不敢再劝了。

因为被阻挠，中年男人的怒火更盛，旁边就是一个垃圾桶，里面装满了肮脏不堪的干湿垃圾，男人一手钩起那个垃圾桶，就往男孩儿的身上砸去，顿时男孩儿的身上便沾满了秽物。

"呸，只会浪费粮食的人，你怎么不干脆死了！"男人骂骂咧咧地走了。

沈辛安发誓，他原本只是想看场热闹。毕竟是人家父亲管教儿子，虽然过分了点儿，可是终究与他无关，可是他的目光就是无法从那个男孩儿身上移开。

中年男人走后，男孩儿动了动，从地上慢慢地站起来，面无表情地伸出一只手弹了弹身上的垃圾，露出了他一直护在怀里的东西——竟然仅仅是几袋子一看就很廉价的面包。

沈辛安突然有了兴趣，对前面的司机说："停车，去把那个男孩儿叫过来。"

"啊？"

"愣着干什么，快去啊！"

司机百般不情愿地将那个满身都是异味的男孩儿领过来。

沈辛安降下了窗子，好奇地打量着他。

"就为了几袋面包，挨这么一顿打值得吗？"

沈辛安通身气派，和对面的男孩儿形成了强烈的对比，可是男孩儿丝毫没有羞愧之情，黑色的眼睛直直地看着他，像是在说一件稀松平常的事："我和我妈没钱吃饭，她在外面打工，好不容易挣了一个月的工资，就都被那个男人拿走了，我如果不偷出来买吃的，我们俩都会饿死。"

"需要多少钱跟我说，我可以给你。"

沈辛安虽然年纪不大，但早已随父母出席过各种慈善场合，这种施舍的事情做起来得心应手，遇到一个让自己颇感兴趣的人，自然出手大方。

"不用。"男孩儿轻巧地回答，他满身狼狈，却像身在殿堂一般淡定。

沈辛安端得高贵冷艳："你知道我是谁吗，拒绝我你会后悔的。"

"你是沈家的那块金疙瘩。"

沈辛安这回是真真正正地惊讶了:"你知道我?"

"学校里还挂着你的照片。得感谢你的出生,我才能去上学。"

沈辛安被噎住了,竟然从面前疑似表情瘫痪的男孩儿脸上,看出了一丝调侃的意味。

"没有事的话我就先走了。"

"哎?"

看着对方离开的身影,沈辛安想,这个胆敢拒绝他的男孩儿要么是个傻子,要么是个小变态。话说回来,他竟然忘记了问男孩儿叫什么名字。

可是话再说回来,他为什么要问那穷小子叫什么名字?

这只能称得上是沈公子生活中的一个小插曲,不过几日就忘到了脑后。

为了显示亲民,沈辛安一直都是在公立学校念书的。像他这个年纪的孩子,并没有心机深藏,懂得审时度势的成人思想,所以大部分人不将他"有钱人家的儿子"这个身份放在心上,也不会因他平时的吃穿用度和大家不是一个档次而仇视他,仅有一小部分人暗戳戳地给他找麻烦。

于是,在一次司机迟到的时候,沈辛安被一群十七八岁的小混混围住了。

沈公子一开始并没有将这些人放在心上,钱他不在乎,因此极为配合地将钱包扔了出去,谁知,那些人拿了钱包,还推搡他,出言侮辱。

其中一个小混混无意之中说了一句:"就这么个弱鸡似的小子,还有人出钱收拾他?自己来不就行了?"

沈辛安于是就听明白了,这大概又是哪个远房兄弟姐妹明面上讨好他,暗地里却恨不得将他踩在脚底下。

雨点似的拳头落在他的身上。

沈辛安想明白就更不会反抗了,他甚至分心去想,别人家的小孩子是不是不会这样?他们与兄弟姐妹之间的关系好吗?会互相关心吗?

身上很疼,可是沈辛安却抚上自己的胸口,仿佛那里的伤口才最严重。

"喂。"

忽然间,巷口出现了一个熟悉的人影,他手里拎着一袋面包,神色默然地看着这群人。

在自以为是霸道总裁、实际上是个"中二"少年的沈辛安看来,那个男孩儿仿佛乘着五色祥云而来,背后有万丈霞光。

然后……然后沈辛安就从一个人被揍,变成了他和男孩儿一起,两个人被揍。

小男孩儿的友谊简单,小总裁和小面瘫亦然,在这一瞬间,沈辛安就有了同甘共苦的感觉。他冲到那个男孩儿身边,鼻青脸肿的他抱着男孩儿的大腿不松手。

"我沈辛安认你这个兄弟了!"

幸好,两三分钟之后,迟到的司机诚惶诚恐地带来了一队保镖,强弱形势瞬间颠倒过来。

为了确保他们家小公子没事儿,沈家甚至出动了一辆救护车,沈小公子处理完伤口之后左顾右盼,才发现那个男孩儿不在了,地上那袋面包也没有了。

沈辛安顾不得自己红肿的嘴角,开口问周围的人:"人呢?"

保镖急忙上前说道:"请放心,人我们已经抓起来了,马上就送到公安局,一定让他们供出到底是谁在背后……"

沈辛安不耐烦地摆摆手:"谁问你这个了?我是问刚才和我一起挨揍的那个男孩儿。"

保镖恍然大悟:"他已经走了,给了他五千块钱,算是奖励他及时向我们提供您的消息，但是……他没要。"

沈辛安这才知道，司机、保镖他们之所以能这么快找到这儿来，也是托了那位少年的福。

"谁让你们给钱的，你们不会把人留下来啊……你们真俗，看看人家，小小年纪就会做好事不留名。"

沈辛安的表情有些与有荣焉，共同挨过打的交情，怎么能用五千块钱来抹平？

一次两次的见面，已经让沈辛安觉得，他和那个少年冥冥之中有注定的缘分，可是他自己也没想到这份缘分来得那样汹涌。

为了贯彻落实"一个没有被绑架过的富家子弟绝对不是一个真正的富家子弟"这句"至理名言"，在某一天，他坐上回家的车时，家里已经雇用了四五年的司机，在他没有反应过来之前，突然抽出了一方白手帕捂在他的口鼻上。

沈辛安再次醒来的时候，就发现自己已经被绑了手脚，关在一个废弃的仓库里。

而在他的面前，站着两个凶神恶煞的男人，见他醒了，像看着一件货物一样打量着他，旁若无人地交流：

"这就是沈家的那个？咱们得要多少钱？"

"他爸和他妈都特别有钱，虽然这对夫妻关系不怎么好，但是就这么一个儿子，至少得要个几千万。"

两个绑匪诡秘地笑了起来。

沈辛安是有点害怕的，脑海里还存留着被司机背叛的不可置信。他不知道自己身在何处，也不知道父母是不是已经知道他出事了，更不知道这次他还有没有命回到家里。

夜晚，他一个人留在了这间仓库里。大门锁着，他又被绑了手脚，在这种情况下,两个劫匪看他一个十多岁的孩子也翻不出什么浪花来,干脆去一旁的小窝棚休息了。

这是沈辛安度过的最漫长最寒冷的一个夜晚。他一边害怕,一边又告诉自己,不要害怕,朦朦胧胧之间就听见,有窸窸窣窣的声音。

他一下子望向声源处——仓库的铁窗边。

一根铁棍,一条结实的带子,绕成麻花状,拧了十来分钟,终于成功地将那带着锈迹的铁窗弄断。

过了一会儿,一颗脑袋探了进来。

在估量了一下这扇窗离地面的距离之后,那人有些笨手笨脚地跳了下来。

"是你?"

沈辛安突然觉得自己就是传说中卖火柴的小女孩,面前点燃了一根火柴,从微弱却温暖的光芒中走来了一个救他的人。

那个男孩儿见他看过来了,于是掩饰性地直起身子假装站稳了。方才因为落地的疼痛而拧起的眉头抚平,又恢复了那副波澜不惊的模样。他抄着手,居高临下地看着沈辛安。

"为什么我感觉你比我还要倒霉?"

"你怎么会在这儿?"

"这附近有个工厂,老板偶尔会给我点活儿做,我在这里看到了你家的那辆车,觉得奇怪,就过来看看。"

他一边说着,一边凑近,细细地研究结绳的解法。

在这么紧张的环境下,沈辛安还是抑制不住自己的好奇心,睁着晶亮晶亮的大眼睛问他:"你叫什么名字啊?"

男孩儿看了他一眼,继续着手上的动作。

"肖澹。"

"肖蛋？是因为你家穷，吃不起鸡蛋，你妈妈才给你取了这个名字吗？"

"澹泊的澹。"

"哦哦。"

为沈辛安松了绑，肖澹说："好了，我们快走。"

本来是一出"英雄救美"的戏码，可是关键时刻，沈辛安因养尊处优而四肢不勤，加上肖澹翻窗进来时伤了脚，这导致两个人翻窗的时候弄出了很大的动静，惊醒了绑匪。

对于半夜凭空出现了这么一个少年，两个绑匪吃了一惊，拿着棍子，神色紧张地逼问他是怎么进来的。

沈辛安不知从哪儿来的勇气，正要挡在肖澹前面大喊一声"这是我兄弟，别动他"，就被肖澹偷偷按住了。

肖澹睁着大眼睛，竟然有一种无辜的意味："我平时都是在这个废弃仓库睡觉的，可是今天晚上大门被锁了，我只能从窗户进来，一进来就看见他了，见他被绑着可怜，我就……"

此时的肖澹衣衫褴褛，看起来面黄肌瘦的，手上还攥着半个面包。说他是流浪儿，绝对不会有人不信。

两个绑匪闻言对视一眼，轻松了不少，顺手又拿出了两条绳子，将两个少年捆了起来。

本来绑匪计划着，等到沈辛安的家人发现他不见了，慌得六神无主的时候，再开出条件，索要巨额赎金。可是没料到两个人刚优哉游哉地回到一旁临时的小窝棚时，没有一丝丝防备地，就被警察逮了个正着。

沈辛安一边被松绑，一边无比叹服地看着两个年轻的警察表扬肖澹，说他是块当警察的料子。

沈辛安只觉得肖澹简直就是，老天爷给自己的兄弟！

别看肖澹一直淡定得要命，可是他的脚却是真真切切地骨折了。

沈辛安提着他人生中第一次亲自买的果篮，坐在了病床前："肖澹，你要不要吃点儿苹果，我找人给你……哦不，我亲自给你削。"

肖澹看了他一眼。

明明两个人年纪差不多，可是沈辛安无端觉得这一眼，成熟稳重，而且极具领导力，不愧是他的兄弟——粉丝十八层滤镜之后的视角。

沈辛安如果有一条尾巴，此时此刻，一定欢快地摇动着。

肖澹漆黑的双眼看着他，缓缓开口："如果你很想报答我的话，就帮我一个忙吧。"

肖澹伤好之后，带着沈辛安去了一条破烂不堪的巷子，两个人在巷口找了一处隐秘的地方蹲下。

不过半个小时，从一扇毫不起眼的门里，陆续走出了三四个男人，沈辛安认出了其中一个，正是他第一次见到肖澹时打骂肖澹的那个中年男人。

"我们来这儿干什么？"

肖澹眼睛一眨也不眨地看着那几个人："这里是一处走私窝点，警方调查了很久，被我无意中发现了。"

沈辛安好半天才消化了他话里的信息，结结巴巴地问："所以……我们现在要冲过去，把他们抓给警察吗？"

肖澹斜着眼睛看了他一眼："我知道你傻，竟没想到你还是傻子里的终极傻白甜，我盯着，你——"

"我报警！"

"不，你联系媒体。"

后来，许多公安人员都知道，闻名遐迩的肖澹肖警官在十三岁那年，就因给警方提供了重要线索，而被媒体当作天才少年来大肆报道。人们顺藤摸瓜，挖出天才少年的家境异常贫困。

他是孤儿院的孩子，被养母领养，可养母遇人不淑，养父指着养母挣钱，却对他们动辄打骂。事情曝光后，已经被抓的养父迫于压力，也同时因为自顾不暇，终于同意跟养母离婚，自此销声匿迹。

从那天起，肖澹除了生活发生了翻天覆地的改变之外，还多了一个恨不得跟他形影不离的……兄弟。

本以为是一个富家公子闲来无事的消遣，沈辛安却足足纠缠了他好几年都没有腻歪，这几年里，肖澹发挥聪明才智，替他处理的麻烦不止一件两件。

被纠缠得最不耐烦的时候，肖澹干脆摊手，将当年的事件原原本本地还原出来——

"很抱歉，你的友谊是我经过计算得来的。"

肖澹皱着眉头，半大的少年脸上已经隐隐有了成熟的轮廓：

"第一次见面，我没有向你开口，是因为我知道，你当时只是在施舍给我，顶多给我一些钱，可是并不能从本质上改变我的遭遇。

"第二次我为了保护你受了伤，你可能会感激我，但是这种感激之情，很容易随着时间的流逝而慢慢被遗忘。

"直到你被绑架，我冒着生命危险救你……这个时候我才有资格跟你，跟你的家人平等地坐在一起。而我要的，你也已经还给我了，所以我们两不相欠。你未来的路光芒万丈，没有必要为了恩情跟着我。"

沈辛安沉默了片刻，定定地看着他，眼中突然涌起泪花："肖哥，我是真的有点感动，你到现在还能清楚地记得我们见面的每一次……没关系，因为你的心告诉我，我都看到了你的付出。"

肖澹嗤笑一声，没有再说话，却是也再没提过让沈辛安离他远点儿的话了。

沈辛安觉得自己才不是傻白甜，他有自己的一套思维逻辑。

肖澹讲自己讲得工于心计，可是十三岁的他到底还是一个半大的孩子。

那天的事情，他回想起来，至今历历在目，甚至可以精确到每一帧画面。

那扇铁窗被弄断，实际已经发出了一些动静。

之后，中间足足有十几秒的时间没有任何动静，那是肖澹在思量。他一定知道，自己弄出的动静有可能会惊动劫匪，报警已经是仁至义尽了，完全没有必要跑进来犯险。

可是他还是来了，并且在跳下窗子的时候落了个骨折。

用一句恶俗的话来表明心态——肖澹跳进来的时候，落在了沈辛安的心底。

肖澹决定豁出性命救他的时候，并没有后招。只是一念之间，从此，也将两个人的命运线相交在一起。

在外人看来，除了肖澹的养母，唯有一个沈辛安可以靠近他——为此，沈辛安还被沈母旁敲侧击问了好几遍是不是性取向真的没有问题。

沈辛安陪着肖澹走过了他的少年时光，包括他养母去世的那两年。

养母癌症晚期，所幸最后的时光都有肖澹陪伴，走得并不痛苦。她走的时候，肖澹还没有成年，沈辛安提出可以由沈氏资助他完成学业，可是他拒绝了，并晒出自己五位数的存款来安抚这个总觉得自己会饿死的好兄弟。

可即便沈辛安再不识人间疾苦也知道，一个十来岁的孩子，要怎么照顾自己长大成人呢？

故事到这里戛然而止。

第六章
♥ 推开那扇门

不知道什么时候,窗外阴天了,本应该阳光灿烂的午后,突然间乌云密布,天空压得很低,预示着大雨的来临。

江锦听得入迷,十分想知道后续,见沈辛安停了下来,急忙问:"然后呢?"

"啪——"

屋内的灯开了,惨白的白炽灯突然亮起来,几乎刺痛了她的双眼,她瞬间回过神来。

肖澹摘了厨房用的胶皮手套走过来:"你们刚才在说什么?"

话虽然是问两个人,可肖澹的眼睛却是看着沈辛安的,充斥着不信任与警告,沈辛安立刻双手举过头顶以示无辜。

懒得看他们两个大男人打这种眉眼官司,江锦"噌"地站起来,深深地看了一眼肖澹,往浴室走去:"我去洗澡。"

"换洗衣服我昨天收起来了,你去衣柜底下那层拿。"

"嗯。"

沈辛安拄着手看着两个人的互动,听见浴室门关了,才兴致盎然地说:"你们俩这模式真像老夫老妻。"

"你都跟她说什么了,怎么她的神色那么奇怪?"

"只不过是一些从前的事罢了。放心,不该说的我一个字都没说。"

肖澹看着窗外被风吹得东倒西歪的树,没有说话。

沈辛安站起来伸了个懒腰拍拍衣服:"我走了。"

江锦出来的时候,沈辛安已经走了,肖澹坐在沙发上正在看一元县的地图。她一边擦着头发,一边跟肖澹嘟囔:"可能是外面阴天了,水温不大热,你洗的时候还是把暖风打开吧。"

肖澹抬头,挤了挤眉心:"抱歉,条件简陋,再坚持一段时间。等我们找到实验室,就回北城,我在北城的房子装修得很好,不会让你吃苦。"

"回北城就回北城,去你家做什么?"

"话还是不要说得太满了,一个月之前我也想不到你会在一天深夜敲开我的房门,让我带你走。"他一边调侃着,一边也进了浴室。

"洗你的澡去吧。"

愤愤地咕哝完,江锦忽然看到他遗落在沙发上的换洗衣服,连忙捧起来去敲浴室的门:"肖澹,你衣服忘记拿进去了。"

过了一会儿,门被开了一条缝,伸出一只手臂。江锦的余光里,肖澹的上衣已经脱掉,露出精壮的胸膛。

将衣服胡乱塞进去,江锦伸手关门,却被一只手抵住。

肖澹垂着眉眼瞧她,嘴角上扬:"怎么样——性感吗?"

江锦的目光呆滞了一瞬间,视线大大方方地将他从头到脚打量了一遍,最后落在他腰上露出来的一条腰带上:"黑色的,还不错。"

男人上扬的嘴角立刻落了下来,"啪"地关上了门,隔着门还能听见他愤愤的声音:"小姑娘家家的,怎么不知羞?"

"呵呵——"

江锦的淡定一直撑着她走回了卧室。关上卧室的门,她立刻跳上床,将自己深深地埋进了被子里。

两个人的关系一直是字面意义上的"在同一个屋檐下居住",再加上肖澹一副凛然不可侵犯的样子,以及行踪莫测但经常来串门的沈辛安,久而久之她甚至没有了寄居的感觉。

但今天肖澹的心血来潮却突然让她有了危机感——对哦,孤男寡女。还说让她在接下来的时间乖一点,他才是在搞事吧,只许州官放火,不许百姓点灯!

大约二十分钟,浴室又有了动静,门开了又关,她听见肖澹叫她:"江锦,你出来一下。"

她调整好了呼吸走出去,脸上还泛着尚未散去的红晕。这红晕在看到肖澹手上拿着什么的时候,飞速褪了下去。

肖澹扬了扬手中的牛皮纸信封,脸上看不出有什么表情:"你把这个落在浴室了。"

那是程暖阳给她的那封信,她不想销毁,又无处可藏,所以一直都随身携带,洗澡时就随手搁在了洗漱台上,不料忘记拿出来,被肖澹看到了。

程暖阳说过让她保密,可她也答应过肖澹要相信他⋯⋯

江锦一时之间陷入了两难。

肖澹看着她,目光竟还有几分包容,像是在说,都可以。

她怎么想,做什么决定,都可以。

江锦缓步走过去,伸手接过了信封,手在空中停顿了一瞬,展开信封,递了过去。

肖澹一愣,继而失笑,他将信封又推了回去。

"比起想看看这封信到底写了什么,你愿意给我看,更令我高兴。"

肖澹主动说不看，她既不用因为程暖阳的叮嘱而心生猜忌，又不必因为欺瞒肖澹而产生心理负担，事情于是得以完美解决。

但江锦仍然挑了一部分告诉肖澹。

"暖阳她似乎早就知道我会失忆一样。"

"你是怀疑你失忆另有原因？"

"嗯。我昏倒的原因是孟汀洲说的，是他告诉我，我是受不了打击才失忆。"说到这里，江锦有些难堪，"我刚醒来的那段时间，还不太清醒，再加上陡然知道我爸妈……我慌了，很多细节都没有追问，现在想来，很多事情真的不对劲儿。"

一只温热的手放在她的肩膀上，按了按。

"你做得很好了，你一直都很好。"

他的称赞有几分朴实无华，甚至带着几分干巴巴，但他这样真诚又直白地夸赞她，很新鲜。

见她看过来，肖澹轻咳一声，别过了头，手不自觉地扯了扯衬衫的领口。

江锦的视线从他的手指移到他的喉结，像被什么烫了一下似的，连忙缩了回来。

"我在想……暖阳在心理学上很有自己的想法，她在学校期间就在研究一种心理暗示疗法，她曾经跟我提过，只是我没放在心上，因为心理学毕竟不是变魔术……"

肖澹听出了她话里的犹疑与揣测，笃定地说："你是在怀疑，你的失忆与程暖阳有关。"

江锦咬咬唇点点头："他们兄妹两个都是从事心理学研究的，我想再去找一次程朝阳。"

沈辛安知道这件事的时候，神色有点纠结，但最后还是表态："我跟你们一起去找他。"

出乎意料的是，肖澹拒绝了。他上上下下打量了一圈沈辛安，仿佛在研究什么，然后毫不留情地拒绝了沈辛安："你别跟着。"

沈辛安差点跳起来："为什么？"

"没有为什么，程朝阳也不想见你。"

"他为什么不想见我？"

还未等两个人争论出一个解决办法，程朝阳却先找上门来了。

他是在一个雷雨夜来的一元县。

由于这个小区电路老化，狂风暴雨一摧残，不知道哪里短路了，断了电，仿佛整个世界都陷入了一片黑暗。门被急促敲响的时候，江锦正在满屋子翻找蜡烛。

她刚想去门口看看，就被肖澹一手拦下，男人的身影在黑暗中更显得模糊，却出乎意料的坚实。

门一打开，她还没来得及看清来人是谁，就听见一个急促的男声："我妹妹可能出事了。"

江锦又是不可置信又是震惊："程朝阳，你这是怎么找到这儿的？"

"是我告诉他的……快点儿进去吧，可淋透我了。"

江锦这才注意到，程朝阳身后还有一个人，正是沈辛安。

几根蜡烛燃起，照亮了客厅这一方狭小的空间。

程朝阳像一只可怜的落汤鸡，丝毫没有初次见面的暴躁。肖澹从卧室里走出来，伸手将两块毛巾扔到两个人的脑袋上，在单人沙发上跷脚坐了下来，等待着沈辛安的解释。

沈辛安尴尬地咳嗽了一下："那个……我昨天去北城处理了一些生意

上的事,然后路过程朝阳的心理咨询室,我就是想知道他为什么不待见我……结果联系上的时候,程朝阳就说有大事要找你们,我就把他带回来了。"

于是视线的中心又从沈辛安转移到了程朝阳身上。

程朝阳比进来时冷静了不少,他沉默着从怀里掏出一个厚实的文件袋。

哪怕外面瓢泼大雨,这个文件袋也丝毫没有淋湿,一看就是被人悉心保护着的。

江锦不由得多看了程朝阳一眼,视线这才移了下去,这一看,立刻站了起来。

"这是暖阳的笔记本?"

蓝色星空的牛皮手制封皮,厚厚的一本,曾被江锦戏称为"可以用一辈子"的笔记本。时隔两年,乍一见到故人之物,江锦忍不住激动万分,程朝阳还没有松手,她就将本子抢了过来。

程朝阳皱了皱眉头,但没有说什么。

见江锦翻动着笔记,他才淡淡开口:"我和程暖阳最后一次联系是在两年前,她托我在恰当的时机转交给江锦一封信之后就消失了。

"我和她关系平素并不亲密,但是我也多少猜到,她惹了麻烦,需要去躲一躲。我本来无意参与,想着帮完了这个忙就袖手旁观的,但是她邮来了这个。这是她不离身的笔记和一些学术资料,如果不是她出事了,她不会把这些东西都邮给我。我担心,她有危险。"

肖澹这时才开口插话:"你当真不知道暖阳为什么失踪?"

"我只能确定,她是为了江锦。"

听到程朝阳的话,江锦霍地抬头,两个人对视间,一股看不见的硝烟四起。程朝阳不喜欢沈辛安,也不喜欢她。

江锦别开眼，伸手指了指笔记的最后一篇。

"你别担心，你看这里——最后一篇记录，她的字迹很乱，但还是坚持写完了，条理清晰，标点符号都不少。落款的日期就是前几天，这就说明她当时的情况紧急，却没有危险。何况，我们两年没有暖阳的消息，现在知道她没有危险，这就是个好消息。"

程朝阳是一个心理医生，她都能看出来的细节，他怎么可能注意不到，终究还是……关心则乱。虽说程朝阳声称兄妹两个关系不亲，但他那张毫无表情的冷脸下，说不定还在责怪她，令程暖阳陷入了未知的危险之中。

肖澹也认同这个推测。

几人细细地聊了一遍有关程暖阳的线索，最后得出了一个靠谱的猜想：因为江锦遇到了某种困难，所以身为她最好的朋友的程暖阳不得不远走高飞。可是有人在这两年都没有放弃寻找程暖阳，目的直指江锦。

症结还是在江锦这里。

女孩儿一筹莫展，根本不知道自己招惹了哪路牛鬼蛇神。

再聊下去也没什么意义，程朝阳不耐烦地再次赶客："你们该走了。"

客厅静默了一瞬。

空气中响起了细微的电流声，灯光摇摇晃晃地亮了起来。

肖澹撇撇嘴："程先生，这里好像是我的家吧。"

程朝阳愣了片刻，"噌"一下从沙发上跳了起来："那不打扰了。"

"外面的雨下成这个样子，要不你今晚留下来将就一下吧。"江锦忍不住开口。

肖澹玩味地看着她，笑了一下，这一笑，轻蔑且骚气："一间卧室，一个沙发，他跟我睡还是跟你睡？"

沈辛安打着圆场："好了好了，我在这里有房子，我带程先生去我那儿将就一晚就行了。"

程朝阳皱起眉头，又看了看窗外不停歇的暴雨，终究没说什么。

也不知道肖澹脑袋里哪根弦儿没搭对，再次孩子气地把江锦的床品扔到了沙发上，居高临下地关上卧室门睡觉去了。

江锦揉揉脑袋，也只得洗漱之后，乖乖爬上沙发。

她打开旁边的落地台灯，就着昏黄的灯光和窗外的电闪雷鸣，重新翻开程暖阳的笔记。

前一部分大多都是她自己的心得，偶尔加两句主观意味浓厚的点评，甚至有时夹带私货记录一下某一日发生的事情，有一些江锦甚至还有印象。可到了后半部分，笔记的内容变得奇怪起来，偶尔带出几个不像是心理学的名词与课题。

记忆受损与神经系统间的联系？

受到刺激失忆，在心理学上是一种人为的防御机制。通俗地说，就是当事人遇到一个强大的刺激，强大到让这人无法接受，那么，他就会潜意识选择忘掉这件事情。这是人类大脑的自动保护，以避免过分悲痛导致崩溃。而选择性失忆经过时间的流逝有可能会逐渐恢复，但如果这个心理阴影过大，也可能会选择性地一直遗忘，不过当心理医生介入后，大部分都有可能被治愈。

到这里为止，江锦都是明白的。

可是随后程暖阳又提出了一种设想——这种情况可不可以反推？

如果想要忘记或混淆某一段记忆呢？只通过技术层面，而不是靠催眠或者什么玄而又玄的理论。

虽然这是另一个领域的知识了，但程暖阳依旧很感兴趣，她觉得，可以。

因为脑激光图的研发，给这个社会带来了太多可能。

看着笔记，江锦推敲着程暖阳的想法，她觉得，自己或许还不够了解这个好友。

至于"遗忘"和"治愈"两者之间要如何反推，按照程暖阳的说法，当事人需要在特定的环境下，利用外部环境刺激，用脑激光图对当事人此时的大脑波动进行记录——听起来倒有点像芯片移植后，与六爻系统初次建立连接的过程。

一边记录，一边以心理学手段干预，使当事人遗忘部分记忆。治愈时，调整大脑波动至同一频率，再由心理学专家进行引导恢复。

江锦的眉头皱得更深，她又翻了一页，发现有几页纸被撕掉了，她的手指刚要从锯齿状的纸张上移开，却摸到了一个凸起。她疑惑地翻过去，厚实的牛皮封皮上，有一张透明胶粘住的储存卡。

江锦犹豫了片刻，还是借用了肖澹的笔记本电脑，打开了储存卡。

里面是一段音频文件。

起先传出的是一阵"咔咔"的电波声，听不真切，间或掺杂着程暖阳的轻语，似乎是在跟什么人讲话，只是内容亦听不清楚。江锦立刻想到，这张储存卡里，应该是记录了一场实验过程。

音频很长，江锦窝在沙发里，不知是因为今日情绪的波动，还是时间太晚，她迷迷糊糊地闭上了眼睛。

她手里攥着的程暖阳的笔记本"啪嗒"一声，掉在了地上。

外面的雨越发大了，完全没有停歇的架势。

毕业季，江锦比平时更忙碌，除了要兼顾论文，还要躲避着某个人——一个据说刚从国外回来的富二代，还是江锦父母公司董事长的儿子。

程暖阳一连几天都没见到她的人影，此刻见到了，非要拉着她去校外好好吃一顿。两人一边往学校门口走着，一边唠着嗑。

"小锦，你这两天都去哪儿了？像人间蒸发了似的。"

"没什么,就是我爸妈这几天吵架,再加上……反正我干脆住在实验室陪他们了。"

程暖阳点点头,也就不问了。

她们俩一个是接连跳级,以后要女承父业的生物学天才,一个是性格古怪的心理学怪才。两个特立独行的人自然而然成了朋友,可她们两个在一起,却都默契地没有过多谈论家事。

"想吃什么?"

刚问完话,程暖阳忽然停了脚步——几个人簇拥着一个年轻的男子迎面而来。那几个人是这一届的毕业生,年轻的男子则是近日经常出现在江锦周围的孟汀洲。

其中一个毕业生紧紧地跟在孟汀洲身边:"孟同学,这次毕业设计多亏你资助,我们才能顺利结业。真可惜,过两天你就要离校了……不过我给你们公司的人事部投了简历,要是侥幸通过,说不定我们以后还能见面呢。"

孟汀洲笑得温和:"那等我回去跟人事部的人打个招呼。"

"那……那太不好意思了。"

"没关系,我刚回国也没什么朋友,相识一场,也算有缘。"

说着,孟汀洲一抬眼就看到了江锦,他脸上礼貌性的笑容真切了许多:"小锦,这么巧,要不要一起去吃个午饭?"

那几个毕业生看江锦的眼神都有些微妙,他们都知道欧博科技的继承人最近一段时间频频来学校,表面上是为了资助金融专业才子们的毕业设计,实则——醉翁之意不在酒啊。

见此,江锦忍不住头疼了起来。

她不喜欢孟汀洲,也不想直面他的追求。可是,他们两个之前也算是"同生共死"一场,如果就这么视而不见,多少又会显得不近人情。

江锦垂着头,正当她左右为难之际,忽然,有人扬声喊她——

"江锦。"

众人循声看过去,校门口停着一辆黑色的商务车,车型是那种看了第二眼才能看出昂贵的低调款式。车前站着一个穿着白色运动服的男人,身量修长,面姣如玉,袖口微微撸起,露出一小截肌肉线条流畅的手臂,即便穿着一身休闲服,却掩饰不住他一身硬朗的气质。

即使是见过了孟汀洲这种优越家境培养起来的贵公子,程暖阳也不得不承认,这个男人实在算得上极品,甚至比起斯斯文文的孟汀洲,多了三分从容淡定的味道。而男人自身的优势,更是将这三分从容,扩大成十分傲气。

而他看着江锦的时候,就只看着她,旁人一点都不能分去他的目光。

程暖阳抓紧了江锦的手臂,使劲儿地晃了晃:"小锦……叫你的男子是谁啊?"

孟汀洲身边的几个人面面相觑,这两天疯传的,不应该是孟汀洲和江锦的八卦吗,现在这个突然冒出来的男人又是怎么一回事?

孟汀洲被人挡住视线,虽然看不到对方的长相,但也知道对方不是个普通的人。

"一个之前在我爸妈实验室门前见过的人。"说完,江锦皱起眉,"暖阳,中午我可能有点事,没法陪你吃午饭了。"

她匆匆冲着孟汀洲点头道别,又朝校门口的男人疾步走了过去,面带疑惑却还记得压低了声音:"您不是要去实验室找我父母问一些专业问题吗?怎么来这儿了?"

"听说他们最近忙着什么系统的研发,不便叨扰,程小姐也颇善此道,找你也是一样的。"

"好。"

她的裙摆被风吹着,掠过他的小腿。

不远处,几个人还在交头接耳,分明是在议论江锦。可她似乎毫不在意,但仅仅是似乎——她垂在身侧的手抠在裙上,身体与其说是腰背挺直不如说是紧绷。

男人忽然偏过头,语出惊人。

"需要接吻吗?"

他仿佛是在逗她。

如果不是他的眼中实在不含丝毫欲望之色,江锦可能会忍不住扇他一个巴掌。

她抿着嘴:"请您慎言。"

男人耸耸肩:"我只是想告诉你,如果现在你和我接吻,你身后那些人的表情一定会很精彩……或许你也不用为了摆脱什么追求而为难了。"

"那我的八卦只怕是会越演越烈。"

男人饶有兴味地笑了:"那就快上车吧,省得再被人看热闹。"

忽然,车的驾驶位上下来一个人,江锦这才意识到他不是一个人来的。这个人穿着一身黑金色系的休闲西装,带着一股和孟汀洲截然相反的富二代的气息。

没见过,这是谁?

男人坐进副驾驶,简明扼要地说:"司机。"

满身至少五位数起行头的男人,他说这是司机?!

这位司机不知道看到了什么,神色兴奋起来,像只开屏的孔雀。

这只小孔雀猛烈地晃动着他的尾巴,半趴在敞开的车门上,远远地冲着程暖阳喊话:"这位姑娘,我们是不是在哪里见过?"

这个看起来不太聪明的富二代想要撩她闺密?

江锦正想说点儿什么,男人忽然伸手,从车内将准备坐上驾驶位的人推走,然后长腿一迈,自己坐到了驾驶位。

关门、发动汽车,一气呵成。江锦看着车外跳脚的男人,忍不住问:"你这是做什么?"

他勾唇一笑:"我想了想,今天我们俩的私人交流,不需要司机。"

后视镜中,男人的笑容中带着点漫不经心,还掺杂着和他的职业不大相符的慵懒和傲慢,江锦看了一眼,便扭头去看窗外的风景。

半晌,江锦悄悄扭回头,又看了一眼。

"对了,还没问你叫什么名字。"

"嗯……我姓肖。"

"哪个字?"

男人顿了一下,说道:"生肖的肖……"

江锦醒得很突然。

仿佛不是从沉睡中苏醒,而是有什么开关被打开了一般,再也没有睡意了。

身下是卧室的床铺,她是什么时候睡到这里来的?她毫无印象。

一转头,肖澹竟然也在,他搬了个小板凳,坐在卧室的窗边,正拄着下巴往外看。他想事情的时候,两个人之间仿佛是隔着一个世界。

她动了一下,肖澹立刻回过神来,空洞的目光落在她身上陡然变得深邃起来。

"你睡了一整天,如果今晚你再不醒,我就要打120了。"

一整天?江锦微愣了一下,看向窗外,天空月明星稀,显然已经和那个风疾雨骤的夜晚隔了许久了。

"饿了吧,我去给你下碗面。"

肖澹转身往外走。

直到男人的背影快要消失在门口，江锦忽然出声叫住他，她被子下的手攥紧了床单，脸上却是一副波澜不惊的模样："肖澹。"

"嗯？"

"你是肖澹。"

男人上下打量了她一眼，似乎觉得很有趣，嘴角止不住地上扬："睡傻了吧？"

"我说，我记得你是肖澹。"

"你是怎么了？"

他嘴唇半启，话突然哽在喉咙。

肖澹眨了眨眼，目光呆滞起来，就像是一只狡诈的狐狸突然改变了物种，变成了一只温顺呆萌的兔子。

男人疾走几步回到床边，在她身边半蹲下来，几乎称得上是小心翼翼地在问："你想起我了吗？"

江锦略微思索了一下："我想起了你们。"

肖澹的眼睛睁大了许多，盯着江锦，莫名令人怜爱。

"你别这么看着我，这个表情不适合你。"她艰难地转过了脑袋，"虽然只是一小部分，最起码我可以确定，我的确之前就认识你和孟汀洲，而且……孟汀洲果然不是我喜欢的类型，我不可能是他的未婚妻。"

"那我呢？你是怎么看待我的？"

江锦觉得男人的重点落得不对，忍不住翻身下地："你怎么想问这个问题？"

肖澹随之站了起来，慢悠悠地说："因为我喜欢从前的你，我想知道失忆前的江锦对我是什么感觉。"

如同一道惊雷，在她耳旁炸响。

喜欢她？没有含含糊糊地示意，没有暧昧不清地撩拨，肖澹直截了当地说，喜欢她？

还没等江锦决定怎么回应，肖澹又想起什么似的，补充说明："毕竟失忆前的你，比现在要可爱，喜欢上也不是什么难事。"

灯"啪"地又黑了，不敢面对肖澹炯炯的目光，江锦竟分神想到，看来这里的电路还没有人检修。

黑暗中，肖澹靠近，他的呼吸喷洒在她的脸上。

卧室的窗帘没拉，大雨冲刷过后的城市万家灯火格外璀璨，遥遥地透过玻璃窗折射进来，遥远又清晰。室内一片寂静，因而她更能听见自己的心跳声。

江锦的眼睛逐渐适应了黑暗，她隐隐地能看见男人棱角分明的轮廓，还有哪怕在黑暗中，也熠熠生辉的眼眸，如同一汪寒潭，深不可测。

她听见自己的声音带着初醒的沙哑："你是说，现在的我不可爱，所以你喜欢失忆前的我，而不是现在的我？"

——她大概发烧了，才会说胡话，听起来就像是小姑娘在跟心上人闹别扭。

肖澹定定地看了她许久，忽而"扑哧"一声笑了起来。

"你笑什么？"女孩儿的声音有几分愤慨，却也掺杂着不易察觉的期待。

他几次开口，都只是发出了短促的气声，又收了回去。

过了很久，久到江锦觉得他是不是没有听清她的问话，就有一只手轻柔地压在了她的头顶："再等一等，别着急，你希望的都会成真。"

这又是什么鬼话？

只是有那么一种人，他们天生就像一个聚光体，令人在冥冥之中向其靠近，尽管明知道光源的尽头有可能是无底黑洞，也依旧抗拒不了这种诱惑，就像肖澹。

灯"滋滋"地亮了起来，她一眼就看见肖澹目光中蕴藏着的无奈，只是不过短短几秒，便又恢复了锐利，让人觉得不过是眼花。

感觉自己又一次被耍了，江锦烦躁地移开目光。

下一次，她绝对不会上当，都怪这该死的电路。

江锦想起部分往事的事情并没有再跟别人说，经过昨晚的那场诡异的对话，两个人之间的气氛有些奇怪，主要是江锦单方面地挑起冷战。

中午吃完饭，肖澹一走过来，就看见江锦趴在沙发上看着什么东西。她穿着一套买来的家居长裙，由于双脚来回摆动着，裙摆上挑，飞舞着灰尘的日光下，她腰肢纤细，身形单薄。

他仿佛是在欣赏什么画作，端着茶杯悠悠地靠在墙壁上，歪着脑袋看着她的侧脸，眼底闪动着细碎的光影。

"什么事？"

"……"

肖澹一时之间也忘了自己要来客厅做什么。

江锦并没有回头，仿佛后脑勺长了眼睛："没有事就别这么看着我了。今天的江锦和昨天的江锦相比，记忆并没有增加一点，也并没有变得更符合你的口味。"

这种"我吃我自己的醋"的诡异场景是怎么回事？

肖澹眼底的笑意显而易见："哦。"

江锦瞥了他一眼，冷笑："你昨天的问题我还没有回答，听好了——失忆前的江锦，也不喜欢你，你和孟汀洲一样，都不符合我的审美。"

"那也好，我就不必为难了。"

"什么意思？"

"因为我身边，很危险。一旦你和我在一起，你也会很危险。"

江锦一脸冷漠，他以为自己在演电视剧吗？男主角为了女主角的安危不得不埋葬自己的爱情？

懒得理他，江锦盘腿坐了起来："这本笔记我已经翻来覆去看很多遍了，除了实验记录就是研究心得，真的一点实验室的线索都没有。"

"没关系，沈辛安已经托人去北城那边查了，他们是从一元县去的北城，总会有些抹不掉的踪迹。"

可是，他们还有这个时间吗？

江锦下了决心："那就不找了。"

因为是在家中，江锦便没有化妆，素颜朝天，女孩儿的脸庞清爽，少了几分攻击性，却依旧坚定。

"今天早上，我看到新闻，尽管我们一拖再拖，孟汀洲还是完成了第一批志愿者的招募工作，我们必须回到北城阻止他。我父母的事……已经两年了，可以再放一放。"

"那怎么阻止？"

"劝导、想办法破坏芯片，或者干脆曝光给媒体，哪怕没有证据也——"意识到自己的几个提议都不大靠谱，江锦一时语塞。

肖澹提示道："不是说自毁系统吗？"

"那又怎么样，我只握有密钥，可自毁软件早就失踪了。"

肖澹走过来："你有没有想过，哪怕是借助欧博的力量，也遍寻不到的软件，就在一元县的这个实验室。"

江锦刚想反驳，可话到嘴边却觉得……极有可能啊。

一个除了父母，别人都不知道的地方，最适合保管它了。隐隐约约地，江锦又想到，即便真的找到了自毁软件，她真的要将父母一生的心血毁于一旦吗……

女孩儿的眼中透露着迷茫，不自觉地低下头看着父亲的笔迹。那些严肃的专业用语之间，还掺杂着杂乱无章的画图，都是她小时候不懂事，见了纸笔就控制不住自己的手，在上面随意图画，父母也不拦着她，反而视若珍宝。

第一页，画成一扇窗子的边框里，有小树苗开成的路，再远处各种南方北方的植物都被胡乱画到一起，左上角画了一个红彤彤的大圆圈。

"森林……"

江锦猛地抬头："你们划了区域去寻找，有没有想过，实验室可能本身就建在风景区或者是野外之类的地方？"

肖澹摇摇头："这里是三个大城市的交界，为了开发，连小山头都能给你平了，不可能有一片人迹罕至的森林。"

"不一定是森林，只要是大片的有绿化的地方，并且平时不会引人注意……"

肖澹陷入了沉思，简洁地说："我去找沈辛安。"

三天后，在沈辛安的帮助下，他们在一处植物园内发现了一间私密性很好的小房子。据这里的管理员说，这个植物园是很久前北城那边的集团主持修建的，想要大力发展旅游业，可是一元县的旅游业整体设施都跟不上，植物园也就连年呈现亏损状态，后来干脆就关闭了，一直空到现在。

这些年来，管理员都换了几任，只是这里是边缘地带，又有超乎意料的安保措施，一直也没人知道里面是什么样。

沈辛安去找人办理手续，使得他们进入探查也不算私闯。

江锦和肖澹踩着荒草丛生的路，绕到了小房子后面，挥开等人高的芭蕉，看见了一扇铁门。

门上没有锁孔，只有一个小方盒子，里面应该是密码锁。

她看了一眼肖澹，后者回以无辜又懵懂的表情。得了，看来还是要靠自己。

她左右捣鼓了一阵,终于把小方盒子的外壳打开了,里面果然是一个密码锁。她不抱什么希望地摸了一下,密码锁的屏幕陡然亮了起来。没有密码,只有一个启动的摄像头。

江锦试探着半蹲着身子,脸冲向摄像头,还没等她反应过来,某处传出齿轮的转动声……门开了。

室内的门窗都是封闭的,没有光,只有沉闷的空气。很奇怪的感觉,她明明没有印象了,却准确无误地触碰到了墙上的开关,一按——满室明亮。

就连肖澹也忍不住感叹:"这里最起码有十多年没人来了,竟然还有电,不可思议。"

江锦伸手将耳边的碎发捋到了耳后,露出秀美的脸庞,眼中的锋芒一闪而逝,带着几分与有荣焉的傲气:"我爸妈虽然是生物学专家,但是他们的兴趣爱好可不止生物。"

两人一边说着,一边打量着实验室的环境。相较于肖澹的游手好闲,这里翻一翻,那里瞧一瞧,江锦则有目的得多。

她一把拉开肖澹,看向他身后的机器:"这是……"

从机器的构造上来看,江锦几乎可以肯定,这就是六爻系统的主脑的缩小版。江锦按下电源,试探着敲了敲,主机开始"嗡嗡"地运转起来。

她观察着显示器,尽管只是由系统随机生成的脑激光图的模拟数据,她还是隐约看出了端倪。

"不可思议,是六爻系统的雏形。"

她的视线从电脑屏幕上移开,环顾着实验室四周,手抚摸过一条条积满灰尘的电线,语带惊叹:"我竟然一点也没有发现,在技术不成熟的时候,他们竟然已经开始构建六爻的雏形了。"

对科学一窍不通的肖澹简洁地点评道:"可怕。"

江锦白他一眼:"你懂什么?最可怕的情况不是我们无法控制我们的创造物,而是当一部分人想方设法地开辟一片崭新的领域时,另一部分人因贪欲、因私心、因对未来的狂热而擅用这些。"

江锦看了一眼肖澹,啧啧摇着头,果然人无完人啊。

"奇怪,他们用来做实验的人脑的模拟数据,在六爻系统的影响下,无一例外遭受到了永久性的损伤,尽管这只是雏形,可是他们在欧博的实验室,却从来没有提过。

"我给你简单解释一下,理想中的六爻系统就像是用积木搭建的一个建筑群,脑激光图就是这些积木的地基,有了地基之后,他们本可以踏踏实实地一层一层垒起来。可是在我接手六爻系统的研究小组时,进度已经绕过了这个漏洞,现在的六爻系统就像是空中楼阁,十分危险,我不明白,我父母当初怎么会同意绕过它……

"你看,这里面有些实验数据,跟我在宋敏雅挟持付言时看到的一模一样。你再看这里,我爸妈已经发现了问题,尝试修复,可是还没有解决。

"我爸妈不可能绕过这个漏洞,继续将项目推进下去……一个人,怎么可能在短短的时间里就改变他的理念呢?"

虽然听不懂那些技术性的问题,可不妨碍肖澹从中找出疑点。

"或许,这就是你父母的死因呢。"

巨大的利益,从来不能容忍别人阻止它的脚步。

江锦的思维陷入了巨大的混乱中。

孟宪、孟汀洲、付言、欧博的高层、嫉妒她父母成就的同事,抑或是竞争对手……仿佛人人都有嫌疑。

一阵风吹过来,将书桌上的灰尘吹起,江锦没有防备,瞬间被迷了眼。

"嗯……"

她咕哝一声,伸手想揉,肖澹一下子拦住。

"别动,我看看。"

小灰尘而已,吹两下就好了,江锦刚要道谢,肖澹忽然拉远了些,问她:"我记得你进实验室的时候,是关门了的。"

两人对视间,有一种硝石或者硫磺的刺鼻味道飘过来,江锦的脑袋中迅速闪过什么,还没等她想明白,肖澹拉着她就往窗口跑。

窗户上有遮光罩,肖澹一手拎起旁边的椅子就砸了过去,另一只手还牢牢地握住她的手。

遮光罩和玻璃应声而破,外头的日光瞬间倾泻进来,与此同时,她的眼角余光里,有什么更刺眼的光芒一闪而至。

一切都在电光石火之间发生。

他喊:"江锦,跳!"

然后就是巨大的爆炸声。

第七章
♥ 悬浮爱慕
....

一切终于归于平静。

耳畔是树叶被风吹响的沙沙声，远远地有人的喧哗声，身下是男人结实的身躯，她的心跳渐渐回归了正常的频率，仿佛他在这里，她就什么都不怕了，脑筋也正常运转起来。

就在刚才，在未知人士的袭击下，实验室爆炸了。多亏了肖澹的拼命保护，她得救了。

江锦看向近在咫尺的男人的脸："谢谢……你，救了我。"

肖澹扶着她坐了起来，她刚想检查一下他有没有哪里受伤，却被他把住了双臂。

"小锦，我以为仅仅是作为朋友在你身边，没有更亲密的关系，你便不会有危险，可是现在，我后悔了。"

在她似懂非懂的神情中，肖澹忽然俯身，轻轻地碰了一下她的唇。

在江锦一副大脑宕机、被雷劈了的呆滞神情中，他继续说："我真的后悔了，我不仅想要靠近你——我还想要拥有你。"

他想拥有她不经意的浅笑，拥有她偶尔展露的锋芒，拥有她身上凛冽却温暖的气息，甚至拥有她那一段痛苦的回忆。

这次爆炸就像一个开关，有什么从他的内心解放开来。

他等得已经够久了。

肖澹说罢，又再次俯身。

"肖澹！江锦！"

一阵惊慌的叫喊声从两人身后传出，沈辛安匆匆跑了过来："你们没事吧？"

由于突如其来的干扰，肖澹的脸在离江锦只有几厘米的地方停住，可惜地轻叹一声之后，他利落地翻身而起，顺便拉起了江锦。

"看到有人跑了吗？"

"已经报警了。"沈辛安的目光游移在两个人交握的双手上，眉毛不受控制地扬起。

江锦尴尬地看了一眼肖澹，身旁的这个男人强大、镇定，刚才发生的一切都好像是一场梦而已，包括那个蜻蜓点水般的吻。

"这里交给你了。"没有丝毫要解释的意思，撂下一句话之后，肖澹拉着江锦就跑了。

车停的位置离这里不远。

有风从某个方向吹来，空荡荡，直接拂在她的身上，还带着灰尘的霉味。江锦低下头来，垂在身侧的手指攥了起来。

肖澹目光晦暗，像是包含了太多情绪，又好像由于一直干涸，深处一片荒芜。

他的目光看得她心慌意乱。

江锦甚至都佩服自己，这个关头还能记得关键。

"对了，自毁软件！这场爆炸是不是有人来抢夺自毁软件的，我们快回去找。"

"不必了。"

"你……"

忽然间,肖澹吻了下来,汹涌而热烈。

风似乎一下子被阻隔在他的身后。

"我刚才一直想这样亲你。"

他抓着江锦的手,细碎的吻轻轻落在她的手指间,他的唇灼热,那是与她的指尖全然不同的温度。

"你这算答应我了是吗?小锦,我很开心。"他的声音近乎呢喃,褪去了往日的刻薄与傲慢,温柔起来,几乎能叫人溺毙在深不见底的漩涡里。

他一而再地追问,她胡乱地点头。

周围的气温一直在升高,远处警笛声、火警声交错着接近。

"咳咳!"

忽然,有人打断了劫后余生的两人。

跟上来的沈辛安双手抱肩,一副"果然如此"的表情:"我是不是来得不是时候?"

肖澹放开江锦,仍然握着她的手:"嗯……再晚一分钟,你就要看到少儿不宜的画面了。"

江锦羞恼地挣开手,一手狠狠地戳在肖澹的脑袋上,然后飞速地钻进了车里。

一元县已经多年没有发生爆炸案了,三人从公安局出来之后已是深夜,相较两个男人还有心思重新梳理了一遍今日发生的事情,江锦只想好好地回去睡上一觉。

车行至肖澹家楼下,两个男人都没有下车,她疑惑地看着他们,继而想到什么,眉眼间的疑惑迅速沉淀下来,她问:"不回去了?"

人没抓住,实施爆炸的目的也不明确,除了两人死里逃生,炸毁了一间久无人居的小房子外,没有任何损失,事件迅速平息了下来。可是,毕竟惊动了警方,这里离北城不算远,如果孟汀洲有心,他们的行踪便再也遮掩不住。

不,或许,早已经遮掩不住了。实验室爆炸,孟汀洲难逃嫌疑。

江锦利落地拉开车门:"那我先上去收拾东西,马上下来。"

"嗯。"

江锦上去之后,肖澹和沈辛安也下了车透气。

肖澹看向沈辛安问:"有烟吗?"

后者掏出两根香烟,几秒钟后,夜色中便多了两个猩红的点儿。

沈辛安终究没控制得住自己的好奇心,尴尬地问:"你们……好了?"

半晌都没有动静,两个生得像电线杆的男人不约而同地看着楼上忽然亮起灯的窗子。

如果不是相识多年,沈辛安也不会看穿他这位挚友的心思,肖澹此刻其实……充满了狂喜。只是肖澹这个人啊,向来是这样,深谙水满则溢的道理,越是高兴,越是不轻易示于人前。

可是,多年来的夙愿达成,又怎么能按捺得住呢?

肖澹压低的声音传来:"辛安,我很开心。"

知道知道。仗着肖澹看不见,沈辛安在黑暗中翻了个白眼,多少领悟到了一些江锦翻白眼时的乐趣。

"我当年只差一步就能站在她面前,但这一步我却走了两年。"

听出肖澹的声音不稳,沈辛安没有说话,沉默中,他突然又想起了些往事。

两个人的相识，肖澹的养父因罪进了监狱，肖澹的养父养母离婚，肖澹的养母因病去世，肖澹接受了一对科学家夫妇的长期资助，肖澹上了警校，朝着自己想要的未来一步步走去，肖澹整个人似乎开朗了许多，懂得和周围的人正常相处……

　　沈辛安后来知道，自己不是可以改变他的人，那些人也不是。他们只能暂时将他牵绊在这个正常的社会里，只有等一个，与他身心契合的人，才能让他心甘情愿地下凡来。

　　再后来，沈辛安第一次从肖澹的口中，听到了一个小姑娘的名字。

　　"那对科学家人很好，他们还有一个女儿，叫江锦……很可爱。"

　　"哦，那追啊。"

　　"我现在……还不能站在她面前，我还配不上她。"

　　沈辛安似懂非懂："那你想怎么办啊，放弃？"

　　"建功立业。"肖澹一脸正气地说完，踩灭了脚下的烟头。

　　已经入夏，一阵清凉的风吹过来，沈辛安按灭了手中的烟头，兀自打了个喷嚏，心冷。

　　那个时候的肖澹多么正气凛然啊。

　　而现在呢？

　　江锦背了个小包下来，肖澹自然地接过，然后和江锦一前一后钻进了车后座。

　　沈辛安眼角跳了一下："你不坐副驾驶了？"

　　肖澹瞥了沈辛安一眼，那一眼怎么说呢，带着点儿炫耀以及轻蔑。

　　"事情都谈完了，有女朋友的人，谁还坐你的副驾驶？"

　　"把老子当司机当习惯了啊。"沈辛安碎碎念着，还是认命地上了车。

　　三个人再一次乘着夜色，往北城的方向而去。

他们这一趟回去，势必风风雨雨，只是此刻难得平静，三人心照不宣，没有人点出来。

肖澹拉住她的手，捏了捏："困了吧？靠在我肩上睡一会儿。"

仅仅几个小时，就从恋爱初期的懵懂直接过渡到了老夫老妻的模式，自然得让江锦不得不怀疑这人是个恋爱老手，只是困倦慢慢袭来，她的眼皮沉重得几乎要睁不开了。

以后……以后再算账。

沈辛安简直没眼看。

孟汀洲的反应速度比他们想象中的还要快，回到北城的第一个白天，三人甚至还没等安顿下来，新宇传媒的人就联系上了自家经常旷工的老板。

沈辛安撂下电话，神色不大好："孟汀洲约新宇传媒去谈推广的方案，点名让我出席。"

肖澹沉吟着说："孟汀洲一定已经知道你这段时间的行踪了，这次邀约，只怕是想从你口中套出点儿什么。"

"没关系，他最多只知道，是我们两个帮助小锦逃离了他的视线，只要我嘴够严实，他绝对不可能知道。"沈辛安尢地顿住，看向肖澹，脸上露了点儿懊恼的神色，讪讪地摸了摸鼻尖。

江锦的视线在肖澹和沈辛安身上来回打转，企图从中看破玄机。

沈辛安急急地站起来："你们先收拾一下，有什么需要的打电话给我，我去买。你们俩……尤其是小锦，能不出门最好还是别出门了。"

几人的落脚地点在沈辛安名下的一处房产，据沈辛安说安全性比较高，全封闭，小区内二十四小时保安巡查，希望可以避免孟汀洲的骚扰，还是个小套间的户型，江锦也总算可以避免日常跟肖澹共处一室的尴尬。

沈辛安这一走就是一天。

江锦看着肖澹收拾着房间。

他还穿着白日里那套休闲服，几天都没有好好休息，他衣着依旧整齐，只是面色有些疲惫，发丝微微凌乱，却掩饰不住他眼中的锋芒。

肖澹从储藏室找出床品，掏出一块床单展开，姿态认真地将它铺在客房小床上，江锦见了有些不好意思："你睡客房？"

肖澹闻言，直起腰来，目光在客房的单人床上一扫而过，意有所指地问："不睡客房，那你想我陪你睡主卧？"

他站直的身影极有压迫性，狭窄的房间里仿佛一下子燥热起来。

仿佛有什么封印被解开了，肖澹的脑洞沿着奇怪的方向策马狂奔，再也唤不回。

直到深夜，沈辛安还是没有回来。

北城地界的霓虹灯恢宏大气，远处的商圈更是明亮如白昼，许久不见城市灯火，江锦靠在窗子旁往外看去，眼神有几分迷离。

肖澹递给她一杯牛奶："沈辛安可能很晚才过来，要不你先去休息吧。"

江锦摇了摇头："比起休息，你能跟我解释一下那句话吗？就是那句——你以为仅仅是作为朋友在你身边，没有更亲密的关系，我便不会有危险。"

肖澹惊讶了片刻，然后笑着摇头："你记性真好。"

"昨天事发突然，我也没有想那么多，可是现在想来，欧博、一元县、实验室、爆炸、付言、宋敏雅……以及你，这些地方这些人这些事，似乎都跟我有着千丝万缕的关系。"

肖澹伸手，捏了捏她的下巴："我现在说，我暗恋你很久，你信吗？"

江锦一把打下他的手："别扯开话题。"

"是真的，小锦，你不会知道，我现在有多感激。"

她眼中闪动着复杂的光:"我现在渐渐感受到,或许我父母的死并不是结束。今天我才意识到,是我将这些事想得太简单了。我相信,你想要保护我的心,可是也请你相信,我有能力保护自己,有什么事,我们一起面对。"

她一番话说完,才发现肖澹一直在定定地看着他,视线灼热,喉咙滚动,仿佛有危险的情绪在他的心里发酵。

"小锦,我有点热。"

江锦语塞,突然红了脸,疾走了几步,将紧闭的客厅窗户一下子拉开了,夜风呼呼地灌进来。风一点也不凉,舒适得很。周围有了细微的响动,风吹在窗框的声音、拂过窗帘的声音、吹动屋内绿植的声音,甚至扬起她的头发,拂过她侧脸的声音都异常清晰。

"现在清醒了吧?"

肖澹心里的那点旖旎,立刻就被狂风吹回了自己的脸上。

真是防守严密的姑娘,肖澹一时之间竟然不知道是该失望还是该夸赞。

时针指向"11"的时候,沈辛安来了。

一进门,沈辛安就嚷嚷:"有吃的吗,饿死我了。"

江锦应了一声,刚要往厨房走,就被肖澹一把捏住了后脖颈,男人似笑非笑地用手指摩擦了一下她脖子上的皮肤:"你省省吧,我可不想再受一次惊吓了。"

沈辛安如愿以偿地吃上了热乎的汤面,一边吃一边说:"我回来的路上,身后好几辆车一直跟着我,好不容易才把他们甩开。我本以为孟汀洲现在忙着六爻的推广没什么闲心思,谁知道他逼得这么紧,我看,不行明天再换个地方住。"

肖澹蹙起眉头:"换地方住也不是办法,兵来将挡吧,你们今天开会的时候都说什么了？"

"孟汀洲在耍我，他根本就没出席，只是让企宣部的人纠缠了我一下午。"沈辛安愤愤不平，随后想到什么又哼笑了一声，拽了张纸巾一抹嘴，"不过我想办法跟'那个人'单独说了几句话，他告诉我，报名者比预想当中要多得多，咱们怎么办？"

肖澹沉思片刻，看到江锦忧心忡忡的脸，问道："你在想什么？"

"我在想，万一，实验室爆炸跟孟汀洲有关呢？万一……自毁软件已经落在他的手里了呢，那我们真的没什么办法了。"

"我记得我们在一元县实验室的时候，你从你父母的实验里面就看出了漏洞。"

"你是说……"

肖澹双手交叉着放在下巴上："假如，你能证明，欧博科技推广的六爻系统存在严重的安全隐患，我们就有正当的理由，让监管局介入，这样想必可以拖上许久。"

"可是我需要我父母的资料……我自己没有把握。"

肖澹点头，伸手习惯性地想要摸烟，看了江锦一眼，又忍住了："爆炸后，一元县的警察从里面整理出一些尚未焚毁的资料，有用吗？"

江锦眼睛一亮："当然。"

见两个男人都眼巴巴地看着她，江锦不得不担当起安抚人心的大任："只要给我足够的资料，我很快就可以证明这一点。"

说完这句话，她的内心也安定了下来。

沈辛安的富二代实力不是闹着玩的，不出三天就把江锦列出来的设备都弄到了，硬生生把一间低调奢华的双层公寓改造成了高科技实验室。

一拿到资料，江锦就开始不分昼夜地复原系统。她专攻生物学，许多计算机方面的构建还不甚了解，还要分出时间来连线那个领域的大神，她熬了多久，肖澹就陪了多久。

在此期间，肖澹照料了她全部的起居。

早上六点，太阳还没有完全升起，江锦已经睁开眼，用凉水洗了把脸，浇灭了一切困意。收拾妥当，她又坐在了电脑前，一会儿监测着模拟数据，一会儿又调整器材。

玄关处传来开门声，她回头一看："你出去得这么早？"

"给你带了早餐。"

江锦道了谢，扫到他的另一只手，不免有些惊讶："哪儿来的花？"

肖澹一手拎着一袋小笼包和豆浆，另一只手却捧了一个花盆，里面粉紫色的花朵开得艳丽。

"早晨在隔壁的花圃看到的，有人在侍弄，我问他买了一盆送你。"想了想，肖澹又补充道，"这是蝴蝶兰，蝴蝶兰象征初恋。"

眉眼冷淡，气质禁欲的男人，大清早捧着一盆蝴蝶兰站到她面前，认真地说它代表着初恋，场面竟然有些滑稽。

江锦猝不及防，"扑哧"一声笑了。

太阳从云层中跳跃出来，照亮了两个人的眼睛，她看着花，他看着她。

江锦回神去看他，却见他忽然别开了脸，急促地问："你喜欢吗？"

江锦来不及看清他面上泛起的潮红，也不知道这种少年方有的忐忑心情是否消散了些他长久以来的孤傲。

她不自觉地看着他微笑："我很喜欢，谢谢。"

江锦想，真是美好的清晨。

两个人在一起，可以一天不说话，江锦投入工作中的时候，当真是两耳不闻窗外事，直到她被肖澹拦腰从椅子上拉起来，塞了一碗饭在手里，她才发现，窗外已经繁星满天了。

吃完饭，江锦高声宣布："我要继续工作去了。"

"我就在这里陪着你。"

江锦没拒绝……因为她根本就没听见。

伏案几个小时后,眼前的屏幕似乎都变成了闪烁的雪花,江锦想,就趴一会儿……一会儿就起来……

她睡得不踏实,迷迷糊糊间,突然听见有什么"咔嚓"一声响了一下,很细微,却让她惊醒过来。

已经进入雨季。

窗外的雨淅淅沥沥,没有在一元县时那样大雨滂沱,只是风渐渐大了,从缝隙中吹了进来,连带着雨点也落了进来,打湿了窗台。

肖澹单手垫着脑袋,懒散地躺在沙发上,似乎是睡了。

江锦蹑手蹑脚地走到窗前,重新将窗子关好,回身的时候,不由得愣住。

沙发不大,肖澹的身子平躺着,看起来有点委屈,可能是翻身的时候没有注意,身上盖的薄毯半耷拉到地上,借着电脑屏幕的白光,她看到他眉心隐隐地皱着。

在脑子反应过来之前,江锦已经忍不住走了过去,捡起毯子,重新小心地搭在他的身上。手指离开了毯子,却又移上了他的脸,虚虚地勾画着。

剑眉,薄唇,眼睛,斧凿刀削般的下颌弧线,这个男人,当真有一副好容颜。

"江锦,你这算是露馅了。"

他忽然睁开了眼,她只觉似陷入一汪幽潭,水中央酝酿着未知的危险。

肖澹的眼神像是黑夜里突兀地起了波澜的海,于暗中不断地翻涌,仿佛有一种扑面而来的桎梏牢牢攥住了江锦的心神。

她骤然惊醒,绯红飞上脸颊。她扭了头就走,却被肖澹拉住了手腕。

沙发背面,墙上的时钟嘀嗒嘀嗒地走着。

偶有细碎的音节传出，又转瞬被什么压制，而后慢慢地消失。

一片昏暗中，江锦摸到了什么硬邦邦的东西，在她还没反应过来的时候，肖澹已经把它掏了出来——一个小巧而坚硬的未知物，被放在了一个布袋子里。

"小锦，这个东西给你。"

"是什么？"

"等你再次产生好奇的时候，再打开它。"

江锦摸索着把它揣进了兜里："好。"

揽在她腰间的手悄悄地锁紧，他说："等事情了了，我就陪你去任何你想去的地方。"

然后是某个人不解风情的声音："可是我想去的地方只有实验室。"

"那我也陪你……"

"好。"

万物俱寂。

肖澹想，真是美好的夜晚。

7月底，随着闷热一同袭来的，还有江锦终于取得突破的好消息。她演示了一遍人体植入芯片后，六爻系统对其产生的影响，说得口干舌燥，只看见了两双懵懵懂懂的眼睛。

她泄了一口气："算了，你们能不能听懂不重要，到时候让监管机构请科学家来评估就好了。不过，麻烦的是，这些都是模拟数据，不一定有说服力，我还需要一份真实数据。"

"真实数据？你在说什么，我听不懂。"一边说着，沈辛安一边默默地往后退了一步。

江锦的视线从沈辛安的身上，落到了肖澹身上，后者抵不过女孩儿祈盼的眼神，缓缓地点了点头："我可以。"

于是，江锦不吝啬地向男朋友展露了笑颜。

肖澹被安排在机器前坐了下来，江锦伸手，用小皮筋将他两边的头发扎起，乍一看还有点像年画娃娃。

江锦严肃地盯着他看了两秒钟。

扑哧！

她忍不住笑了起来，伸手扒拉了两下小鬏鬏。

肖澹也不气，只是眉头挑起，嘴角噙着笑意："明目张胆占我便宜？"

江锦干咳了两下："这是怕你的头发影响电极的贴合性，跟六爻系统建立短暂的连接不需要移植芯片，你只需要把我手上这两个电极贴在你的头皮上按住，就像我这样的姿势。"

江锦做了一个标准动作，跟头顶比心有八成相像。

对此，肖澹微笑着点头："我女朋友真可爱。"

两个人的对话仿佛不在一个频率上，一旁的沈辛安忍不住冷笑一声："你们要秀恩爱呢，请挑一个良辰吉日，现在请尊重一下我，快点办正事。"

肖澹轻蔑地看了他一眼："办正事？你在这里，怎么办？"

话音一落，沈辛安的眼睛同江锦的脸蛋儿一样红。

实验好不容易步入正轨，已经是半个小时之后的事情了。肖澹端坐在椅子上，手按着自己的脑袋，哪怕周身连接着细密的电线，脸上也看不出丝毫紧张。

"放心吧，我会在有危险的时候，及时切断电流。"

"嗯。"

电脑屏幕上不断绘制出复杂的波形图，密密麻麻凑在一起，让人眼花缭乱。

江锦盯着那些不断延长的曲线，就像是一张纵横交错的网。

她调整了六爻的频率,代表着脑激光图的波形也开始变幻,在某一个峰值,突然出现了平行的线条。

就是这里了!

江锦保存下波形图,正想要关闭机器,手不经意间碰到了旁边一个按钮,将它按了起来。在这个模拟的六爻系统中,这个按钮跳起代表着实验对象情绪发生了变化,一直保持按下的状态才是常态。

余光里,肖澹不经意皱了一下眉头。

江锦愣了一下,心里有一个不可思议的猜测,她突然说:"肖澹,一到一百,这些数字,你任意选出一个……不,三个,想好了把它们按照顺序写下来。"

与此同时,江锦按起了另一个按钮,并在电脑上输入了什么。

肖澹将面前的纸展开:"好了,写这个做什么?"

沈辛安也是一脸莫名:"怎么,做实验之余你还想变个魔术?"

眼前的屏幕里,有三个数字,跟肖澹写出来的完全一样。

江锦喃喃地说:"我好像知道,这个漏洞到底代表着什么了……"

她的父母发现的漏洞究竟是什么,付言为什么那么执着于隐私系统,宋敏雅那场诡异的实验到底代表着什么……桩桩件件,忽然就有了一个合理的解释。

可是,这太疯狂了。

江锦的表情用失魂落魄形容也不为过。

沈辛安上前两步,想要触碰她的肩,却被肖澹拦了下来,男人看了一眼电脑屏幕,皱紧了眉头。

"让她一个人静一静,有什么之后再问。"

"可是——"

"你把这些资料拷贝下来,交上去,这些证据应该足以阻止孟汀洲对六爻的推广计划。"

沈辛安点了点头,还是有些不放心,一步三回头:"好……那你好好照顾她吧。"

日头东升西落,江锦抱膝坐在窗边,神情木讷,像是在想什么,又仿佛仅仅只是在放空。

肖澹坐在宽大的沙发上,双手交叠,看着江锦的背影,眸色深沉。阳光斜斜地从她身侧投射进来,为一头黑发镀上了金边,他眼神很好,还能看到她形状优美的脖颈上面细小的绒毛。

他知道江锦因实验结果而忧心,却不知道应该如何安慰她,他曾以为只要他有心,没有做不到的事情,可是两年前的经历就是他为自己的轻狂付出的最大的代价,也让他明白,没有人可以永远站在高处,冷漠地俯瞰芸芸众生。

他陪着女孩儿静坐了一夜,而后在天光将亮之际,走过去俯身将她抱起,轻轻地放到了床上。

失态仅仅是一天的事情,江锦睡了一觉之后,再次醒来已经恢复了往日的从容。

她询问了沈辛安关于资料的移交进度,又自发打扫了一遍卫生,甚至还自告奋勇地想要承包午餐。两个男人的神情逐渐从小心翼翼过渡到平和再过渡到惊恐以及生无可恋。

"你这冰箱里什么都没有了,我出去买。"

沈辛安和肖澹同时站了起来:

"让肖澹陪你去吧。"

"让沈辛安去吧。"

"……"

"……"

"算了你们俩都待在家里,我去买吧,正好散散心。"走之前,江锦又回头交代,"我一会儿就回来,我看到厨房有咖啡豆和手摇磨豆机……想喝咖啡。"

肖澹立刻起身往厨房走去:"交给我。"

这还是江锦近半个月来第一次出门,问了路人最近的超市在哪里,不过十来分钟就走到了。

这是一家不大的生鲜超市,一眼就能看得到尽头,奇怪的是,里面并没有人,就连收银员都不知道哪里去了。

江锦疑惑地走进去,货架后面露出半个人影,对方似乎也在挑选什么商品。江锦没有多想直奔蔬菜区,拣了几样菜,但那个人总是不紧不慢地跟在她身后,她皱了皱眉,回身望去。

是个高个子男人,戴着口罩,架着眼镜,五官都被隐藏起来了,但江锦还是一眼就认出了他,顿时愣在原地。

那人口罩下的脸似乎是笑了一下:"小锦。"

江锦脸色一变,迈步朝着出口跑去。

忽然,身后传来一阵风声,江锦只觉得脖子一阵刺痛,双腿不受控制地弯了下去,在跌倒在地之前,男人接住了她。

她死死地抓住男人的袖口,咬着牙含着怒意:"孟汀洲……"

"是我,终于见面了。"

男人的声音一如既往地柔和,只是被镜片遮掩的眼睛里,隐隐有炙热的光,昭示着男人心里暗潮汹涌的情绪。

江锦逐渐陷入恍惚之中,失去意识前的最后一个念头是——咖啡,喝不到了。

江锦醒来，身上还残留着某种药物失效的后遗症，头脑昏沉。举目四望——竟然是欧博科技大楼的顶层，孟汀洲的办公室。

她立刻警惕地支起身子，身后传来一声轻笑。

孟汀洲站在窗边，歪着头将她从头打量到尾："我们共事这么久，你怕我？"

江锦往后撤了撤，嘴角上扬，脸上却没有丝毫笑意，眼底一片冷漠："我当然应该怕你，你做了什么事，你自己心里清楚。"

孟汀洲没有被激怒，反而纵容地笑了笑："你是这么觉得的？我都做了什么？"

他的语调有种奇异的平静，目光闪动间，忽然向她走了几步："这才过了几个月，你就变成我完全不认识的人了，刚才一路我都想着要怎么把你带回来，都没有好好地看看你。"

他向前走一步，江锦就条件反射性退后一步。

孟汀洲似乎丝毫不觉，他走到两人中间的办公桌前就不再接近，只是拿起几张A4纸津津有味地看了起来。

"你很厉害，哪怕条件再简陋，你也能将实验完成。"

江锦顿觉不妙："你手上的东西是从哪里拿到的？"

孟汀洲不答反问："头还晕吗？"

江锦冷冷地回答："你关心得未免太多了。"

孟汀洲随手收起报告，顺势在椅子上坐了下来，一派悠闲："不要这么恶狠狠地对我，还有些时间，我们好好说会儿话，我猜你有很多想知道的。"

"那你就告诉我，为什么要派人去炸毁一元县的实验室。"

"为什么？"孟汀洲重复了一遍，突然发了脾气，他站起身，一把将桌子上的东西都扫落在地，满眼戾气，压抑许久的情绪暴发出来：

"你不是猜到了吗？我想找到自毁软件，我便再也不需要担心你们无谓的反对。你们都觉得现在发布六爻是个错误，我却偏要让你们看看，谁是错、谁是对！"

你们？江锦心中泛起疑惑，却没有时间细究。

她没有被孟汀洲吓到，不动声色地瞥了一眼窗外的景色，想要从光线的明暗来判断她昏迷了多久。

肖澹应该已经知道她不见了吧？

她镇定地回望他："你也好意思说，你的生活、你的事业？你利用付言，利用宋敏雅，甚至差点害死我和肖澹，你只管做自己的事，凭什么要别人来付出代价？"

孟汀洲摇摇头，神色添了一抹诡秘："你的事业？小锦，你以为我做这些，只是为了我自己？"

他平静的面容令江锦的心底生出几分不安，她皱皱眉："你以为把我带到这儿来，就没有人知道吗？你这是绑架，是非法拘禁！"

"那又怎么样，你本来就是我的未婚妻，欧博的员工。"

"不可理喻，他们知道我不见了，一定会报警的。到时候，我们就把一切都好好算一算。"

孟汀洲的神色越加诡秘，看着江锦隐隐还带着几分怜悯。

"江锦，你其实什么也不知道。"

见他状态不稳，江锦小心地后退一步，不动声色地环顾四周，想要寻找一件称手的东西，以免他发神经突然发难。

这时候，办公室的内线电话突然响了，孟汀洲接了起来。

对面不知说了什么，孟汀洲"嗯"了一声，又说："我知道了。还有，把东西拿到实验室来吧。"

撂下电话，孟汀洲叹了口气："不愧是肖澹，这么快就找上来了。没能一开始就看破他的身份是我最大的失误，不过……这个碍眼的存在很快就会被你自己解决掉。"

他的声音带着一股恶意的温柔："小锦，你准备好了吗？"

第一次，直面孟汀洲的江锦感受到了恐惧，不是因为孟汀洲骤变的模样，而是源自她内心巨大的不确定，他期待的眼神分明就是在说，有什么尘封的事实，即将被揭开。

她突然想退缩。

顶层是空的，没有人能来救她，她挣扎着，被孟汀洲攥着胳膊强制带到了六爻的总控室。没过两分钟，吴成光端着一个托盘走了进来，上面放着一个针管，里面盛满了晶莹的液体。

将东西递给孟汀洲后，吴成光默默地退到角落里。

孟汀洲锢着江锦，将她绑在椅子上，熟练地将各项设备连接到她的身体上。最后，他拿起针管。

他轻柔地说："别担心，付言已经替你试验好了，这种药物只能起到模糊思维的作用，不会有后遗症，你睡一觉，很快我们就能见面了。"

他的手像情人最温柔的手，抚摸过江锦的头发，手却毫不留情地将针尖推进她的静脉。

肖澹面无表情地注视着前方的信号灯，在红绿灯改变的一瞬间，踩下油门冲了出去。

沈辛安握住胸前的安全带，言不由衷地宽慰道："警察正在往那边赶，小锦会没事的。"

肖澹抿着唇，每一次打方向盘、每一次踩下油门，他脸上的表情都没有丝毫改变。从他意识到江锦出事了起，他就一直是这副表情。

沈辛安不知该如何再开口安慰了。

半个小时后，一辆黑色的商务车在欧博科技大楼的门前骤然停下，发出了刺耳的刹车声。

车内，肖澹第一次开口，声音在狭小的车厢内显得更加压抑：

"两年前，在她怀疑我的时候，我多想站在她面前告诉她，一切不是她想象的样子。但我却只能逃窜、寻求保护、隐姓埋名。两年后，我再一次面对这种情形，辛安，我现在依旧很害怕。"

盛夏还没有走完，那些繁花似锦的景致却已经远去了，沈辛安看向车窗外巍峨的欧博科技大楼，忍不住打了个哆嗦。

这里即将迎来一阵寒潮。

第八章
❤ 水面下的冰川
....

江锦出生在一个优渥的家庭，她的父母是极有名望的生物学家。她聪明、漂亮，小小年纪便稳重大方，成绩优异，是所有人眼中"别人家的孩子"。

可不可避免的是，她常常感到孤独。特别是念了大学之后，身边都是比她年纪大了五六岁的同学，他们惊奇的目光往往令她更加孤独。幸好，她身边出现了一个程暖阳。

程暖阳跟江锦是室友，江锦眼中的程暖阳有些神秘，性格古怪，却对她关爱有加。而程暖阳眼中的江锦亲切、友好，学业优秀，但是生活技能拉低了平均分，而且不太喜欢交际。是以，当经管系一个追求程暖阳的学长邀请她一起露营，并欣然答应她可以带朋友时，程暖阳铆足了劲儿缠上江锦。

"小锦，去吧，博士都快毕业了，怎么能没有集体活动呢？"

彼时夏天快要来临，第一声蝉鸣悠长地从寝室楼外的梧桐树上传来，看着热情洋溢的程暖阳，江锦笑着点头答应了。

出发的当天，经管系的同学们包了一辆大巴车，有车的同学也可以自行前往。

在校门口等待的时候,一辆银灰色的跑车驶过来,车窗落下,年轻男人坐在驾驶位上,手肘搭在窗沿,抬了抬手,算是跟众人打了个招呼。

程暖阳挽着江锦的手,啧啧称奇:"啧,那就是孟汀洲吧,刚从国外回来。一次偶然遇见,经管系的学长们拉他去毕设投资,他二话不说就投了几十万。这么近距离一看,还挺帅的……话说回来,你爸妈不就在欧博工作吗,这是太子爷?"

看着周围的姐姐们一个个双眼晶亮,江锦觉得有趣,也眉眼弯弯,附和地点了点头:"嗯。"

程暖阳又说:"不过也是奇怪,他怎么来了?"

露营地选在海边,众人燃了篝火,很有气氛。

搭好帐篷,程暖阳就按住了江锦,自己去给正在烧烤的同学帮忙了。江锦独自走到海边,找了一块干净的沙地坐了下来。

夕阳欲颓,举目远眺,偶尔有浪花翻起,不到岸边就消失殆尽。

一阵风从海洋深处而来,带起一阵潮湿的凉意。

也不知道过了多久,忽然有个人影在她身旁坐了下来,跟她搭话。

"刚才有阵风是从你这边吹过来的。"

江锦偏过头,是那位众人簇拥的孟汀洲学长。

她点了点头,权作招呼,而后又别过脸。夜晚的海边还是有几分凉意,加之清净被人打扰,她不由得动了离开的念头。

"你叫江锦?"

孟汀洲突然叫了她一声。

江锦一扭头,孟汀洲的俊脸近在咫尺。

他垂着头,靠近她的脖颈轻轻嗅了一下,而后笑着望向她:"我没猜错,是你身上的味道,很好闻,是喷了什么香水吗?"

孟汀洲既然是男神级的人物,样貌自然出类拔萃,哪怕有了冒失的举动,也像是从偶像剧里走出来的人设完美的男主人公。

可江锦从不看偶像剧。

她没再看孟汀洲一眼,站起身,皱着眉头离开了。

身后还传来他带着笑意的扬声呼喊:"江锦,我是孟汀洲。"

孟汀洲又怎么样,她毕业后又不打算进欧博科技,还想跟她摆上司的架势?

第二天的项目是登高,明明快到夏天了,可往山林里走,雾气却还是很大。

领队的学姐嘱咐了众人,一定要走开发好的路上山,不要掉队。之后,二十来号人嘻嘻哈哈地开始登山。

刚走了没多远,队伍前面的男人忽然放慢了步子回头:"江锦,累不累?需不需要我帮你背包?"

孟汀洲话音一落,许多若有似无的打量从不同方向落在江锦身上。

那种目光之于普通人忽视就是了,可江锦不同,她身上瞬间像是被许多尖锐的长刺试探地戳来戳去,有点疼。

江锦假装没听见,扭头看向程暖阳:"暖阳,你先走吧,我有点累,慢慢上去。"

程暖阳皱了皱眉,察觉到了什么,也只好点了点头。

为了避开孟汀洲,江锦大致看了一下山顶的方向,干脆偏离了主道,准备从一条几乎看不清路径的小路上山。

独自走了几分钟,人群的喧闹声消失,她身上的不适感才逐渐褪去。

忽然,身后响起了窸窸窣窣的声音,一个人从后面赶了上来。

"江锦,那边还没开发,挺危险的,别过去了。"

江锦木着脸,加快了脚步。

"我回国见过你的父母,他们都很和善。

"你以后也想来欧博工作吗?我很希望能跟你成为同事。

"你跟我说一句话好不好?"

孟汀洲的大长腿一直不紧不慢地跟在她身后。

因着茂盛的灌木丛遮挡,江锦一脚踏空的时候,孟汀洲就跟在她身后一步远的地方。

他反应迅速,当下脸色骤变,上前抓住了她。

孟汀洲的动作太拼,江锦甚至听到了他骨骼错位的声音。

她堪堪被他拉住胳膊,身子悬空。

碎石顺着岩壁滚落下去,听不见落地的声音。

底下不是山崖,却是个近乎直角的陡坡,往下十来米是洼地茂盛的树冠,影影绰绰看不清地面到底在哪里,也不知道一旦摔下去是死是伤。

孟汀洲趴在泥土草木上,一手死死抓着她的手腕,另一手抓着一个胳膊粗的树干,身子没有着力点,也没办法拉她上去。

这么僵持下去没有意义,是她连累了他。

江锦低叹一声:"孟汀洲,你放手吧。"

孟汀洲额上还带着方才被擦出的血迹,紧紧地咬着牙,面上却笑了起来:"原来你记住我的名字了?小姑娘很聪明啊。"

江锦抿了抿唇,没吭声。

孟汀洲又笑了笑:"你知道我最喜欢的一部爱情电影是什么吗?"

"是什么?"

"《泰坦尼克号》。"

说完,他猛地放开拽住树枝的右手,双手护住江锦,两个人一起往山沟里栽去。

感受到身下灼热跳动着的胸膛，江锦睁开眼。

洼地的光线比上面要昏暗得多。感谢未开发的山林树木足够郁郁葱葱，两人掉下来的时候减缓了速度与高度的落差，他们还在人间。

只是孟汀洲除了两只手还能活动一下，全身上下好像多处骨折，根本动弹不得。

男人无疑承受着巨大的痛苦，可是看着手足无措的江锦，他却还有心思安慰她。

"我这算不算殉情？不过为爱情献身的确是我觉得最有价值的一种死法。"

江锦毕竟只是个不到二十岁的女孩子，闻言不免红了眼眶："对不起，是我连累了你。"

孟汀洲艰难地伸出手，揉了揉她凌乱的头顶："可我觉得，这是我这辈子做得最值得的一件事。"

不知过了多久，天色暗了下来，透过繁茂的树冠，夜空繁星点点……他的双眼是她在这一天夜里见过的最美的星辰。

"别担心，会有人来救我们的。"

一阵凉风扫来，江锦打了个哆嗦，身上又冷又热，虚得厉害，她忍不住抱紧了自己的膝盖。

她好像发烧了。

"冷……"

江锦难受得想哭的时候，忽然间，火花迸溅。她扭头一看，是孟汀洲挣扎着燃起了一堆树枝。

"你带了打火机？"

"打火机可点不燃这东西，我带了点火器。"

借着火光，看着男人惨白的脸上流淌着豆大的汗珠，江锦讷讷不成言：

"你还……挺细心的。"

火堆燃了起来，江锦连忙又捡了一些枯枝，顺便将周围的杂草清理了一下，坐回去的时候，体内那种透入骨髓的寒意已经被火焰驱散了许多。

孟汀洲的脸色却更加惨白了，饶是如此，他还是努力笑了一下安慰她："小姑娘，靠着我睡吧，醒来我们就能得救了。"

天边天光乍现之时，天上下起了小雨，江锦被越来越近的嘈杂声惊醒，是搜救队的人来了。

一夜担惊受怕，江锦刚一坐起来，顿时一阵天旋地转。

昏过去之前，江锦想，要是孟汀洲没事，她一定要好好地感谢他。

后来，在医院里，孟汀洲温和地对她说：

"想报答我？来欧博吧，我想跟你一起工作。"

江锦本是个固执的女孩儿，从小就不算乖巧，但是看见孟汀洲虚弱的状态，她想也不想地点头答应了。

让她改变观念其实也挺容易，豁出命去就行。

后来，江锦顺理成章去了欧博科技，成了六爻研发小组的一员。只是她再有天分，也不过是初涉职场的新人，偶尔也会手足无措。只不过她比别人幸运，她的父母可以手把手地教她。

可是仅仅过了半年，那场实验室的大火，摧毁了一切。

她的父母因为一场实验事故，被困在了火海。

她赶到的时候，扑面而来的火舌甚至舔到了她的头发。她看见她的爸爸、妈妈被束缚在椅子上，而椅子已经被熊熊大火吞噬。

惨烈的景象宛如炼狱，令人肝肠寸断。

江父的眼中是生命流逝之前最后的狂热，逼着自己忍下痛苦的哀号，提着一口气，再多看一眼他最爱的女儿。

"江锦，你要平安……走啊！"

自此，仿佛世间的一切都失去了色彩。

有人死死地拖住了她，隔着浓烟，她看到了那个见过两面，却已经令她心生爱慕的男人。

可是这个时候，他怎么会在这儿？

料理完父母的丧事后，江锦足足两个月被噩梦缠身，醒着的时候，那种源自内心深处的哀伤与惊恐，甚至令她连天空是蓝的还是灰的都无法分辨。

由于现场毫无人为痕迹，实验室大火最后被定性为意外事件。她意识到自己好像有哪里不太对劲儿，可是生活还是要继续。

她一心一意投入到六爻系统的开发中，孟汀洲陪着她，试图开解她。

可是，没用。

渐渐地，她脸上的笑容越发少，行事作风越发雷厉风行，偶尔实验进度出了差错，她还会冲下属发怒。这时候她甚至会想，技术而已，不过一项新技术而已，不研究也没什么大不了的……怎么就值得她父母付出生命呢。

她爱六爻，却也恨它。

在这种矛盾的心理下，她任由孟汀洲大刀阔斧地对六爻系统的功能进行调整，哪怕有些实验，已经背离了她父母当初的设想。

直到某一天，孟汀洲找上了她，对她说："江锦，你不觉得，你父母的死有蹊跷吗？他们可不是那种粗心的人。"

那一瞬间，她好像抓住了什么可以拼命活下去的理由："你是发现了什么疑点吗？"

孟汀洲问："你父母死前，有一个人见了他们，那个人你认识吗？"

她的心重重地敲了一下。

"见过而已，姓肖。"

孟汀洲皱起眉:"有件事很奇怪,我找不到关于他的任何资料,就像是被什么人从中阻止,但是据我调查,江教授和他根本就不是才认识的,两个人之间的交集也已经近十年了……我猜,他接近你父母,肯定是有所图。"

听着孟汀洲说这些话,江锦将曾经升起过的那些悸动的小心思尽数掐灭,脸上显出一副平平淡淡的神色:"我一点也不知情,但是如果以欧博的能力都无法知道那个男人的来历,这里面的确有古怪。"

"他是最有嫌疑的。而且六爻的自毁软件不见了,我不确定是不是他拿走的,如果是……他势必要来找你拿到密钥。"

"密钥……"

"是,小锦,六爻自毁程序的密钥是什么?"

孟汀洲若有似无地看了她一眼。

江锦的喉咙里有些干,她忍不住清了一下嗓子,表情带了点儿愧疚:"对不起,我不能告诉你。"

孟汀洲摇摇头并不在意:"没关系,我只是问问而已。我虽不知为何你的父母当初要设计这样一个程序,但小锦你是知道的,一旦密钥和自毁软件合在一起,就可以销毁六爻系统,六爻系统便不复存在了,所以你要小心,他的下一个目标极有可能就是你。"

江锦沉默了片刻:"你觉得我应该怎么办?等着他来找我?"

想了想,她又说:"如果他来找我也好,我或许可以想办法套出真相。"

"如果他能在你父母身边潜伏近十年而不被我们发觉,那就说明他极擅长洞察人心,伪装对他来说毫无作用。"孟汀洲摇了摇头,又说,"还有一件事……因为此前六爻系统所有的运行工作都是由你父母亲自负责,他们死后研究小组接了过来才发现,构建隐私模块时的那些实验记录是缺失的——不排除也在那个男人的手里,我希望你能查明,然后将实验记录找回来。"

江锦摇头苦笑:"你太高看我了。"

"我倒是有一个办法,但是在此之前,我还需要你帮我一个忙。"

江氏夫妇的身死使欧博科技内部发生了极大的动荡。六爻系统还没有研发完成,就面临着分崩离析的危机,这时候江锦才正式地出现在众人的眼前,她是江氏夫妇的女儿,自幼跟在他们身边,是除了两人以外最熟悉六爻系统的人。

国内外的科技公司闻风而动,下了大功夫想要挖江锦跳槽,可就在这个时候传出了江锦和欧博集团太子爷孟汀洲订婚的消息。

而在两人订婚的第二个月,孟汀洲凭借着微弱的优势,在董事会上,将权力从自己的父亲手中夺走。

两人订婚后的第三个月,天空中飘落下了今年的第一场雪。

孟汀洲沉默地看着江锦调试着眼前的机器。

"我原本只是有个想法而已,想不到你真的实现了。"

"我也是无意间从我父亲的口中听说过一点,利用微小电流的刺激,可以短暂地影响到人的中枢神经系统,这也是为什么我们要将隐私系统放在首位,'人'在实验研究里,才是最不稳定的因素。"

"小学究。"孟汀洲失笑地摇摇头,"不过,这在你的定义里算是违规实验了,你会没事吧?"

"放心吧,我心中有把握才敢自己冒险,你来看看,到时候按照我的操作,反过来操作就可以……还有这个药水,如果——"

江锦皱了皱眉头,有些勉强地拿出一个药剂瓶说道:"这个药水里我增加了几种化学成分,如果到时候我,嗯,不配合我们的计划……你就用这个。"

孟汀洲接过了那个装着澄明药水的瓶子:"我明白你的意思,不过你也放心,我会保护好你的。"

江锦躺在长椅上,耳边最后的声音是孟汀洲在说:"听到你失忆的消息,那个人应该会放松警惕,想办法重新接近你……小锦,希望我们能成功。"

黄昏的光影浓重而热烈,江锦一睁眼,就险些被这耀目的金黄色刺痛。

"你醒了。"

孟汀洲坐在不远处的沙发上,他将手中的书放下,伸手倒了杯水,走到江锦身边:"喝点水吧,你感觉怎么样?"

江锦接过来一饮而尽:"我没事。"

门适时地被敲响,吴成光走了进来,先是看了江锦一眼,才开口:"孟总,肖澹他们过来了,还带来了警察,说我们非法拘禁。"

孟汀洲点了点头,神情看不出丝毫紧张。他转过脸来,带着笑意问:"小锦,我们过去看看?"

江锦起身,将被子搁在一旁,木着脸点了点头:"嗯。"

欧博科技的一楼大厅。

正值下班的时间,许多员工却都忍不住停下脚步,躲在一旁围观,窃窃私语。

大厅中间,肖澹面无表情地负手站着,沈辛安则一脸公司马上破产的样子,拉着一个警察的衣袖喋喋不休。

"真的啊,警察同志,我也不敢相信,为什么孟汀洲能做出这种丧心病狂的事情,您可要为我们做主啊。"

这个警察也不过二十多岁,当即义愤填膺:"您放心,法治社会,绝对不会允许限制人身自由的事情发生!"

"没错,警察同志!"

"放心吧沈先生！"

肖澹无语地瞥了两人一眼，忽然视线看向了远处。他垂在身侧的手，不自觉地紧攥起来。

大厅仿佛有一瞬间的寂静。

孟汀洲大大方方地冲肖澹伸出手："肖先生，又见面了。"

肖澹也伸出手去："孟总。"

两个人的手指一触即分，孟汀洲又冲着沈辛安点了点头："沈总，今天也是来谈推广方案的吗？"

沈辛安皮笑肉不笑地哼了一声："我们今天是来做什么，你当真不知道吗？"

三个男人加在一起就能演一出大戏。

警察显然被眼前的状况搞糊涂了，半晌才看向唯一一个没说话的女人："那个，我问一句，你就是江锦？"

江锦点点头："是啊，需要拿身份证明给您看吗？"

"那个，您是自愿的吗？"

她短促地笑了一下："对不起，我和朋友们吵架了，他们应该是误会了，让您白跑一趟，真是不好意思。"

"没关系没关系，为群众排忧解难是我们应该做的嘛，但是……"

警察的话止于几个人平和的神色中，除了沈辛安，其他三人的表情仿佛都蒙了一层纱，看不出内心的想法。

沈辛安瞠目结舌："江锦？你傻了吧，还不快过来？我们带你走。"

江锦仔仔细细地看着他，眼眸微垂："沈总，您说笑了，欧博事务繁杂，我很忙的。如果没有其他的事情的话，就请你们离开这里吧。"

不等沈辛安再开口，她又笑着跟警察再次道歉，将人送了出去。

从楼上又下来一群企宣部门的人，瞬间就围住了沈辛安，两家公司名义上是合作关系，沈辛安也只得敷衍一下。围观的人群逐渐散去，一场闹剧，很快就落下了帷幕。

孟汀洲身子向江锦倾了一下，脸上的笑意真切了几分："我们上去吧。"

"嗯。"

江锦却觉得自己的身体仿佛不受控制，又在原地站了几秒钟，才提步离开。从始至终，她没有看肖澹一眼。

一只脚踏进电梯，江锦的手忽然被人从后面拽住，她脚下踉跄，被那人扶了一下才站稳。

"我们谈谈好吗？"

身后男人的声音已足够冷静克制，可江锦依旧听出了他其中细微的颤抖。她印象中的肖澹向来泰山崩于前而不变色，此时这般请求的语气莫名地令她憋闷。

可是……谈谈？他们之间有什么好谈的呢？

她设计自己的失忆，却巧合般地遇见他又喜欢上他。现在如同大梦一场，浓情明明就在昨日，却已经是镜花水月。

电梯门长久无法关闭，发出了"嘀嘀"的警报声。

孟汀洲的脸色沉了下来："肖先生，我不管你以前是什么身份，这里是欧博，不是你可以随心所欲的地方。"

肖澹恍若未闻，一心一意地看着江锦，哪怕三人古怪的气氛已经引起了四下的注意他也毫不在乎。

"那天晚上，我们说了什么，你还记得吗？"

——"等事情了了，我就陪你去任何你想去的地方。"

——"可是我想去的地方只有实验室。"

——"那我也陪你。"

——"好。"

怎么会不记得呢？失忆后的她，忘记了那些晦暗的记忆，要更肆意，可两年前，因为目睹了父母的死，她要更阴沉、更工于算计。

她在这个不适宜的时间里心生疑惑，肖澹到底爱因为父母身亡变得冷血的她，还是爱失忆伪装后的那个看似坚强又偶尔骄蛮的她？

她自己呢？她对肖澹的感情也很奇怪。这些心动、爱慕、亲密是真实存在的，可曾经的那些怀疑、猜忌、憎恨也是真实存在的。随着她的记忆彻底恢复，他们之间好像被划上了一条不可逾越的线，或者说，那条线一直存在，只是在她恢复记忆后重新浮现了出来。

她冷着脸，攥紧拳头："肖澹，你走吧。不管我曾经说了什么……都不作数了。"

江锦的办公室又恢复了原样，就连书桌上的笔筒里那支钢笔，也是她惯用的那支，只是里面的墨水已经干了。

她叹了口气，面上也染了些疲惫之色："如果你没有别的事情的话，可以让我自己静一静吗？"

孟汀洲没有依言离开，而是熟门熟路地自行坐了下来："你做得很好，找到实验室，拿到了资料，也没有让他拿到密钥。虽然还不能确定肖澹是不是令你父母死亡的元凶，但是我向你保证，假以时日，我会查出来的。"

江锦有些厌烦："这件事就不劳你费心了。"

"我以为，以我们的关系来说，我是有资格关心你的。"

她霍地扭头，冷笑溢出嘴角："我和你的关系？你不会真以为我现在还和当年一样天真吧，所谓的订婚只是你为了利用我增加你在董事会的筹码而编造出的谎言，想要帮我也只是想让我心甘情愿替你找到自毁软件，解除你的后顾之忧，不是吗？"

想明白这一切之后，她甚至怀疑，他们的初遇、他救了她的事情，是否也是一场设计。

沉默了几秒钟,孟汀洲温和的脸上显现出几分不可思议的光来:"你现在的确和从前不同了,是谁改变了你,肖澹吗?我早应该认出他,阻止你们走得这样近。"

"阻止?你不是应该感到高兴吗?你的计划很成功,虽然自毁软件没找到,却意外得到了我父母曾经的研究成果,足以帮助你攻克难关。"

男人站了起来,负手面对着巨大的落地窗:"就算你说得对,那既然我要的都得到了,你还觉得你有筹码这么疾言厉色地对我?"

"当然。"江锦冷笑了一声,丝毫不觉得自己讲了一个笑话,"我的筹码就是我自己,志愿者已经报名差不多了吧?下一步就要给他们移植芯片、连接六爻。可是你拿着从我这里套走的密钥,瞒着我擅自更改了隐私系统,现在的六爻已经跟原来固若金汤的六爻完全不同了。移植芯片之后,万一出现了什么问题,就凭你现在的研究小组,未必能控制得了。到时候,不只是六爻系统失败,就连欧博科技,也要因为你的决定而走向毁灭。"

孟汀洲应该也考虑到了这一点,否则他不会一而再、再而三地找上来,围绕在她身边,如同附骨之疽。

"即便你没有筹码,我也会想要找到你,你觉得我利用了你,心有怨言,我能理解。但是,你应该相信,我还是喜欢你的。"孟汀洲的话渐低,到最后微不可闻,似叹惋、似悲悯。

江锦不以为然:"喜欢?你喜欢的只是我的身份,我的能力,我能为你、为博欧带来的利益。"

"那肖澹呢?他的喜欢就珍贵?就值得你一回来就一副魂不守舍的模样?"

江锦扬了扬下巴,眼眸中一派冰凉:"那是我和他的事。"

被她冷漠的态度刺痛,孟汀洲怒极反笑,话锋一转,嗤笑着问:"你真的了解肖澹吗？你知道他那副傲慢的面皮下，是人还是鬼？"

"别说了。"

"还是说，在他还有害死你父母的嫌疑的时候，你也爱上他了？"

"我让你别说了！"

啪——

江锦抄起桌面上的笔筒狠狠地砸到了地上，眼底染上了一抹红："我说过，如果真的是肖澹害死了我的父母，我不会放过他！现在，请你离开。"

看见她的失态，孟汀洲反而笑了："小锦，即便你不再相信我，不喜欢我，我们也还是同伴，是吗？"

江锦做了几个深呼吸，竭力平复着内心的情绪。

良久。

"我知道……说起来，之前父母的死对我打击很大，我一时行差踏错，做了不恰当的研究，也不能将全部责任都推给你。既然你在隐私系统后台留下了窗口这个结果无法更改，那么之后的研究要在我的主导下进行……只要你能做到，我们就还是同伴。"

"没问题。"

男人满意地点点头。

临走前，他突然出声询问："对了，你有销毁软件的线索吗？你觉得它到底在不在肖澹身上？"

江锦其实也并不确定。

可她也不知道自己是怎么想的，这一瞬间，她的脸上不露端倪，飞快地回答："不在……"

孟汀洲似乎松了一口气，点点头离开了。

沈辛安第二天就恢复了一个富二代应该有的、正常的智商，想起来自己身上还有应尽的责任，带着几个中年知识分子模样的人，又杀回了欧博科技大楼。

一行人不顾阻拦，硬要往里闯，孟汀洲得到消息，带着江锦匆匆赶来。

"这是怎么回事？"

一个助手模样的男人站了出来，绷着脸，语气不善："孟总，我们需要对六爻系统进行一个系统的监测，希望您配合。"一边说，一边出示了一个证件。

孟汀洲扫了一眼，忽而回头看了一眼江锦。

江锦微不可察地点了点头，他方才挂上和善的笑，转身引路。

"那几位请跟我来，这里的门禁比较多，我直接带各位去总控室。"

沈辛安示威般地冲江锦撇了撇嘴，倒是一路来的教授、专家们见孟汀洲文质彬彬又坦坦荡荡，态度好转了不少。

一位头发都白了的老教授露出了点笑模样："孟总见谅，我们也是受了监管部门的委托，来核实一下贵公司发布的六爻系统是否有危险性。"

"随时欢迎。"

孟汀洲不只将人带到了总控室，还让吴成光带人搬来了所有有关六爻系统的实验记录，足足十几箱，一字排开，很是壮观。

监测的过程十分漫长，中午，孙朵带上来十几份快餐。

江锦一边吃，一边模糊地想着，这些杂事，在孙朵来之前，都是谁做来着？

日暮时分，那些人经过了激烈的讨论之后，老教授从人群中走了过来。

"虎父无犬子啊，这些实验明显能看出来是由不同的人主导，当年你父母的脑激光图的发明就引起了轩然大波。"他神色似在追忆，"我们都说，这是划时代的研究，有几个机构都希望他们加入，可谁让你父母和孟宪有言在先呢，可惜了……"

江锦心思一动："有言在先？"

"是啊，孟宪当年为了争取你父母，承诺一切研究方向都由他们自主拟定，欧博集团只负责财力支持。"

这倒和传闻中不符了。传闻中的孟宪独断专行，且为人暴躁，要不是这样，当初也不会有那么多人支持孟汀洲。

"好了。"孟汀洲走过来，几分无奈，"你们再聊下去天就黑了。"

"对对对，正事要紧。"老教授扶了扶眼镜，点了点自己手上的白纸黑字，"系统本身没有问题，只是最大的问题就是这里——在我们收到的材料中，可以很清楚地看出来，六爻的运行对人脑神经系统存在潜在的危险，还有——'甚至可以攻击个人的独立思维'这句话我其实不是很明白它的意思。"

江锦凭记忆翻找片刻，找出一份记录递了过去："您可以看看，这是同一种变量进行的实验，那个实验有问题，支撑它的不过是六爻系统的雏形而已，远没有问世的这一款成熟，不能证明什么。"

老教授费力地辨别着两组数据间的不同。

江锦又淡笑："而且这两份实验记录都是出自我手，这里面应该是有什么误会，我们发布的六爻系统，完全没有……攻击性。恕我直言，沈先生的担忧完全是无稽之谈，所谓最严重的后果，根本不可能出现在现在的六爻系统中。"

良久，老教授轻叹口气："老了，老了，跟不上科技的进步了。"

他的手在江锦的肩膀上拍了拍，古板严谨的脸顿时显出几分慈祥："女承父业，你可一定要加油啊。"

江锦愣了愣，继而重重地点了点头。

如果今天换了个人站在这里，很难自圆其说。风险是有的，可她不会让这风险成真。她会好好留在欧博，她想守护它。

一行人离开之后，孟汀洲转身看向沈辛安，眼中的凌厉一闪即逝。

"沈总，您这样三番五次地来捣乱，我实在没办法接受您这样的合作伙伴。"

孟汀洲话音一落，沈辛安却登时如蒙大赦，脸上写满了兴高采烈："这可是你先提出解约的，那我们就按合同来，回头我就让我们公司法务部门过来。"

孟汀洲的脸色难看得要命。

沈辛安露出了个意味深长的表情："小锦，我走了？你就没有什么话托我带给肖澹？"

江锦按了按突突跳个不停的太阳穴："你快走，别挑事啊。"

沈辛安哼笑一声，也离开了。

江锦忍不住摇摇头，能将公司开得这么随心所欲的，恐怕这个世界上也只有沈辛安一个。

日子飞快，半月倏地走远，在一个秋风顿起的周一，欧博企宣部宣布了志愿者招募工作已经完美落幕，十城联动，数以千计的第一批志愿者，在短短的几天内，全部完成了微型电极的植入，并正式与六爻系统相连。

从第二天开始，便收到了来自各方的反馈成果。它的神奇之处被许多报纸媒体报道，就跟当年脑激光图的横空出世一般，在短短两周内，引起了轩然大波。

偶有零星几个提出疑虑的，也被湮没在一片叫好的浪潮中。

在开放第二批报名者的通道后，短短一个小时，申请的人数已经逾十万。

江锦变得十分忙碌，终日在欧博科技大楼里穿梭，只是偶尔不知怎么地，看见窗外的飞鸟，看见走廊上阳光照射进来形成的花草的剪影，看到咖啡杯里升腾起的热气，她总会不自觉地陷入沉默之中，浑身犹如脱了力一般，怏怏地不愿动弹。

孟汀洲拿过她的杯子，慢条斯理地又为她添了一杯咖啡。对面的女孩儿穿了一套银白色的商务西装，双腿跷着，黑色的高跟鞋鞋跟细而长，自有一种凌厉的韵味，男人的眼神暗了暗，端起杯子喝了一口。

"你最近又瘦了，下班之后我们一起去吃饭吧，旁边新开了一家法餐，我一直想去尝尝。"

"那你自己去吧。"

孟汀洲顿了一下："在想他？"

"在想什么，该是我的自由吧！"

见江锦没有否认，孟汀洲的脸色沉了下来。自从她恢复了记忆，两个人之间的关系降至冰点，他也不再热衷于在江锦面前扮演谦谦君子，脸色变换堪比精神病人。

"今后你都要以这副冷冰冰的模样跟我相处吗？"

江锦头都没抬，勺子在杯中缓缓搅拌："你多虑了。"

被她油盐不进的模样激怒，孟汀洲忍了忍，霍地站起来，理了理衣服，阴沉着脸离开了。

江锦这才停止了动作，睨了一眼孟汀洲离开的方向，而后，视线又在室内环顾一圈。

这里是孟汀洲的办公室。

江锦不由自主地走向他的办公桌。孟汀洲的电脑桌面很干净，几个常用的软件，再就是几个文件夹，大概是商业合作一类的，因为文件夹名称都是项目名称，她的视线移到最先一个，眼神忍不住闪了一下。

——六爻系统。

自从孟汀洲私自在六爻系统里留下了窗口,她对孟汀洲已然失去了信任,因此尽管知道这是孟汀洲的私人文件,她的手指仍像是不受控制似的,拖着光标移动到那个文件夹上面,短暂的挣扎后,手指双击——

并没有预想中可能带来的冲击,孟汀洲设置了密码,她连文件夹都没能打开。

与此同时,耳边响起了男人的叹息声。孟汀洲不知何时去而复返,走到她身后,叹息着道:"如果不是回来拿支笔,我还看不到这一幕呢。是不是该说,你好奇心真重?还是该责怪,你忘记了身份,竟然连我的电脑也敢翻,嗯?"

倒不是害怕,只不过翻私人文件正好被主人逮到,江锦还是有些尴尬的。她敛下眸子,不情不愿地道歉:"对不起。"

孟汀洲没说什么,只是从她手中拿走了鼠标,修长的手指长按住电源,几秒钟后,屏幕就黑了下来。

"小锦,你想知道什么,问我就好了。"

"我确实很想知道,这段时间以来,你经常不见踪影,你在忙什么?"

"不过是一些商务合作罢了,你的心思都在六爻系统的维护上,可是欧博科技还有别的杂事,总要有人处理。"

这回话倒是滴水不漏,江锦点了点头,可是心底的不安不禁扩大——孟汀洲去而复返,当真只是为了取一支笔?还是为了,防着她?

下班的时候已经九点多了,江锦踩着油门,不过十几分钟就回了公寓楼下。太阳穴突突地疼,她一边按着,一边有气无力地往门口走,神色怏怏。

高档小区,道边的路灯都要明亮许多,初秋的风扫过,夜风摇晃着树影,叶子簌簌而下,显得有几分寂寥。

"小锦。"

恍惚间有人叫她,她愣了一下,又自嘲地笑了笑,没有回头。

"江锦。"

这回的声音真切了许多，不是幻听。她停下脚步回头，路灯下，男人修长的身影逐渐从暗处显露出来，他走到她跟前，在她开口之前便解释道："晚上吃多了些，出来遛遛弯，正巧碰上你了。"

"嗯……"

两个人的家，一个朝南，一个在北，遛弯能遛过来，也是千古奇闻了，可偏偏两个人的表情一个赛一个正经，谁也没觉得荒唐。

路灯的光自上而下，在她的脸上打出一小片阴影，浓密的睫毛遮住了她眼底的神情。

半晌无话。

肖澹看着她的脸，极为专心。

"我骗你的，我不是遛弯，我是想来见你。"

江锦捏了捏手指，血液不流通，有点麻。

"你总是骗我。"她咽下那些即将翻涌而出的酸涩情绪，兀自维持平和，"在一元县，我曾问你是否还有其他的事瞒着我，你回答，没有，我就信了你对我已经完全坦诚。"

远处的草地里蓦地响起两声虫鸣，拼尽了全力似的，两声过后，周围恢复了独属秋夜的寂静。

江锦自嘲的声音显得更轻了："我竟然信了。"她深吸了一口气，语速快了许多，"我已经什么都想起来了，肖澹……十年，你在我父母身边十年，我竟然一点都不知情，你到底想做什么？"

肖澹顿了片刻，皱起眉："是孟汀洲从前调查过我？"

江锦没有否认，只问："回答我，你和我父母的死……究竟有什么关系？"

有些许零碎的片段在肖澹脑海中不断串联，有她在半山公寓见他时的陌生，有她在他的帮助下找到隐秘的实验室，还有她突如其来的冷漠。

江锦的失忆是由孟汀洲主导，所以程暖阳曾经托程朝阳带话说：不要相信江锦。

不要相信被怀疑与执念遮蔽了理智的江锦。

肖澹垂在身侧的手微微攥起："对不起，我还不能说。"

对不起，不能说。

这世界上没有比这更敷衍的两句了，江锦冷笑一声："我也不知道我还在期待什么……我走了。"

肖澹没有再拦她。

错身而过的时候，江锦用眼角瞥了他一眼，只是一眼，她就收回了目光，转身走开了。

许久，她还能感觉到他的目光落在她身上没有移开。

一夜多梦，第二日清早，江锦瞧着镜子里自己的黑眼圈，遮瑕又多上了一层。到欧博的时候，比往常要晚一些，许多员工跟她打招呼，她打起精神回应。

"江特助……早啊。"

"早，小刘。"

见对方抱着四五个摞在一起的盒子，十分费力的样子，江锦忍不住多问了一句："你抱着这些东西要去哪儿？"

小刘又将纸箱往上端了端："我要去给各个部门送些杂物。不过现在是上班高峰，总也等不到电梯。"

每个纸箱上都贴着楼层和部门，江锦扫了一眼，将最上面的纸箱拿下来抱在了自己怀里："这个正好在我办公室下一层，我帮你送上去吧。"

江锦是可以坐孟汀洲和高层们的专用电梯的，顺手的事减少了小刘的负担，何乐不为？

她在二十二楼下了电梯，对着便笺上的号码一路往里走。这一层曾经是作为秘书处和公关部门的办公室，后来两个部门都搬走了，江锦也就很少有机会下来。

走了几步，前面隐隐有人声传来，江锦透过玻璃窗往里看，只一眼就愣住了。

这里什么时候又建了一间实验室？里面的设备都很眼熟，跟楼上的实验室宛如镜像房间，有几个穿着白大褂的研究人员正在围着长桌争执着什么。再往里还有一个小房间，只是墙壁严实没有窗子，看不到里面的光景。

"你们在做什么？"江锦说着，就想推门而入。

"江特助，请稍等。"忽然，一个穿着正装的女孩儿急急地从江锦的身后赶来，阻止了她。

江锦对这个说话的女孩子还有印象，上次见她，她的身份还是付言的新助理。

"孙朵。"

几个月不见，女孩儿已经迅速地成长为一位合格的职场人，她满脸堆笑："是我，江小姐，哦不，江特助，您怎么到这里来了？"

这话乍听起来没有什么不对，江锦看着眼前笑容完美的孙朵，又扭头看了看实验室里面的几个茫然或警惕的研究人员，心中涌起了一种奇怪的感觉。

"我来……帮你们送点儿东西。"

孙朵笑靥如花，连忙从她手中把箱子接了过去："辛苦您了，我来放就好。"

那种奇怪的感觉更深了，江锦点了点头，却没有要离开的意思，反而歪了歪头往室内看去："哦，我很久没来公司了，竟不知道这里什么时候又建起了一间实验室,我进去看一下。"

"哎,江特助。"孙朵急忙伸手拦住了她,手中的箱子砸到了地上也没有管,"您还是上去吧,这里有我呢。"

江锦的脸色沉了下来,下颌微微扬起:"你进欧博的第一天,应该就有人事部门的同事给你做过培训,一个职级有一个职级对应的权力和义务。我看你年纪小,也就不跟你论职级了,不过我虽然名分上属于管理层,但归根结底还是研究人员,进实验室有什么不对吗?"

孙朵咬了咬唇,有些难堪,但依旧牢牢地挡在她身前:"江特助您不要为难我。"

江锦突然弯起嘴角轻笑出声,只是笑意未达眼底:"我看你现在是在为难我。我给你两个选择,第一让我进去或者给我一个合理的解释,第二,我现在下楼交代人事部的同事,为你办理离职手续。"

孙朵红了眼,表情有些愤慨:"您不能这样!"

江锦表情分毫未变:"如果你不相信,我可以向你证明,我能。"

"你——"

"是我告诉他们,不要让你进的。"

皮鞋踩在地面上发出"哒哒"的声音,孟汀洲缓步靠近,站在了江锦的身后,伸手在她的背上轻轻拍了拍:"你消消气。"

这样的场景,搁谁看来,都坐实了欧博的掌权人对他的前未婚妻宠爱有加的传闻。孙朵看着,忍不住有些眼热。

江锦不着痕迹地躲开,目光看着实验室内,用意明确。

孟汀洲叹了口气:"不让你进,其实是想要给你一个惊喜……走,我们上去说。"

江锦被孟汀洲攥着手腕拉到了他的办公室,她试图反抗,可是孟汀洲的手比她想象中有力,带着一种不正常的兴奋,牢牢地锢着她。

办公室的门被关上。

他松开她的手，眼底的光芒大盛："小锦，既然你都发现了，我也就不瞒你了，正好我遇到了一个难题，还需要你的帮助。"

江锦冷眼看着他在办公室里左右踱步，不动声色地说："你先说说看。"

孟汀洲忽然停住了脚步，他的五官背着光，显出几分诡谲："不必试探，你难道就没有猜到什么吗？"

看到孟汀洲笃定的神情，江锦哪里还有什么不明白的呢，她一直勉强压下的担心在此刻成真。孟汀洲一直想要通过六爻对使用者的神经系统进行干扰，因着技术有缺陷，原本只是个妄想，孟汀洲一直苦于无法攻克技术难关，可是偏偏，这个时候她恢复了记忆，还带回了在一元县实验室里找到的资料，让这个噩梦成了真。

江锦抬头，细细地看着孟汀州的脸，不知怎的，想起了他们的初见，那个时候的孟汀洲英俊、文雅、阳光，像一个影视剧里走出的男主人公，她虽不会为之着迷，却也知道，孟汀洲的存在满足了几乎所有少女的梦。可是现在，他的眼底却只剩狂热，那双阴鸷的眼睛，每次都能让她联想到最深最深的深渊。

从未有一刻，江锦像此刻这般清醒地意识到，孟汀洲已经陷入了对自己畅想中的未来的渴望，无可救药。

孟汀洲骤然伸手，把住江锦的双肩，弯下腰，目光灼灼："你想得没错，小锦，我们快成功了。"

江锦面无表情地在心里反驳，不是"我们"，是你自己。

"一旦成功，我会对原有的立即升级，你将看到新的世界……一个属于我们的世界，你不想走过去看看吗？"

见江锦无动于衷，孟汀洲有些失望："你还不明白？你难道一点也不为此感到激动吗？不说别的，小锦，你想一想，假如有朝一日，我们将这个成果应用到肖澹身上……他无法抗拒你的问题,他也无法对你说谎,你可以凭此得知父母死亡的真相。"

江锦沉默片刻,摇了摇头:"不,这不是人控制科技,也不是科技控制人……这是人控制人,孟汀洲,你想要做上帝吗?这是原则问题,哪怕你想,我也不会让你为所欲为的……我会不惜一切阻止你。"

天空中有几朵乌云飘过来,光影明明灭灭从孟汀洲脸上晃过,显得他的神色越加诡异起来。

"我知道的,小锦,你的胆子一向大。"他一面说,一面往前迫近了一步。江锦退,他就近,一直将她逼得靠在了冰冷的墙面上。

江锦看了一眼办公室上方的监控器,没有强硬地推开他。那是昨天她被孟汀洲撞见碰了他的电脑之后,新安上的。孟汀洲对她的防备之心昭然若揭,他的性情也越来越难以预测,她不能激怒他。

她润了润喉咙,脖颈弯下,是一个臣服者的弧度,语调柔和了三分。

"当然,我更希望,我们能达成一致,一起让六爻发挥更大的价值。"

气氛又归于平和,孟汀洲也配合地选择性遗忘了方才的对话,后退了一步,空气又重新开始流动。

她现在,做什么都处于被监控之下,她不能轻举妄动。

江锦冷静下来,刻意放缓了语气,不经意地问:"对了,你是怎么做到的?"

"出色的生物学家,也不止有你的父母和你。"

"生物学家……是付言?难道你又把他找回来了?"

孟汀洲欣然点头:"他虽然不堪大用,但是他了解你的父母,了解六爻,只要有人辅助他,付言可以达到我的预期。只是,唯一的问题是,密钥——小锦,你告诉我,为什么明明我输入了密钥,却还是无法直接打开隐私系统进行修改?"

"我不懂你的意思,密钥我已经告诉你了。"江锦别开了脸,心里有些气闷。气自己没有早对孟汀洲生了警戒之心,以至于将密钥透露给他,让他背着自己修改隐私系统。

孟汀洲打量了她许久,见她神色不似作伪,方才点了点头:"既然你认为不是密钥的问题,我再另找问题。虽然不知道是因为什么,但是密钥作为最高指令密码,尚不能修改隐私系统,想必更不可能启动销毁软件,倒是解决了我一直以来的顾虑。"

临走前,孟汀洲又扭过头:"对了,楼下那间实验室,你不要管了,知道了吗?"

江锦看着那双已然恢复了清明的眼睛,缓缓勾起了一个温顺无害的笑容。

"好,我知道了。"

她知道了,是自己犯了蠢,竟然以为可以跟孟汀洲谈条件,牵制住他。可现在现实狠狠地给了她一耳光,无论是失忆前还是失忆后,她所做的所有事情,竟然都是为孟汀洲扫清障碍,成了他野心的垫脚石。

她不能激怒孟汀洲,她要镇定下来,想一想,现在该怎么办。

傍山的高层住宅里,沈辛安好不容易才将热情的女邻居劝走,端着一盒热气腾腾的饺子瘫坐在沙发上,叹息着开口:"从前你闭门不出也就罢了,这几天才出门晃悠几圈,就惹来了桃花债。哎,这要是小锦在,还不得气炸了。"

肖澹以复杂的眼神盯了沈辛安几秒钟,确定他不是刻意触自己霉头,而是真的没有眼力见儿。

"跟她有什么关系?"肖澹说得轻巧,只是眼睛下有掩饰不住的黑眼圈,整个人透着一股蔫蔫的味道。

沈辛安将餐盒打开，毫不顾忌自己名贵的西装被沾上了食物的芬芳，捏起一个饺子就往嘴里送，一边吃还一边含糊地说："哟，牛肉馅的，不尝尝？"

肖澹嫌弃地往后撤了撤身子，没有接沈辛安的话头，直截了当地说："我托人找到了一点孟宪的线索，你吃完了尽快上路替我核实一下，小锦不在这里，我总要帮上一点忙。"

"什么叫上路，你就不能好好说话。"沈辛安被噎得翻了个白眼，也将餐盒搁到了一边，"成，谁让你惦记着你的小锦妹妹，我也只能舍命陪君子了。"

肖澹嗤笑一声："这要是她在，看你现在还贫嘴，会气炸了。"

沈辛安也跟着笑了笑，只是笑着笑着，眼底却忍不住飘上一抹苦涩。

"欧博科技的水实在太深了，当初……当初江锦的父母身死，哪怕调查过后毫无疑点，你也坚持向上汇报你的疑心。你的领导应允你继续查下去，却险些被孟汀洲顺藤摸瓜查出你的身份，然后……我们都猜测，这里面一定有什么猫腻，你一心想找出疑点，因而辞职。也是为了保护你，你领导还在你家里安装了联网监控，并对外模糊了你的离职原因。"

肖澹看着窗外也有几分出神，良久才又说："都是过去的事了。"

"过去的事啊，你倒是看得开。不过当警察不是你一辈子的梦想吗，为了个女人，啧啧，就这么放弃了。"

"我放弃了我的志向只是因为江家夫妇于我有恩，既然我心有怀疑，就一定要找出真相。而且，我有了更想要得到的东西，人各有志罢了。"

肖澹偏头看了一眼沈辛安，见后者还是一副意难平的模样，难得开了一次玩笑："这话说得好像我是多好的一个人似的，难道是情人眼里出西施？"

沈辛安笑笑，没有再开口。

虽然女邻居没有希望，但是对于人家送上门来的饺子，沈辛安可没有负担地全部吃掉了。

吃完晚餐，他擦了擦嘴，就跟肖澹道别。

"我走了，一有孟宪的消息我就通知你。"

"多谢。"

沈辛安上了车，隐没在夜色中，在转弯的时候，他扭头看了一眼肖澹公寓所在的方向，眸光中闪过少有的正经。

圈子里的人都嘲笑说，他沈辛安一个好好的富二代不做，偏偏要围着一个怪胎转，可是他们谁又知道，哪怕有着最傲慢最苛刻的个性，肖澹其实也在用自己的方式善待一切，可是，当别人周围围绕着繁花锦簇时，他仍旧只是只身一人，置身事外。

现在他终于想敞开心扉期待着一个人的到来，沈辛安祈盼着，这个故事能有一个完美的结局。

第九章
♥ 长夏逝去

⋯⋯⋯⋯⋯⋯⋯⋯⋯⋯

一阵秋风扫过来,将烟沙噼里啪啦地打在了窗户上,江锦挤了挤眉心,脸色疲惫。

江锦这两天过得并不轻松。

她实在想不出有什么办法能阻止孟汀洲实施他疯狂的计划,当初还可以宽慰自己,危急关头干脆启动自毁系统,可现在且不说那不知道在哪儿的自毁软件,就算能找到,密钥也莫名失了效。

江锦只能寄希望于自己还来得及找出证据阻止他,可是之前露出来的窟窿都被自己填补上了,她必须利用自己的身份重新搜集,同时还要防着那些忠心于孟汀洲的研究人员察觉到异样。

她烦闷地扔了笔,准备下楼透透风,忽然门被人急促地敲响。

江锦立刻将手中的资料收到抽屉里锁上,然后才板起脸。

"进。"

门开了,孙朵站在门口,长发遮住了她半边脸,模糊了脸上的表情:"江小姐,孟总请您过去一趟。"

"嗯,知道了。"

那边顿了一瞬,声音又提高了些:"江小姐,孟总说,让您现在过去。"

江锦皱起眉头:"什么事这么着急?"

她走到门口,想起来什么似的,扭头看向身旁的女孩儿,印象里那个青春洋溢的姑娘已经脱胎换骨,像谁来着?

对了,像徐蕙。

"你……"江锦张了张口,原本想要劝说什么,可是见后者一脸警惕,她又觉得无趣,干脆闭口不言了。

江锦原本以为要去孟汀洲的办公室,可是孙朵却按了电梯,只下了一层,便顺着走廊往里面走。

江锦心底诧异,直到看到那间新修的实验室时诧异达到了顶峰。

孟汀洲曾警告过她,不让她再接近这里,随后明里暗里也多出了几双眼睛盯着她,她心知肚明,可是今天,孟汀洲到底是打得什么算盘?

饶是她心里做足了准备,可是实验室的门打开,她还是愣住了。

实验室里间的门开着,里面好几个穿着白大褂的人围着一张椅子,透过缝隙,江锦看清了坐在椅子上的人。

正是多日未见的徐蕙,她半躺在医疗椅上,面色苍白,双眼紧闭,也不知道是什么状态。

孟汀洲站在旁边,单手摩擦着下巴,兴致盎然。听到响动,他看过来,眸光发亮。

他向江锦伸出手,脸上带着难以捉摸的微笑:"小锦,过来。"

江锦的声音微微颤抖:"你们这是在做什么?"

"你过来就知道了,这样的时刻,我想让你跟我一起见证。"

她想后退,却被孙朵挡住了去路。孟汀洲从身后拉过她,将她牢牢地揽在自己的身旁，他的声音贴着她的耳朵："看看，伟大的进步。"

一个面生的实验员走过来："孟总，芯片已经移植成功了，请您过来实验一下。"

江锦从那些人的只言片语中终于弄明白了眼下的场景是怎么一回事，孟汀洲组建的研究团队终于攻克了神经干扰最后的难关，并将它率先应用在了徐蕙的身上。这样一看，许久不见徐蕙，竟然是充当了当时宋敏雅的角色。

孟汀洲按下了红色的按钮，椅子上的徐蕙突然睁开了眼。

她坐起来，和病弱般的脸色截然相反的是她正常的精神。她看了一圈周围的人，视线定格在孟汀洲脸上，有些惊喜："孟总，我们这算是成功了吗？"

孟汀洲点点头，温柔地问："你现在感觉怎么样？"

"很好……完全没有什么感觉。"

男人点点头，又弯腰触碰了什么。

上一秒还愉悦浅笑着的徐蕙，下一秒钟痛苦地蜷缩起身子，汗瞬间布满了额头。

"疼吗？"他的声音宛若情人的呓语。

"疼……关……"

孟汀洲点点头，又做了什么操作，再次问："你现在还好吗？"

明明已经痛苦得想要倒地，可徐蕙像是不受自己控制一般，流着泪点了点头："孟总……我，很好。"说完，她便抑制不住地跌下椅子。

孟汀洲上前两步接住徐蕙，轻轻地抚摸着她的头发，叹了口气："可惜了，密钥不知为什么不能打开隐私系统的后台，否则，它将更成功。"

徐蕙痛苦地在孟汀洲怀中抽搐，可周围的人都是一副兴奋的神色。

疯了，都疯了吧？江锦的余光左右看了看，悄悄地后退，一步……两步……三步……她趁没有人注意的时候飞快地跑回了办公室。

从办公桌上抓起手机，江锦的手微微颤抖，按下了"110"三个数字。绿色的通话键还未被按下，突然，一只手伸出来掀翻了她的手机。

啪——

手机摔在地上，屏幕登时四分五裂。

"小锦，你想做什么？"

听到孟汀洲的声音，江锦忍不住打了个哆嗦："没什么，我有点不舒服，今天就先下班了。"

她才迈出去一步，就被孟汀洲从身后抓住了肩膀，他满含着愉悦的笑意说："小锦，你以为看到了这些，我还会让你离开欧博吗？"

吴成光不知何时也走了进来。见他冲着自己走过来，江锦忍不住厉声问道："你们干什么？"

吴成光没有搭理江锦的问话，只是走到她身边，配合着孟汀洲拉住她的胳膊，将她的双手结结实实地捆了起来。

确认了她无法逃脱之后，孟汀洲似乎还有事要忙，扔下她一人，临走前只嘱咐吴成光："看着她点儿。"

感受着自己急促跳动的心脏，江锦看向窗外，这栋她此生最熟悉的建筑，此时在她眼中，宛如扭曲的妖魔鬼怪，张着满是獠牙的口，将她吞噬。

沈辛安忙了一夜，一回来就听见这个惊雷般的消息，差点要带着新宇传媒的全体员工打上欧博科技去，还是被小夏苦哈哈地拦住。

"肖先生说不要冲动，您还是坐——"

沈辛安打断了小夏的话，焦躁地在屋内踱步："不冲动？江锦的手机打不通了，人都被扣住了，肖澹你倒是说话啊，我都要急死了。"

纤细修长的手指按灭了烟，肖澹捏了捏眉心："你镇定下来，都已经两年了,我不差这一时半会儿,而且孟汀洲不会伤害她。"

明明是最着急的人,此刻也是最镇定的人。

沈辛安不情不愿地坐下来。

寂静中,众人视线中心的肖澹又垂下了眼睛,没有咄咄逼人的傲气,他的五官无端地柔和下来,声音格外清晰:"那个人说,他这是最后一次给我们传递消息了,我让他告诉江锦——我暂时不会救她。"

"啊?你压抑这么多年,终于疯了?"

肖澹不语,他又点燃了一根烟,猩红色的光点在他指尖明明灭灭,仿佛是他周身唯一的热源。

他一字一句,像是要将承诺镌刻在心底:"如果她怕,我立刻就把她带回来,但是她不会怕。"

他眼底的光太过耀眼,以至于周围人的心情瞬间都平静下来,就连心情沉重的沈辛安都禁不住分神……有点酸。

欧博科技大楼。

时间一分一秒地过去,江锦看向出去了一圈又回来将自己站成一尊雕塑的吴成光,咳了咳:"吴成光,我手麻了,能松开我吗,我保证不跑。"

她本也没想着跑,坐着的半个多小时足够她想明白,现在的欧博都在孟汀洲的掌控下,铁桶一块,她如果真的从欧博逃跑了,才是一点揭穿孟汀洲计划的希望都没有了。

吴成光没拒绝,上前替江锦解开了身子,语气稀松平常:"江小姐哪怕想要逃跑,这里没有供你利用的花露水了。"

"你该感谢我,临走前还给了你一瓶水清洗,让你不至于瞎了。"

"我以为,是江小姐应该谢谢我,给了你逃走的机会。"他意有所指。

江锦在电光石火之间反应过来,不可置信地问:"你是故意的?"

这话问出来,往日很多细节也浮现在脑海中。

建议宣传推广找新宇传媒的是吴成光,甚至再早,推荐肖澹来欧博集团找出黑客的,也是吴成光。

"所以你就是他的内应,你究竟……"究竟是站在谁那一方?

"我自幼受老孟董资助学业,自大学毕业进入欧博工作至今也将近十年了,可我也不知道,我应该算是什么角色。"

吴成光表情怔忪,江锦也不再说话,两人就这么静静地坐了一会儿,他才从自己的世界中挣脱出来。

"肖澹让我转告你,他暂时不会来救你,他会密切注意你的情况,让你做你想做的事,等你需要的时候,再想办法带你走。"

江锦坐直了身子,以一种审视的目光看着他。她的眼形有点近似猫眼,只是眼尾还要更挑一些,倘若刻意收敛了所有的柔和,眸光里的冷光仿佛可以直直射入人的心底。

"为什么?你是孟汀洲的心腹,我凭什么相信一个为虎作伥的人。"

吴成光欲言又止,他看着江锦,下了很大的决心,才凑近她,压低了声音:"您有没有想过,孟总为什么会寻找您的朋友,程暖阳。"

在江锦愕然的神情中,他从衣兜里掏出一封信。

江锦抚额欲叹,信,又是信,每当她毫无准备的时候,总会突然冒出来这么一个东西,给她惊喜,或给她惊吓。

"你醒来没多久,孟汀洲在欧博发现了这个,他怀疑程暖阳跟肖澹有关系,全力寻找程暖阳,可是被她跑了,孟汀洲只能作罢。三个月前,孟汀洲找到她的线索,可赶过去的时候已经人去楼空。"吴成啼笑皆非地说,"你这位朋友,很能躲。"

三个月前……正是程朝阳连夜赶来一元县说他妹妹可能遇到危险的时候。

都对上了。

她接过信,没有立即展开,只是揣进了兜里。

"你为什么要帮我?"

吴成光过了好一会儿才干涩地开口:"我以前,当过你父母的实验助理。"

"我知道。"

"其实我已经发现实验室电路老化了,火灾那天我正准备带人来修整,可是突然接到让我回一趟欧博的命令,我就急忙走了,没想到……我甚至没想着叮嘱你的父母,暂时不要用电。可是……那天的事情,就像是巧合一般,过去那么长时间都没事,偏偏那天就着了火。江锦,我一直活在愧疚中。"

江锦也想不明白这么巧合的事情怎么就偏偏发生在自己父母身上。

"谁让你回去的?"

"不知道,是欧博内部系统发出来的消息,高层之上,都有权限。"

说完了这句话,吴成光理了理衣衫。

"欧博给了我过去和未来,我只能帮你到这里了。如果你再试图逃走,我会汇报给孟总。"

天彻底黑了下来。

江锦被拘在了欧博顶层,这原本是孟汀洲的办公室,后来改装成了休息室,上层不许别人随意出入,竟然没有人发现她被困在这里。

孟汀洲不见人影,江锦又检查了一番,确认这里没有监控,这才打开程暖阳留下的,第二封信。

良久,信纸飘落在地。

江锦抱膝坐了许久,再抬眼,神色一片清明。她有条不紊地撕碎了信纸,打开窗子,狂风瞬间灌了进来,扬起她的衣摆。

江锦伸出手，碎纸片撒向繁华又空旷的城市上空。

她现在有了一个新的选择。

寻找自毁软件、启动自毁系统这个选项，冥冥之中，又被点亮了。

欧博科技大楼里一如往常般忙碌，孟汀洲刚开完会回来，恰好看见一个身材颀长的男人从大堂走过，一瞥间有着说不出的眼熟。

"那人是谁？"

吴成光看了一眼："他身旁的人是营销部的同事，应该是新的广告商过来接洽。"

孟汀洲不感兴趣地点了点头："徐蕙那里你多盯着点。"

吴成光有些犹豫："孟总，她身体状态不大好，用不用找个医生来？"

孟汀洲脚步停了一下，最终只是摇摇头："风险太大，现在是关键时刻，不能让外人得知。"

"是。"

另一面，签好了新的推广合同，营销部的经理伸出手，笑着说："程先生，我们合作愉快。"

签下了大单，这位程先生却并不兴奋，他左右看了看，轻咳一声："我想去趟洗手间。"

"哦，直走，左转。"

"好，我去去就回。"临走前，程先生又嘱咐身旁的同事，"你们再好好看看合同，别有什么漏洞。"

他依照指引走到了洗手间门口，却没有进，而是左看右看，趁着无人注意，迅速转身进了楼梯间。

江锦整理好了衣服，心里默念了好几遍操作流程，深吸一口气，正准备打开门。忽然，门被从外拉开。

江锦吓了一跳，一拳就打了上去。

那人大喘着气骂了一句，还不忘将她推回来，忍痛关上门："江锦，你……你是不是疯了？"

江锦看清他的脸，觉得魔幻得很："程朝阳？你、你怎么上来的？"

"爬……爬上来的，足足……爬了……十三层。"

"我是问，上层除了孟汀洲跟几个心腹，别人都上不来。"

程朝阳捋顺了气，缓缓地说道："沈辛安搞来了卡，他还安排了人引开他们的视线，让我来帮你。"

"你能来帮我什么？"

程朝阳一脸不耐烦地反驳："我怎么知道？"

两脸茫然。

绞尽脑汁地想了一会儿之后，程朝阳试探着提起："我真的不知道我过来是干什么的，是我妹妹传来了消息，指明让我过来帮你。"

江锦恍然大悟："你不早说……我知道了！"她刚准备背水一战，暖阳就送来了帮手。

她迅速带上这几天费尽心思找到的资料，又冲回程朝阳面前："我要去六爻总控室。"

程朝阳似懂非懂："哦，那你去啊。"

这人不是心理医生吗，为什么这时候看起来有点傻？江锦在心底嘀咕了几句，伸出手："卡给我。"

用卡刷开门禁，两人最后走到一个办公室门前，办公室的门口挂着一个银色的牌子，看着上面写着的"六爻"两个字，江锦心情复杂。幸而孟汀洲只是囚禁她在顶层，并没有来得及想到她拥有六爻总控室出入的权限，她用自己指纹刷开了最后一道门。

江锦将还在看光景的程朝阳拉了过来，双手认真严肃地把着他的两臂，深深吸了一口气："这里一直都有监控，不知道什么时候就被孟汀洲发现了，我们得尽快，接下来我说的话，你要听好——"

那是程暖阳曾经提出的理论，只通过技术层面，在特定的环境下，利用外部环境刺激，使人忘记或混淆特定的某一段记忆，并利用脑激光图对当事人此时的大脑波动进行记录。治愈时，调整大脑波动至同一频率，并由心理学专家进行引导恢复。

程暖阳给她留下了一份属于江锦的脑激光图波形图谱，又将自己的哥哥，一个同样优秀的心理学专家送了过来。

程朝阳认真起来，配合着江锦的操作。在脑袋上戴上器械并接通电流的一刹那，江锦的脑海中回想起那个日光倾斜的午后。

她拉住程暖阳的手："孟汀洲的话看似很有道理，但我不信任他。暖阳，我想让你帮我一个忙。"

程暖阳问都没问，就点头答应了下来："好，你说。"

"密钥是我最大的秘密，它不但能对所有模块进行修改，还可以启动销毁软件。我有一串备用码，同样可以进入隐私系统的后台，只是没有修改权限，真伪难辨。我想让你帮我，让我只记得这个就可以了……哪怕是我自己。"

"好，我尽力。"

"暖阳……"

"怎么了？"

"我恨你不是个男人。"

如果将孟汀洲的计划比作一场汹涌的洪流，那么程暖阳就是在激流中为她放下了一块石子的人，在某一刻的冲撞后，让她保持无比清醒。

还没等江锦感慨完，头顶警报灯骤然响起，室内红光大涌，两个人被这尖锐的警报声吓得险些跳了起来。

"江锦,这算是好了,还是没好?"

江锦的头脑在这一瞬间无比清醒,在刺耳响亮的警报声与警示灯光的不停闪烁中,她稳住自己有些战栗的身体,掏出存储设备插进主脑的端口,数据飞快地从主脑中导出。

"这回好了,现在的问题是,我们要怎么出去。"

程朝阳反手攥住江锦的衣袖,把她往外面拉:"放心吧,我不会一个人来的,底下有帮手,我们趁乱逃出去。"

"你是说,暖阳她……"

程朝阳使劲儿在江锦脑袋上敲了一下:"想什么呢,这么危险的事还想让我妹来?是你自己的男人。"

什么她的男人……江锦揉揉脑袋狠狠地瞪了程朝阳一眼,很肯定,他绝对是在报复刚才自己打了他一拳。

沈辛安制造的骚动简单粗暴——他带着几个新宇传媒的员工大张旗鼓地来到欧博科技的大门前,宣称要帮助他们庆祝新签约了推广公司,每个人手上都拎着两个箱子,排成一排,打开箱子,露出里面的钞票来,洋洋洒洒来了个天雨散花。钞票单张面值都不大于十块,可是堆在一起看起来十分唬人。

很快,欧博科技大楼前看热闹的人,就将这里围了个水泄不通。

在警报响起的一瞬间,孟汀洲就收到了消息。他推开椅子起身,阴沉着脸:"吴成光,让你信任的人封锁所有实验室和出口,先把事情按下来,一定不能让江锦离开欧博。"

"是。"

"小锦之前留下的药水还有余,如有必要……让她安静乖巧一点。"

吴成光再次弯腰答应了,离开之前,他瞥了一眼孟汀洲的眉眼,不知从什么时候起，孟汀洲脸上的阴狠之色愈重，哪怕是挂着微笑，也令人心惊胆寒。

吴成光禁不住心底迷茫，他的选择，真的是对的吗？

江锦终于理解了为什么程朝阳找上来的时候气喘吁吁，任谁跑了十几层台阶，都会气息不稳。

程朝阳不顾形象地攀着栏杆："你……你用得着这么小心吗，我们坐电梯不好吗？光……光天化日之下，我就不信孟汀洲会拦着。"

江锦忧心忡忡地点头："你不知道他……现在的孟汀洲做的决定，毫无理智可言。"

眼看程朝阳这个瘦弱医生双腿发软、眼神虚浮，江锦怒其不争地摇摇头："你还是不是个男人啊，体力这么不支，哪会有女孩子喜欢？"

程朝阳想也不想地反驳："没有就没有，我还不喜欢女孩子呢。"

江锦呼吸一滞，气氛有丝丝的微妙。

尴尬之际，忽然，楼下的安全门"咔嚓"一声打开了，两个人同时停止了动作，警惕地对视一眼。

有微弱的女声，从空旷的楼梯间传了上来："江锦？"

尽管声音虚弱，但江锦还是听出了说话的人，徐蕙。

她没开口，徐蕙却往上走了几步，走得急了还狠狠地咳嗽了几声："你们别从这里走，孟汀洲在安全出口里也安排了人，你们走不到大厅……让我帮你们。"

江锦和程朝阳又对视一眼，后者问询地挑挑眉。江锦犹豫了片刻，点了点头。

她觉得徐蕙值得信赖。

二十二层的实验室，徐蕙咳嗽着出现在走廊前，一个拿着记录本的男人看见她，皱起眉头："孟总不是说你没事不要乱跑吗？"

说完，他的视线又落在徐蕙身后两个全副武装，穿着防护服戴着面罩的一男一女身上："你们是……"

徐蕙抢先回答："是吴成光新找来的助手……对了，我们要下去找吴成光。"

男人挥了挥手："早去早回。我有一个新的想法，等你回来咱们再尝试一下。"

徐蕙脸色白了白，可依旧顺从地点了点头："知道了。"

一路上多了很多保安模样的人，四处寻找着什么，只是一路上有徐蕙遮掩，他们有惊无险地下到了一楼。

徐蕙咳嗽了两声："就送你们到这里了。"

说完，她扭头想走。

江锦忽然扯住徐蕙："你留下来很危险，一起走。"

徐蕙摇摇头，目光里闪烁着她看不懂的光芒："江小姐，你不会明白，我是自愿的。"

江锦回头，徐蕙只身一人站在中央，显得分外孤独。

程朝阳拉拉江锦，低声说："有人过来了，快走吧。"

"等等——你们两个是欧博的员工吗？"保安这一嗓子喊出来，周围看热闹的人也都看了过来。

江锦还没来得及做出反应，门口又传来一阵骚动。

"这位先生，你不能这样闯进来。"

两个保安阻拦着，却还是被撞开了，男人目光扫了一圈，钉在了穿得严严实实的江锦身上。

肖澹。

他大步走过来，伸手取下了她脸上的面罩，用衣袖擦了擦她鬓角的汗，而后叹息着将她揽入怀中。

江锦闭了闭眼睛，声音闷闷的："你来了？"

"嗯，我来了。"

虽然她知道，父母的死因一日未水落石出，他们之间的隔阂就一日还在。只是不可否认，看到肖澹的一瞬间，她那颗摇摆不定、惶恐不安的心，忽然就落回了胸腔里。

"我们走吧。"

"好……"

戏剧化的一幕令周围的人都看呆了，有个女员工还无意识地发出了"哇——"的一声。

等保安回过头来想要拦的时候，几人已经上了门口的车，在轰鸣中走远了。

顶层的办公室里，吴成光硬着头皮汇报："那么多人看着，还有人认出了江小姐和肖澹，也没办法硬拦。"

"不怪你，只是我没想到——"孟汀洲说着，眼神凌厉地看向一旁脸色苍白的女人，"只是我没想到，徐蕙，你竟然会背叛我。"

他说着，伸手碰了碰徐蕙的脸，看见她由于紧张而上下颤动的睫毛，眼中的狠戾之色更重。

吴成光见状，连忙插嘴问了一句："孟总，要我去追吗？"

孟汀洲收回手，狠狠地攥成拳不再理会徐蕙。半晌，他才冷笑一声："盯着，看他们想要做什么。"

天阴了下来，道路两旁梧桐摇晃树影，街上车流人流交错，一辆低调的商务车行驶在大道上，显得毫不起眼。

车内满满当当四个人，开车的人自然是沈辛安，他频繁地看向后视镜，直至确认并没有什么可疑的车辆追上来，这才语带不满地瞥向副驾驶位置的男人："我越来越讨厌孟汀洲了，原本我只觉得他是个伪君子，没想到他还是个疯子，陷入科技狂热的疯子……程朝阳，你说是不是？"

面对沈辛安突如其来的搭讪，身上还套着白色防护服的男人显然有些发愣，隔了一会儿才含糊地"嗯"了一声。

后座，江锦看着肖澹，男人的眼底布满了细密的红血丝，令他整个人显出五分憔悴。这非但无损他的俊美，还明晃晃地向众人昭示了他对她的事的费神费力。

不能关心，却仍旧在意。

肖澹冷不丁扭头，两人的视线正好碰了个正着。

"……"

"……"

两个人纷纷看向车窗外，一左一右，中间仿佛隔了一条海沟。

开着车的沈辛安一如既往地话多："听说昨天有记者采访孟汀洲，问他对未来的科技市场有什么看法，他回答说'很快会建立新的秩序'，啧啧，霸道总裁范儿，多大脸呢。"

肖澹对孟汀洲的厌烦溢于言表，也不那么清高地随声附和："我是真的好奇他是从哪儿来的自信心，让他觉得自己成了上帝。"

那语气要多刻薄就有多刻薄，却一下子就打破了车内尴尬的气氛。

"孟汀洲的确是有这个把握的……我亲眼看见了新的六爻系统。"徐蕙当时的状态，江锦恐怕这一辈子也忘不掉。

孟汀洲的想法一旦成功，这个世界上就会有千千万万个徐蕙……哪怕只是想一想，也令人毛骨悚然。

她沉下声音："我们必须做最坏的打算，不惜一切代价，哪怕摧毁六爻系统也要阻止他……只是,我依旧不知道自毁软件在哪里。"

肖澹扭过头来,视线专注。江锦不自在地动了动身子:"怎么了,有什么问题吗?"

肖澹动了动坐过来,而后忽然倾身过来,头往她的肚子埋下去。

江锦一瞬间几乎魂飞天外,好不容易按住了自己的尖叫,肖澹已经直起了身子,手里还拿着一把指甲刀。江锦这才反应过来,他不过是俯身帮她把防护服割开了个口子,方便她脱下来。

肖澹又说:"你摸摸兜。"

"啊?"

看她一脸傻样,肖澹失声笑了出来:"你不是想找自毁软件吗?我说,你摸摸兜。"

江锦一时无语,她想找,难道他就能像变魔术一样给她变出来吗?

心里腹诽着,江锦却还是乖乖地碰了碰衣兜,感受到一个硬邦邦的小物件的存在,她心里"咯噔"一下。

神了,还真能?

江锦掏出来一个小纸包,打开是一张黑色的存储卡,上面有明显的划痕,显然已经是年头久远了。

"难道这就是自毁程序的软件?"

"嗯。"肖澹的回答简洁,眼风却斜斜地扫了一眼江锦,带着点儿骄傲。

"这是……你放的?你什么时候放的?"

"那天晚上,在沙发上,你趴在我身上的时候。"

肖澹话音一落,车猛然来了一个漂移,惊险地停靠在路边。前面两个男人不约而同地扭头看向肖澹,目光中一水儿的意味深长。

江锦的脸烧似火:"闭嘴吧你。"

车辆重新启动,过了一会儿,江锦将存储卡重新收好,想到了什么,忽然扭头问:"你就不怕我万一洗了衣服?"

肖澹的神情还有点无辜:"可你不是说牛仔裤不好总是水洗的吗?"

"那这储存卡是从哪儿来的?"

"等只有我们两个人的时候,我再慢慢讲给你听,这是一个很长的故事。"

察觉到身下的车又开始摇晃,江锦及时住了嘴。

罢了,心累。

不过……江锦的神情正经了起来:"我的想法是,不到万不得已……"

肖澹接得顺口:"我明白,不到万不得已,我不会眼看你父母的心血毁于一旦的。"

"那——"

"有一个人能阻止他。"

江锦一愣:"谁?"

"孟宪。"

孟宪是孟汀洲的父亲,也是欧博曾经的董事长,如果他愿意站出来阻止孟汀洲,的确好解决不少。

窗外的景象越来越陌生,越来越荒凉,沈辛安这是一路从北城的中央开到了最西边。

江锦收回目光,疑惑地问:"我们这是去哪儿?"

肖澹单手撑着车窗框,嘴角勾笑看着她:"去……把你卖掉。"

江锦一惊,这人究竟知不知道,他们之间已经不应该如此调笑了。

"难道说,我们现在就是去找孟宪?"

肖澹讶异于她脑筋转得这么快,感叹着点点头:"对,正好我也想早日解开你的心结。关于你父母的死因,你越早解开谜团,我才越能挽回我的女朋友。"

沈辛安面无表情地踩下油门："不要把我们当隐形人，你们要是继续唠这个我可跳车了啊。"

程朝阳偏头看了他一眼，皱了皱眉头，视线又看向窗外。

这一天，夜幕早早地降临，连日来的大晴天在这天傍晚终于宣告终结。天边的雷以沉闷的重音开始，逐渐轰鸣起来，炸雷伴随着一道闪电响彻云霄，耀眼的光亮在一瞬间照亮了天际。

没过五分钟，暴雨天塌下来一般倾泻而下，以极大的力度毫不留情地冲刷着大地。

车停在一座建筑物前面，江锦透过雨帘望出去，建筑占地面积很大，样式却老旧，墙皮大块大块地剥落，在雨中显得更加狼狈，只有正上方的霓虹灯牌还坚强地挺立着，是一家酒店。

"不是去找孟宪吗？我们来这里做什么？"

"先下车。"

说完，一件外套落在了江锦头上，等她将衣服拿下来，三个男人已经冒雨冲进了酒店里。江锦将外套罩在头上，倒是半分都没湿。

酒店装修老旧，大堂十分昏暗，空气似乎弥漫着烟尘。前台只有一个姑娘，无所事事地摆弄着手机，直到沈辛安叩了叩台子，她才茫然地抬起头来。

"您好，几位客人……"

三个男人各具风情，旁边一个女人亦是妆容精致，由于周身的水汽，又格外增加了几分娇弱可怜。

前台小姐看江锦的眼神微妙中带着艳羡，像是同时在说"你这个渣女"和"呜呜呜，人生赢家好羡慕"。

肖澹微笑地看向前台小姐："两间客房。"

江锦脸红兼瞪眼:"三间。"

程朝阳皱了皱眉头:"四间。"

懵懵懂懂的沈辛安掏出一张卡递了过去,姿态娴熟得令人心疑。

这家酒店位置偏僻,规模也大,自然不可能出现恶俗的没有空房间的情节。四个人住了四间挨着的房间。

已是夜深了。

客厅里的窗户开着,狂风席卷而来,将密密麻麻的雨帘吹向屋内,地面瞬间就湿了一大片。

"你还没告诉我,我们来这儿做什么。"

"等。"

没头没脑的,等什么?

不忿于男人的故作玄虚,江锦蹙起眉:"好了,你看到我房间里很安全了,你该回你房间了。"

肖澹笑了笑:"这么冷淡啊。"

男人的背影莫名地带着几分萧索,在反应过来之前,江锦已经出声叫住了他。

"肖澹,你……"

男人霍地转头,眼底有细碎的星光。

江锦也不知道自己想说什么,只是不想他就这样离开,她掩饰性地清了清嗓子:"我是说,你今晚也好好休息。"

"好。"

关上门,肖澹在走廊里站了一会儿,抬头看了一眼走廊上的监控,没有回房,反而朝着电梯走过去。一分钟后,他停在了一个陌生的楼层。

肖澹在昏暗中缓缓走到尽头,在最角落的一扇门前停住,然后不轻不重地敲响了房门。

终于……找到了。

没有人应答,他就耐心地敲。

终于,门开了一条缝。

肖澹低头理了一下衣服,才开门走了进去。

有个男人背对着他站在窗前,看背影已经不再年轻了,明明是在酒店,却穿着板正的西装,有些违和。

听到动静,那人放在窗台上的手动了动,他回过头,布满细纹的眼角处,闪着欣赏的光彩:"肖澹,你竟然找到这儿了?"

肖澹将门关上,脸上挂着谦逊的笑,一步一步向前走去。

"原来您知道我,孟董,闻名不如见面。"

与此同时,酒店不远处的公路上,行驶过几辆车。车内气氛冷滞,吴成光开着车,后面还跟着几辆同一型号的车。

孟汀洲面无表情地望着窗外:"还有多久到?"

吴成光极为熟悉孟汀洲,立刻就从孟汀洲的话语中感受到了不耐烦,他眼睛瞥了一眼后视镜上的液晶时钟。

"马上就到了。"

"嗯,既然肖澹自投罗网,不好好招待他一下,岂不是可惜了?"

后座的男人,眼神似凝成了冰。

孟宪的房间生活气息很浓,他翻找出个茶壶,煮好茶倒了两杯,又将其中一杯推给肖澹。

"人年纪渐渐大了,夜里睡不着觉,往常都是我一个人,今天还有年轻人来陪我。"

肖澹淡笑:"孟董一手将欧博科技做大,想要跟您讨教的人多不胜数,只是苦于找不到您罢了。"

孟宪不以为然地摇摇头，啜了一口茶："你很聪明，但是不管你是因为什么来找我，我只能跟你说声抱歉了，喝了这杯茶你就回去休息吧。"

肖澹被下了逐客令，也不觉得难堪，反而悠悠地开口："孟董满腔抱负，却被自己的儿子赶下台，滋味不好受吧？"

这件事是孟宪这辈子最大的滑铁卢，听见肖澹肆无忌惮地戳着他的痛处，脸色由晴转阴。

"年轻人，不该好奇的事，就不要问。"

肖澹又慢悠悠加了一把火："有家归不得，您和孟汀洲的关系一定很不好。"

"你——"

"孟董，我只是想赌一次，您并不想看到欧博变成现在这个样子。否则，您避开孟汀洲这么久，却还能一眼就知道我是谁。"

孟宪一愣，随机摇头笑了起来，但逐渐笑声减弱，最终变成了苦笑。

"让你失望了，我现在在欧博，一点影响力也没有。我只能提醒你，孟汀洲，我的儿子……不要小瞧他，更不要小瞧他的志向、他的胆量，你还是避其锋芒吧。"

肖澹短暂地沉默了片刻："我来找您，其实是为了另一件事，江教授夫妇，算是您的朋友吧？"

雨一直下到了两点半左右才渐渐沥沥地转小，万籁俱静，偶尔有豆大的雨滴从高处砸下，发出几声声响。

肖澹跟前的茶已经添了四五回，眼看孟宪的眼底禁不住露出了疲惫之色，他正要启唇。忽然，一个讯诮的声音从门口传来：

"既然来拜访我的父亲，为什么不把我也一起叫上？"

肖澹的神色不见惊慌，施施然站起身看向来人："孟汀洲，你怎么来了？"

"你不知道吗?这是欧博旗下的酒店,你们一进门,我就知道了。"
"原来如此……"

江锦翻来覆去地睡不着觉,右眼皮跳得厉害。她掏出手机看了一眼,深夜两点。她盯着天花板好一会儿,还是泄气地穿衣起身,准备透透气。

刚出了酒店房门,江锦侧头一看,肖澹的门缝里还插着小广告。

肖澹没有进屋?

脑袋空白了两秒钟,江锦立刻敲门将睡眼惺忪的沈辛安叫了起来:"肖澹在你的床上吗?"

沈辛安立刻震惊地拢了拢衣裳,警惕后退一步:"搞什么?"

江锦还没来得及说话,身后突然传出沙沙的响声……是电梯传输带的运转声,随后"叮"一声,声音停在了这一层。

有人乘电梯来了。

刚才还昏昏欲睡的沈辛安面色骤变,在电梯打开的一刹那,沈辛安伸手将江锦拉了进来,随后快速掩上门,整个过程行云流水,没发出一丝一毫的响动。

"快点走。"肖澹被两个人制住手臂推搡着从电梯里走了下来,孟汀洲漫不经心地迈着步子跟在后面。

又隐约听见有人问:"哪一间?"

隔壁的门开了又关,走廊恢复了寂静。

江锦按了按狂跳的心看向沈辛安:"你怎么知道是孟汀洲他们?"

后者面无表情地摇摇头:"我不知道。"

"那你……"

"我只是想,要是肖澹这半夜看见你来敲我房门,非灭了我不可。"

现在看起来,是肖澹义无反顾地自己送上门去,先要灭了自己。

江锦压低了声音:"你实话告诉我,肖澹来这里真的是为了找孟宪?"

沈辛安点了点头,而后又飞快地摇了摇头,看得江锦眼晕。

"肖澹只说,会找机会先跟孟宪谈一谈,我哪能想到他这么迫不及待,半夜就找上门去了……我也不知道他是怎么想的。"沈辛安顿了顿,暴躁地抓抓头发,"还得想办法先将肖澹救出来。"

"救是一定要救的,可是我们不能轻举妄动……先看看他想要干什么。"

让他跟孟汀洲待在一起,太危险了。可现在的孟汀洲在她眼中无异于妖魔,一个不留神,他们的境遇或许会比现在还糟糕。

江锦没有再往下说什么,沈辛安却霎时红了眼,恨不得扇自己一个巴掌:"都怪我,肖澹说要来就来,说要住就住,我一句也没问,现在倒好,弄不清情况,又连累了你。"

"我也……不知不觉就依赖他,按照他的想法行事了,怎么能是你连累了我?"

"不,还是怪我。"

江锦揉了揉太阳穴:"行了,我们俩这个时候就别忙着担责了,也没什么用。"

沈辛安掏出手机,干脆地说道:"报警吧。"

江锦摇了摇头:"等等看。"

报了警说什么?两男子深夜酒店谈心?她叹了口气,忽然开始羡慕起隔壁睡得正香的程朝阳。

"你说得对,等等看,淡定,不会出什么大事的。"

"嗯,淡定。"

忽然,隔壁传来了一声巨响,等沈辛安反应过来的时候,刚才那个口口声声劝他要淡定的女人,已经拎起了酒店的木椅子冲了出去。

沈辛安:"……"

隔壁的房间里,灯光大亮。孟汀洲在椅子上坐下来,打量了一番房间的内饰后,将目光又落回肖澹身上。

肖澹站在他面前,不开口,也看不出慌张。他的睫毛很长,刻意垂下的时候,足以遮住外界之人一切窥伺的目光,他的脸上十分平静,而这种平静落在孟汀洲的眼中便是十足的不屑。

孟汀洲倏尔冷笑:"明明你身陷险境,却还一副一切尽在掌握之中的样子,真叫人讨厌。"

肖澹十分谦虚:"并非一切都在我掌握,我确实没想到你会出现在这儿。"

"没想到?还是你根本就不在意?你带着江锦从欧博出来,却没为她的安全考虑,贸然闯进我的地盘。"孟汀洲站起身,伸手挥开了周围的人。

"肖澹,别欺骗你自己了,不管你怎么刻意收敛你身上那种自私气息,都掩饰不了你本性里的冷漠,所以你想做什么就做,想找谁就找,可是你到了现在,依然可以这么淡定,就因为你笃定,我不敢对你做什么。"

"你是这样以为的?"肖澹忽然抬起头,眼底突然浮现起清晰可辨的嘲讽,"明知道我不会怕,那你还赶过来是为什么?"

"小锦也在这个酒店里吧,我其实是来找她的。"

肖澹的脸沉了下来。

他扬了扬下巴,眼角斜睨着孟汀洲,目光半是嘲讽,半是警告。

"孟汀洲,你也是有脑子的人……江锦是我的女朋友,要点儿面子,别缠着她了。还是说,欧博没有小锦就不转了?那你这总裁未免当得太轻松了。"

孟汀洲朝着肖澹的方向走近一步,眼神示意左右,几个大汉立刻就按住了肖澹。孟汀洲端详着男人的脸，忽然笑了，手高高地扬起。

啪——

巴掌狠狠地打在了肖澹的脸上。

肖澹咧唇"嘶"了一声："就这两句话就受不了了？小孟董，你不好奇今天你父亲跟我说了什么吗？"

孟汀洲揉了揉手腕，低笑一声："想让我父亲出面阻止我？你太天真了。"

"我只是跟他谈论了一些陈年往事。那场火灾，你不会忘吧？谁能想象，你孟汀洲为了上位，排挤父亲，利用朋友，甚至……手上沾了鲜血。"

"你胡说些什么！"

"是我胡说吗？如果她父母的死，跟你、跟孟宪毫无关联，你何必这么匆匆赶过来……如果让小锦知道，你猜她会不会不惜一切代价毁灭你，毁灭属于她父母的六爻系统？"

孟汀洲猛地伸手，将小茶几上的烟灰缸往墙上掷去，一声巨响，墙壁上留下了一个大坑。

"肖澹，你尽可以去查，就像两年前一样，到头来你会发现，那只是一场意外事故。"

肖澹还未来得及接话，门突然被接二连三地砸响。老旧的门板禁不住暴力对待，随着一张飞进来的椅子，终于颤巍巍地敞开了。

然后，在众人惊愕的目光里，江锦站在门口，目光直勾勾地看向孟汀洲。

"放了肖澹。"

沈辛安在她身后探了个头，觉得她也不需要他撑腰，于是安心地站在她身后当个小跟班。

被她不顾一切的气势所惊，孟汀洲做了两个深呼吸，才缓和下情绪：

"小锦，我很难过。"

江锦站在门口，手机屏幕冲向众人，报警电话只差一个通话键就能拨出去："不想上明天的社会头条，就放人。"

孟汀洲状似无奈："你执意报警我也没办法，争风吃醋，打架斗殴的事原本也算不上什么丑闻，只是肖先生恐怕要吃些苦头了。"

江锦的视线在肖澹的脸上停留一下，狠狠地皱起了眉头，她怎么早没发现这个男人这么弱？

收回目光，她的语气更添了一分烦躁："说吧，你到底有什么目的，总不至于是专门来找碴儿的。"

孟汀洲假意思索片刻，愉悦地打了个响指："你离开欧博后，我在总控室发现了很有意思的记录……这样吧，你告诉我真正的密钥，我放了肖澹。"

江锦从没设想过，她的意中人，是个落魄英雄，总有一天，她要身披金甲，脚踏五彩祥云去救他。

"成交。"

她最终还是答应了。

即便没有密钥，孟汀洲也不会停下脚步，而且免不了要用一些上不得台面的特殊方法，副作用也显而易见，毕竟那日徐蕙的惨状历历在目，她不想再出现第二个徐蕙。而且从欧博逃出来时，她已经将近期的实验资料拷贝出来了，她只要赶在他之前，将这些天书般的数据，翻译成寻常人能看懂的信息，完成举证内容就可以。

她对自己有信心，绝对会比那些拾人牙慧且没有底线的研究人员动作要快。

孟汀洲是个守信的疯子，拿到了密钥之后就带人离开了。只是临走前，免不了又偏头对江锦留下一句：

"我有预感，总有一天，你会回来的。"

江锦面无表情地想，这是做梦，除非有她没他。扭过头，看到一脸狼狈相的肖澹，她更是气不打一处来。

"这就是你说的'等'？等什么？等着让我看到你鼻青脸肿的惨样？"

被劈头盖脸骂了一通，肖澹还挺得意，甚至还主动伸手拉拉她的衣袖，让她消消火气。

见他的神态放松，江锦慢慢地回过味来："你……你是主动招惹他的？"

肖澹没有否认："我想会会他。"

哪怕脸肿了起来，嘴角带血一脸狼狈，他的眼神也闪着欢欣的光："你父母的死因，我或许找到了。"

第十章
♥ 冰山与繁花
．．．．．．．．．．．．．．．．．．．．

傍山公寓里，除了固定的三人组，又多了一个不知为什么要跑酒店去住、又不知为什么睡了一觉就要回来的程朝阳，蒙得够呛。

肖澹简单地讲了一遍他和孟宪、孟汀洲父子俩的交锋。

"明明孟汀洲来的目的是密钥，在我激怒他时，却没有否认自己的父亲知道内情。他明知我和孟宪单独谈过，却也并不担心孟宪说出什么，也就是说，孟汀洲笃定他父亲知道火灾与他有关，但是没有证据……火灾，确实只是偶然。"

江锦忍不住咬紧了唇。

"只是，偶然……也可以由人为设计完成。据我所知，你父母当初身边亲近的人，除了助手吴成光，还有个付言。"

江锦沉思着点头，"看来得找个机会，问问付言。"

隔了一会儿，她又忍不住叹了口气："有了线索是好事，只是孟宪是不能当成欧博科技的突破口了。第二批志愿者移植芯片的日期又定下了，现在孟汀洲又拿到了正确的密钥，只怕如虎添翼，再植入电极的人……恐怕就会和徐蕙一个模样了。"

肖澹端端正正地坐着，微微垂头，看起来异乎寻常乖巧："是我不好，如果你不是心疼我，不会给孟汀洲密钥的。"

江锦摇摇头："哪怕没有密钥，孟汀洲也会有别的方法，不关你的事。"

半晌，她又问："现在我们要怎么办？"

"等。"

江锦可以理解他的意思，等孟汀洲有下一步动作，等孟汀洲露出破绽，等事情到了关键的节点，等他们必须孤注一掷的时刻到来。

可是看着他高深莫测的表情，江锦还是没忍住，伸手将他脑袋戳得一歪。

肖澹立刻告状："她虐待我。"

一直觉得自己很多余的沈辛安重重地哼了一声："我看你挺乐在其中的。"

肖澹品了品，煞有介事地点了点头："你别说，还真有点。"

几人说笑间，沉闷的气氛一扫而空。也许是头天晚上睡眠很好，也许是父母的死因有了进展，明明前路还长满了荆棘，她却从心底涌起了无限信心，或许是因为接下来的路，她不是一个人走。

月色渐渐湮没在天光之中，朝阳初升。

孟汀洲捏了捏眉心，关上开了一夜的台灯，就着天光继续伏案。他面带倦容，可精神却异乎寻常地饱满高涨。

吴成光敲门进来，送上早餐，以及一杯闻着味道就苦涩的黑咖啡："孟总，有一件事。徐蕙递上了辞呈……您看，要不要……"

孟汀洲头也没抬，只摆了摆手："不用，让她走吧。"

吴成光掩饰住内心的惊异，又听见孟汀洲说："收拾一下，一会儿跟我出去一趟,见鼎新医疗的负责人。"

"好的。"

吴成光退出办公室之后,孟汀洲这才停下笔,伸手端起咖啡杯递到嘴边,停顿了两秒,又轻轻放下。

良久,他嘴边溢出一丝叹息。

"都走了啊……"

今日是月末,又是工作日,孟汀洲和吴成光在电梯口等了三四分钟,也不见往日那台高层专用的电梯上来。

吴成光皱皱眉:"今天许董、吴董他们都来了,可能是在巡查工作。"

"没事,坐旁边的吧。"

电梯上到顶层,又往下降,到了办公楼层,孙朵刚巧抱着一堆文件进来,没注意脚下,高跟鞋卡在了电梯缝隙中,身形一个踉跄。还来不及惊呼一声,就被旁边伸出来的一只手扶住。

"不要紧吧?"

孟汀洲扶着她站好后,又将她往边上带了带,也让她站得舒服一点。

近距离地听到这样磁性的声音,孙朵的脸染上了绯红,心怦怦直跳,但还是顾忌两人之间的身份,下意识地回避了孟汀洲的视线。

"没事,谢谢孟总。"

孟汀洲点了点头,随后也不在意地放开她,向后偏了偏身子,两人之间隔开了一道缝隙。

孙朵见了,心中莫名有一丝不舍得。

开合几次,眼看电梯要到一楼了,孙朵鼓起勇气搭话:"孟总今天怎么也坐员工电梯了?"

孟汀洲没回答,只是在下电梯的时候忽然回头:"你叫孙朵是吧,我之前一个惯用的助理离职了，你愿不愿意调到二十三层来办公？"

孙朵欣喜若狂，连连点头答应。

11月，初雪降临，江锦一得了欧博准备在11月底进行第二次微型电极植入的消息，急匆匆地赶到了肖澹家。

肖澹的手指翻过书本的一页，似是看得很专心，也不知听没听进去江锦的话。

江锦一急，从他手中将书抽了出来，顺便扫了一眼书名，倍感辣眼睛："别看了……这么大一把年纪，还看言情小说啊？"

男人不紧不慢地说："我准备写个爱情故事，让你来帮我，你也不来。"

"我要在各种渠道上关注欧博的动态，收集材料准备举证，在想办法阻止他推广，我忙得很，谁有工夫陪你构思你的爱情故事。"

"这件事我已经拜托辛安去打听了，你放宽心。"

江锦于是被说服了。

半个小时后，号称忙得很的江锦已经手捧肖澹洗好的水果，看着时下最热门的偶像剧，等反应过来的时候，墙边的摆钟适时发出沉闷的报时声，提醒二人已经到了中午的吃饭点，不应该还空着肚子。

江锦踌躇地看了一眼厨房，扭头对肖澹说："你想吃什么？要不然我还是叫个外卖吧。"

肖澹头也不抬："不用，冰箱里还有面条，我们凑合一下吧。"

江锦依言打开冰箱，一袋手擀面，两枚鸡蛋，三个西红柿。

食材的新鲜程度，让江锦重新燃起了尝试的热情。

四十分钟后，两碗冒着热气的面条被摆上桌，肖澹也不用叫，自动地洗了手坐过来，看着江锦将那盘看起来炒过头的番茄炒蛋装进盘子里端上来，神色满足得仿佛已经饱了。

江锦再一次用实力证明了自己没有做饭的天分，但架势摆得很足，系着米黄色的围裙，头发扎了起来，随意地绾了一个花苞，热气让她的脸颊染上了羞怯般的红，在温和的日光下，透着润泽的光。

他接过她递过来的筷子，才吃了一口，就见她看着他，问话的态度有些小心："面条怎么样？"

一个面条糟糕能糟糕到哪儿去？所以肖澹矜持地擦了擦嘴角，十分好心地回答："熟了。"

"番茄炒蛋呢？"

"咸了。"

这自然不是江锦想要听到的回答，大概是气氛有点温馨，让肖澹硬朗的五官看起来没有那么凌厉，江锦忍不住瞪了他一眼，嘀咕道："有得吃就很好了。"

本以为肖澹不会在意，谁料，他直接撂下筷子，抬起头来，直勾勾地盯着江锦："我觉得这样很好。"

江锦吓了一跳，以为他在说菜，自己的确是没什么天分，他嘴上郑重地服了软，她反而觉得不好意思了。

"我们同居吧，以后我可以给你做饭吃。"

这人突如其来地耍流氓，眼神亮得像是在说"我们结婚吧"。

"你犯什么病？"

男人坐得挺直："你现在多少应该能认定，我和你父母的死无关。你之前已经答应跟我在一起了，现在这样，我觉得对我不公平。"

"别说了，等一切事了，我们再说。"

"不行，你说的不算。"

"肖澹你别太过分。"

江锦连桌子都没收拾，便夺路而逃。

堂堂一个大男人，好端端的，非说什么公平不公平的，他自己就不觉得丢人吗？

肖澹显然并不觉得丢人，第二天清早，按惯例给她打了一通电话，热情地邀请她来家里面参与文学创作。

江锦刚要拒绝，就听到电话对面的男人饱含着笑意。

"快过来，有一个人想要见你。"

他的语气里带着从未有过的轻松，这种轻松不是源自自己，而是替她。江锦问了几句，肖澹却丝毫不露口风，她耐不住好奇心，开了车就冲去了肖澹的家里。

江锦按响了门铃。

仿佛比平日用了更长的时间，里面才传出响动，门开开，露出一张跟程朝阳有七分相像的脸。

江锦眨了眨眼睛，半晌才试探地问："暖阳？"

不待人回答，江锦跳起来搂住了对面人的脖子，失声尖叫："暖阳！暖阳！这两年到底去了哪儿啊？"

被她揽着的女人身量高挑，皮肤有些黑，此刻被勒着脖子也不介意，只是笑眯眯地看着她："先是在一个小县城待了一段日子，然后被孟汀洲找上门来，找了个地方躲了躲。"

两年光景，一遭凶险，仅是轻描淡写地说了出来。

一只男人的手横了过来，是肖澹将江锦从另一个女人身上解了下来，脸色有些微妙："好了，先进来再叙旧吧。"

屋内很热闹，沈辛安和程朝阳都在。

江锦看一眼程暖阳，就流一行泪，再看一眼，再流一行。

"暖阳，都是为了我，让你吃苦了。"

听不下去她的哼哼唧唧，旁边的程朝阳冷声道："你怎么不问问她前阵子躲去哪里了？"

程暖阳满不在乎地说："拘留所。"

江锦傻傻地张大嘴巴，眼泪流进嘴里都没察觉："啊？"

程暖阳一边伸手抬她的下巴将她的嘴合上，一边安抚地说："我怕孟汀洲找到我，就跟人打了一架，被抓进里面躲了几天，刚出来，本来想去找你，结果就被这位肖先生拦住，接到这里了。"

江锦立刻抓住了重点，她成熟、稳重、大方的闺密，为了她，学会了跟人打架！

江锦又哭了。

两个旧友好不容易重逢，自然有无数的话可说，将三个大男人晾在了一边。

晚上，江锦谢绝了所有人的帮忙，亲自下厨，做了一桌子菜，诚意满满。只是不管用了什么食材，是荤是素，从卖相和味道上，都没有什么区别。

可是，这依旧是她两年以来，吃得最热闹、最欢欣的一顿饭，团圆饭莫过于此。

在江锦收拾厨房的时候，程朝阳总算有时间，拽住程暖阳，在后者不耐烦的情绪下，细细地盘问着她这两年的行踪。

沈辛安适时地小心凑了过去："程暖阳，你……你记不记得我？"

程暖阳随意一瞥："嗯，在校门口认错人的那个愣头青。"

"不是，之前咱们也见过。"沈辛安有些着急，手比画起来，"你忘了？垃圾桶旁边，你怎么会忘了呢？当时你一边丢垃圾，一边骂父母偏心，一边丢，一边骂……"

"我？"

"对啊，然后我就走出来，开解了你几句，可是你扭头就跑了。"

程暖阳若有所思地看向自己哥哥，后者扭头，避开了她的目光。她忽然"扑哧"一声笑了起来,冲沈辛安勾勾手。

"来,我告诉你个秘密。"

"嗯嗯,你说。"

"因为我爸妈不许他学心理学,有专家课的时候,我哥哥偶尔会假扮成我……言尽于此。"

"……"

程暖阳欢快地笑了起来,随即被程朝阳阴沉着脸拉走,只留下一脸被雷劈了的表情的沈辛安。

江锦不知道发生了什么,只是扭头看大家都在笑,她也忍不住笑了起来,下一秒,就对上了肖澹的脸。

肖澹负手走过来,靠在一旁的柜子上:"出去遛遛弯?"

"我……"

"再过几天天就冷了,而且今天是月半,月亮也好看。"

江锦还是同意了。或许是因为,他说"月亮也好看"的时候,很迷人。

两人顺着石子路漫无目的地走着,明亮的月光将两人的身影拉得很长。

"谢谢,暖阳有消息的第一时间,你就将她接了过来。"

"她的确是个难得的好友。"肖澹微微低了头看她。她的目光澄澈,月光照着她洁白的脸庞,显得分外动人。

他心思一动,清了清嗓子开口:"你上次说,你忙着收集材料举证?"

"嗯。"

"顺利吗?"

"还行,孟汀洲之前主导的几个实验已经有违道德,现在只要证明,徐蕙的精神状况是由实验直接导致的,就可以叫停六爻的推广升级。"

两个人有一搭没一搭地聊着，肩与肩始终隔着一步远。

肖澹借着余光看着一直沿着直线行走的江锦，忽然大踏步靠到她身前，一下子转过身。江锦收势不及，鼻尖撞上了他的胸膛。

江锦腰向后仰，急忙拉开了两人之间的距离，面对近在咫尺、眉目俊朗的男人有些心慌意乱，低声问道："你干吗突然停下来？"

肖澹低着头看她，她眉眼间有浅浅的恼意，但是他确定，里面并没有对他碰触的厌烦。

所以，他是否可以得寸进尺一点？

"小锦，我上次考虑的事情你觉得怎么样？"

结婚？哦不是，同居。

"休想。"还嫌语调不够斩钉截铁，江锦又补充了一句，"流氓！"

肖澹状似苦恼地想了一阵子，又说："那我们各退一步吧。"

她警惕地望向他："什么意思？"

他的眼睛一眨也不眨，她好像从里面看到了属于星辰的漩涡。

"给我一个明确的信号，让我安心——我们还算是情侣吗？"

这一晚的风尚不能算得上凛冽，能叫人想起所有瑰丽的梦境，让人头发昏，陷入温柔的秘境之中。

她嗓子发干，低着头："我什么时候提过分手？"

"谢谢你，小锦，我很开心。"

猛地，一个灼热的吻落在她的嘴角，爱意不减，只是跟他的性子比，却过于蜻蜓点水了。

她张了张口，才惊觉自己刚才心里的话未免太大胆了点儿，脸上瞬时飞上桃花两朵。

肖澹安抚性地拍了拍她的背："有人看着影响不好，等回家后……"

还未等江锦反应过来，他扬声冲着江锦身后的灌木丛喊道："出来吧，我已经看到你了。"

窸窸窣窣，一个略显佝偻的身影慢慢走了出来。

他沉着脸看着两人，这里愉悦的气氛和他的狼狈形成了鲜明的对比，许是心头有一口恶气盘旋不去，话出口，带了三分怨怼，七分嫉妒："江特助，你现在心情是不是很好？"

江锦看着面前的人："付言，你怎么在这儿？"

公寓里，程暖阳被她哥哥拉走了，沈辛安则留了下来，坐在远处，充当着围观的小透明群众。

肖澹双腿交叠，手臂拄着沙发扶手。

"付教授看起来这么狼狈，是从哪儿来啊？"

付言显然意识到方才的失言，一改往日没头脑的嚣张做派，丧着脸哭诉："我是特意来找你们的，孟总……孟汀洲他所图太大，我……我怕了，不想为他工作了。"

"你不是胆小怕事，你只是事情落在了自己头上，才知道怕了。"

肖澹指了指他鬓角处的刮痕，一针见血："孟汀洲是不是强制要求你们都植入电极了？"

付言想到了什么，竟然打了个哆嗦。

"我不能回去了……他们都疯了。"说完，他猛地从椅子上站起来，一个箭步就要冲上前来拉肖澹的手，幸而肖澹反应快，站起身让他扑了个空。

付言灰败的脸又添了点儿尴尬，他讪讪地坐了回去："孟汀洲口口声声说六爻是造福于人的科技产品，可是现在看来，分明就是为了满足他扭曲的欲望。我不会跟孟汀洲同流合污的，你们要保护我啊，别让孟汀洲找到我。"

"保护你不被欧博的人找回去,可以啊。"肖澹漫不经心地掸了掸裤子上并不存在的灰尘,"交投名状就可以。"

付言困惑地看着肖澹,而后恍然大悟,连连点头:"对对对,投名状,我偷偷带出来一些研究成果,或许有帮助,我们联合起来,搞垮欧博!"

江锦不愿意看他那副道貌岸然的嘴脸,干脆别过了头。

"我不要这个。"

"那你要什么?"

肖澹摆弄了一下手机,就无趣地将手机搁在了两人中间的桌面上。

"你原本是孟宪手下的得力干将,可是在跟江氏夫妇两个一起做了几个项目之后,你毫无征兆地突然投靠了孟汀洲,这里面,有猫腻吧?"

"啊……这……这跟投名状有什么关系?"

"你是不是被孟汀洲捏到了小辫子……比如,什么人命官司。"

付言吓得险些从椅子上跌了下去:"没有,绝对没有,我怎么可能谋害别人?"

"那如果不是谋害,仅仅是顺应了一场意外呢?或许,你应该还记得两年前江海实验室的那场大火……那天,我在现场,也看见了。"

付言猛烈地摇头想说不可能,但肖澹神色笃定,他一时间分不清是不是诈他的。肖澹不紧不慢地又添了一把火:"你想好了再说,毕竟我们跟孟汀洲熟得很,一会儿正好打个电话聊聊天。"

沈辛安也走了过来,两个身高优越的男人给付言造成了不少心理上的压力。

付言本性就是个贪婪逐利的,衡量片刻,试探着开口:"可以,我可以告诉你事实,但是你要保证,把我送到一个孟汀洲找不到的地方。"

肖澹痛快地答应了:"可以。但是如果我发现,你说的话跟我了解的事实有一丁点出入,我就立刻把你送回欧博。"

对于付言来说，才出狼窝，又入虎穴。

但威胁简单有效。

"我真的没有害他们，我们是朋友，我怎么可能害他们呢？"付言镇定下来，脸色显出几分诡异，"我只是没有救他们而已。我那天只是去拿几份材料。起火了，我当然要跑，他们跑不出来，怨不得别人。"

肖澹狠狠地拍了一下桌子，双眼紧盯着付言。

"你在避重就轻！江海夫妇是因为人在试验椅上被缠了电线导致无法脱身，可他们两人怎么可能完成实验？所以一开始，你应该是在现场帮忙，材料只怕是起火之后你顺手偷出来的。我记得江海夫妇死之后，你可是一连领导了几个大项目。"

看着两个人死其实很容易，胆怯、贪欲和一点点阴暗的心思就可以了，恰好，付言什么都不缺。

付言看向肖澹的神情夹杂着些许恐惧："你……你既然都知道了，还问我做什么！"

沙发上，江锦死死地攥着手，直到肖澹沉着脸把她的手抠开，才看见指甲已经将她的皮肤洇出血来。

他将她的手握在自己手里，看向付言的目光锋利如刀："现在，我没什么可问的了……见死不救，说你是人渣你都不配。"

"那……那你们必须履行承诺。"

肖澹气极反笑，偏头看了一眼沈辛安。

沈辛安冷笑着走上来拽起付言："好啊，不是想让我们护着你不被欧博带走吗，满足你。"

肖澹将方才的录音发给沈辛安后，便看见了陷入伤感情绪中的江锦。

她呆呆地坐在沙发上，她的样子像极了一只误入荒漠深处的狐狸，它嗅来嗅去也辨不出出路，满心充斥着无辜与茫然。

肩上一沉，江锦偏了偏头，肖澹修长的手轻轻罩在她的肩头，紧接着，一个温暖的怀抱拥住了她。

她闷闷地问："他们去哪儿了？"

"接下来的事，自有警察去管。"

"付言会付出代价吗？"

"当然。"

抚摸着江锦的头发，肖澹的脸色却并没有好转。

付言只是个蠢货，他不相信，孟汀洲只是在事后包庇了付言，巧合老化的电线……

只要顺藤摸瓜，事情总会有水落石出的一天。

可是，肖澹想，这些她都不必理睬，只要她解开心结，其余的有他思虑就足够了。

"我不放心你一个人回家，晚上让我陪你好吗？"

不待江锦说什么，肖澹双手一并冲她伸过来，故作委屈："你不放心就把我绑上！"

一贯走高冷路线的男人，最近越发黏糊起来，竟然也有一种反差萌的魅力，江锦忍不住笑了一声。

"你放心，我没事的。"

那些日日夜夜侵蚀着她的猜忌终于落到了实处，两年来的第一次，做与父母有关的梦的时候，梦见了温馨的景象。

她还是大学时的模样，小小年纪好奇集体生活，非要住校，学校不如她想的有趣，又在周末的时候闹着回家。

难得一家三口齐聚的周末，不是在实验室，而是在家里，父亲穿着围裙在厨房忙碌，她趴在母亲的怀里，说着母女间的私房话，从认识的闺密，说到每课必点名的严厉教授。

就像再也没有这样阳光明媚的周末,她语速飞快,急匆匆的,根本停不下来。

母亲只是一脸宠溺地看着她。

她不知想到了什么,露出一个害羞的笑:"妈,我今天遇见了一个人。"

"谁啊,竟然让你这么害羞?"

"是个问路的人,高高瘦瘦的,他问你们的实验室在哪里。是你们认识的人吗?"

母亲思索片刻,露出一个了然的微笑:"他啊……还真认识,并且渊源不浅。"

这时候,父亲在厨房里喊了一嗓子:"你们娘俩唠什么呢?饭好了,快来吃吧。"

"来啦。"她嬉笑着跟妈妈比了个"嘘"的手势,然后向着厨房小跑而去。

没有预料之中的饭香,饭桌很干净,父亲不知道去了哪里。

她回头,客厅的沙发上也没有了母亲的身影。

"爸,妈。"

她焦急地在家四处找着。

忽然,窗外燃起了大火,风卷着火舌飞速地将周围湮没。

有人拼命地将她往外拖,浓烟滚滚中,她看清了他的面容。

是肖澹。

江锦满头大汗,霍地从床上坐了起来。

梦境真真假假,但她忽然相信了,肖澹没有诓骗言,他当时真的在现场。

"没事吧？"

江锦循声猛地扭头，发现男人竟然还在一旁的飘窗旁看书，一直也没有入眠。

"你怎么不去休息啊？"

肖澹合上书走过来，坐在床边："怕你做噩梦，醒不过来。"

客厅里摆钟的滴答声隐隐透了进来。

"我一直没问你，火灾那天，你救了我？"

"嗯，火势太旺，冲不进去，我出门寻找灭火器，那个时候你刚巧回来。等我找到灭火器再回来的时候……已经晚了，你又昏倒在火海，我就把你拖了出来。"

语气轻巧，可是江锦能想象得到，肖澹面对的惨烈场景不亚于她。

"孟汀洲说，他后来查到，你和我的父母，认识十多年了。"

肖澹顿了顿，将她的手握在手心里："原谅一个男人的自卑，我之所以一直没告诉你是因为……你父母，资助了我上学。我其实早就知道你，但是我觉得，那个时候的我没有这个资格出现在你面前。"

原本是一听就很有故事性的消息，可江锦失去了好奇心，满心只有一种"原来是这样"的释然。

"口口声声说自己没有资格的人，还不是拐跑了别人家的女儿。"她叹息着将头埋进他的怀里。

"要是我父母能看到这一幕，就好了。"

江锦隐隐知道，付言的出逃会引起孟汀洲的警觉，可是她没想到，孟汀洲的应对来得如此猛烈，完全不给他们留一点时间。

隔日午后，肖澹抿着唇宣布："孟汀洲将升级的日期提前了。"

"什么时候？我的举证材料已经准备得差不多了……再加上那天付

言带来的资料……"

"来不及了,明天上午八点,二十个试点同时开放,同时对六爻系统进行全面升级。"

沈辛安不可置信地喊了出来:"孟汀洲他疯了吗?"

肖澹也觉得棘手:"穷途末路的反扑,最是烦人。"

这一刻终于要来临的时候,江锦的心里却异常平静:"那我们就销毁它。"

"哪怕你父母一生的心血毁于一旦?"

"哪怕我父母一生的心血毁于一旦。"

她重复了一遍肖澹的话,之后又说:"现在这样的情况绝对不是他们想要看到的,我觉得更早一些,他们就已经意识到,我们还没准备好,顺着这条路走下去。"

除了沈辛安,小夏几个也连夜赶了过来。

沈辛安的目光从电脑屏幕中抬起来:"明天的六爻升级,会有许多媒体到现场,我们可以趁乱混进去。"

肖澹也不否认,眼中的光彩几乎要溢出来:"让孟汀洲在我眼前晃悠了那么久,终于能把他连同老巢一窝端了。"

江锦无语,肖澹这副样子活脱脱一个好战分子。

"什么老巢,你好好说话,欧博大多数人是无辜的。"

"嗯,知道了。"

他姿态太过放松,江锦心中生出隐忧。

避开了众人,江锦将肖澹拉到了洗手间,只是还没说话,就被男人环住了腰。

"战前幽会?"

江锦白他一眼才倚在他怀中,呼吸着他白衬衫上独特的让人安心的味道,试探着开口:"其实……我觉得可以利用我,引蛇出洞。"

肖澹突然顿了顿,就着这个姿势,将她拦腰往洗漱台上一搁,鼻尖蹭过她的唇畔、她的下巴、她的脖颈。

"喂。"

颈间一痛,江锦轻轻推了推:"你咬我干什么?"

肖澹抬头,气息纠缠中,犹能看见他不满的神色。

"诱饵……江锦,你究竟能不能清醒地意识到,我是你的男朋友,你可以依靠我?"

见他误会了什么,江锦撑起身子解释道:"我的意思是,我懂六爻系统,我更懂那种渴望的心情,我能跟孟汀洲沟通,吸引他的注意力,然后你就可以趁机去总控室,用自毁软件和密钥,关掉它。"

他揉揉她的脑袋,在她的瞪视下,勉强开了尊口:"不需要。"

令人泄气。

第二天一大早,小夏就赶过来,取走了江锦连夜准备的举证材料。沈辛安叮嘱他:"欧博科技那边我们先去就可以,你安心做你的事,小孩子家家的,不要过来。"

时间每一秒都十分珍贵,由不得再犹豫,小夏便只得说:"那你们自己小心,有什么事我们电话联系。"

气氛有些凝重。

肖澹掏出车钥匙开了车门,扭头就看见江锦眼巴巴地跟着他:"你也要去?"

江锦呆愣地点点头,难道不是一起吗?

"为什么?"

"多一人多一份力量啊。"

肖澹摇摇头:"这个理由我不接受,你回去等我吧,我和辛安去就行。"说着,他拉开车门就要往里坐。

江锦情急之下揪住他。

肖澹看着她,等了三四秒,见她纠结着不开口,就要将她抓着自己的手拂开。她一急,脱口而出:"你让我跟你一起去,我担心你啊。"

肖澹的动作停住,眼中犹如瞬间绽开了万千星辰。他满意地点了点头:"这就对了嘛,万一情况很糟,我们俩在一起也好过自己孤单地死——上车。"

江锦这才反应过来,他是在逗她。

车里的肖澹还在打趣她:"我不带你去,谁有能力关掉六爻?你不是菟丝花,你是铁树。"

"你才是铁树。"

"嗯,万年就开你这一朵花。"

这都什么情况了还得吃狗粮,沈辛安冷笑着往角落里又坐了坐。

今日不知出了什么岔子,七点的时候,欧博大厦的门才打开,媒体和部分员工纷纷涌入,为这栋大厦注入了活力。

肖澹沉声说:"孟汀洲这个时候按行程在准备开记者招待会,时间不充裕,尽快。"

一进欧博的大门,江锦就意识到了古怪之处:"据说为了维持秩序,今天从二十二层开始就封闭了。而且这些保安都眼生,不像是欧博内部雇用的。"

沈辛安咬牙切齿:"什么为了秩序,孟汀洲就是怕底下的员工察觉出不对,耽误他统治世界了。"

几人说话的工夫,那几个保安已经看了过来,目标明确地往这边走。

沈辛安一皱眉:"明显就是冲着我们来的,孟汀洲猜到我们会来。"

这句话是废话,两个人都没搭理他。

眼看几个彪形大汉快要走到他们跟前,肖澹突然解开了外套:"小锦,你知道我当初为了梦想努力到什么程度吗?"

"嗯?"现在突然聊梦想?

"市级铁人三项冠军。"

"……"

"你去吧。"

江锦话音刚落,肖澹已经主动冲了上去,沈辛安落后一拍,也跟着拦了上去。

身后传来噼里啪啦的打声,秘密行事变明目张胆,很完美。

江锦头也不回,飞快地往电梯冲去,越紧张,越不慌,她有条不紊地用沈辛安"借"来的员工卡一直上到二十二层,在新实验室里那几个实验员没反应过来之前,掏出一条锁自行车的链子,把门从外锁上了。

——如果一会儿她正操作主脑的时候,后面涌进来一堆实验员对她喊打喊杀的就不好了。

江锦,你真机智!

刚夸完自己,江锦就发现自己的好运似乎全部用完了,她的权限被取消了,二十三层第一个自动门的指纹就显示输入错误,更糟糕的是,甚至没给她另想办法的机会,周围的警报齐刷刷地响了起来。

此时七点半,离系统升级还有半个小时。

江锦自暴自弃地想,反正楼下此刻一定也一片混乱,不就是明目张胆吗?她可以。

江锦环顾一圈,面无表情地抄起一把消防斧,冲着面前的玻璃门,重重地挥了下去。

她从碎口子里钻进去,脸颊和手臂都火辣辣地疼,不用照镜子她都知道此时身上一定被碎玻璃划了许多道口子。

警报声突然停止了,防护系统失灵了?江锦来不及细想,刚要往尽头的总控室走,就被一个女孩儿尖锐的嗓音吓到。

"别过去,你就站在那儿!"

她一扭头,是个熟面孔:"孙朵,你怎么在这儿?"

孙朵跑过来拦在她的面前:"我不会让你过去的,你们为什么都不理解他,为什么?"

上次见面她就知道,这姑娘脑子估计也快不正常了。江锦抿唇,突然伸手将孙朵推开,提步往前跑去。

"对不起了——啊。"

还没迈开步,左腿就一痛,孙朵摔倒在地,却牢牢地抱住了她的脚踝,秀美的脸上只剩狰狞。

之后的五分钟,江锦永生也不想回忆。

她是如何狠下心肠将孙朵踢开,又是如何腾出手来抓着孙朵的衣领往后扯,眼看就要摆脱孙朵,孙朵哆嗦着,忽然从口袋掏出什么东西。

一柄小刀。

小刀不可怕,可怕的是,刀尖是红的。

"你和徐蕙一样,和吴成光一样,你们都背叛了他!"

孙朵喊着,手高高扬起……

电光石火之间,悄悄靠过来的肖澹猛地推开江锦,江锦倒向一旁,借着惯性将孙朵的胳膊撞偏。

小刀当啷落地。

孙朵被大力掼到一旁的墙上,呜咽着没有起身。

肖澹扶起江锦,视线掠过她身上大大小小的伤痕:"对不起,没能保护你万全。"

伤口被触碰到了才觉得有些许刺痛，江锦摇摇头："我没事，伤口很浅。"

他低头凝视她，目光璀璨，衬衫沾染上了斑斑血迹，他却丝毫不觉，近乎呢喃的声音响在她耳边："我很庆幸，那个人是你。"

他想要织就一张网，严严实实地护卫一个人，幸运的是，那个可以同他一起走下去的人，本身就是足以和他并排走下去的人。

电梯门开了，有纷杂的脚步声传过来。

肖澹收回目光飞速说道："吴成光切断了安保系统，足够你进到总控室，你快去。"

江锦木着脸，手里紧紧地攥着软件，奔向尽头的六爻系统的总控室。

她听见自己的鞋跟的踩地声、耳边划过的气流声，以及胸腔里心脏的狂跳声。

江锦一路都没有回头。

门果然是开着的，可是里面有人——孟汀洲就站在主脑面前，抬头看她。

"你没去记者招待会？"

"记者招待会？有什么要紧吗？"他笑了笑，抬起手，看着腕表，"还有十分钟，我们可以聊聊天，一起等待奇迹。

"知道我们最新的研究成果吗？情绪管控，你能想象得到吗小锦？你能控制别人的喜怒哀乐，渗透进他的思维，让他认可你，甚至追随你。前所未有，这很有意思不是吗？"

倒计时八分钟——

江锦估量出自己单独打倒他的可能性约等于零。

倒计时五分钟——

"还有些更有意思的，我还不确定，但是没关系，未来的时间还有很长……"

江锦的视线落在他身后的操控板上，六爻系统的操控板，每一个按钮她都熟悉得很。

赌一次？

倒计时三分钟——

江锦猛地发力，精准地推开孟汀洲，一溜烟儿按下了前排的按钮，鼠标扔在键盘上滚了一圈儿。

孟汀洲刚要扑过来，却忍不住蹲下身，痛苦地捂住脑袋。

就像付言透露出的，孟汀洲强制周围的人植入芯片，自己亦以身作则——疯子。

倒计时两分钟——

她迅速将自毁软件插进主脑的端口中，在跳出来的密码框中，双手稳稳地输入复杂的密钥。

心里的感情很奇怪，有不舍，但更多的还是轻松。

倒计时一分钟——

外头有由远及近的脚步声，她分辨不出来是什么人。

倒计时十秒——

那台自诞生以来，便从没有停止过运转的机箱，代表电源的红光暗淡了下来。

终于结束了。

有那么一瞬间，江锦双腿发软，几乎瘫倒在地，幸而肖澹冲了进来，紧紧地抱住了她。

不多时，孟汀洲摇摇晃晃地站了起来，他迷茫地环顾四周，忽而睁大了眼睛冲到主脑面前，显示屏漆黑一片，却清晰地倒映着他面如灰土的脸。

孟汀洲英俊的脸上尽是不可置信，他双眼猩红，神经质地伸手，疯狂地拍打着电源键，可是它们没有再给他哪怕一丝回应。

它们生来只是一堆没有生命的金属，原本就是冷冰冰的。

孟汀洲骤然起身，发狂似的将显示屏搬起来重重砸在地上，扫落了周围的一切，继而失声大笑。

肖澹护着江锦往后退了一步，江锦却摇摇头示意他不必如此小心。

自从六爻系统停止运转的那一刻，孟汀洲已经不可能分神想到别人了。

他的信念，他的欲望，已经随着六爻系统的永久关闭，尽数湮灭。

穿制服的警察鱼贯而入，制住了孟汀洲："我们接到举报，你涉嫌违法行为，请配合调查。"

他抬起头，目光从灰蒙蒙的窗户望出去，外面什么也没有，什么景致也看不到。

"只差了那么一点。"孟汀洲的语气里有一丝狂欢后的平静和绝望。

他的视线最终落在江锦身上：

"你觉得我做错了吗？"

不需要别人的回答，孟汀洲又喃喃自语："我觉得我没有。"

他蓦然又激动起来："十年，我们努力了十年，一步！只差一步了啊！你们不会知道你们错过了什么！"

江锦愣了一下，不由自主地向前靠近了一步。

孟汀洲被带走了，她不确定他是否听见了自己的话。

"但这一步，往往要走很久。"

欧博科技大楼底下被围得水泄不通。楼下停满了警车，原本受邀来欧博报道的记者们知道出了大新闻,纷纷围拢上去。

一片杂乱的景象中,江锦站在大门口回望。

周围人影憧憧,来来去去,只有这栋大楼依旧矗立在日光底下,仿佛会永远、永远地立在那儿。它曾是一个符号,未来也会有千千万万这样的符号。

江锦收回目光,握紧了肖澹的手。

科技就像洪水,洪水会不断汇聚,不断冲刷着它经过的流域,永不回头。

它也会翻越过每一座高山,穿行过每一处峡谷。

偶尔有人沉溺于它的声势,折服于它的魅力,以为见过它就能去到它所经过的所有地方。

可它永不停歇,也不愿为人征服。

它只会在恰当的时候,给予它忠诚的追随者以声势浩大的洪流。

- 正文完 -

番 外
♥ 世间人有千万种好，我独爱你一种

六爻系统刚刚关闭，由于新的研究团队还没有组建成功，江锦突然变得无所事事。

肖澹将少时照顾他的秦阿姨从杏城接了回来，晚上，江锦去肖澹家吃饭的时候，饭桌上，秦阿姨突然问了一句："小澹啊，过了这个年，你就二十七岁了吧？"

肖澹停下筷子，疑惑地抬头看向秦阿姨。

秦阿姨忧心忡忡地说："小时候你过得不好，我接手照顾你之后找人给你算过命。算命先生说你的姻缘啊，二十七岁之后是一个坎儿，红线不好牵，没牵住的也容易跑，我照顾你长大不容易，阿姨也老了，唯一的愿望就是抱个孙子……"

秦阿姨说得一本正经，江锦却脸热起来，这明摆着是催婚啊。

肖澹却仿佛相信了，顺着秦阿姨的话仔细地思索起来。

"这样啊，确实有些麻烦……"

那正经的语气令江锦几乎都相信了，他们两人根本没有串通。

秦阿姨送江锦离开的时候，还在门口握住她的手，热情地说："小江啊，你别有压力，伯母跟你说，肖澹这小子傲气，第一次跟你求婚的时候，你一定不要答应，要好好地磨磨他的性子……"

江锦落荒而逃。

而肖澹第二天就消失了，准确地说是留下了一条语焉不详的、说他要出差的短信，一早就走了。

他出差？他天天编编故事，有什么可出差的？

只是不用面对他钻研求知的眼神，江锦也不由得松了口气。

又过了几天，江锦因为一个新实验，在欧博科技加班到天黑，肚子空空，只好在家附近的路口随便买了一份小馄饨当作晚餐，慢慢地往家里走去。

公寓楼的路灯下，一辆熟悉的车令她停下了脚步。

车窗打开，是肖澹那张风尘仆仆却不失英俊的脸，她惊讶地走过去："什么时候回来的？怎么也不给我打个电话？"

"今天晚上刚回来，上车。"

肖澹载着她到了江边。

春季的风温柔，车窗开着，江锦在副驾一口一口地吃着小馄饨，而肖澹就歪着脑袋看她。

"你饿吗？"

"不饿。"

"哦……"

没有话题可聊，江锦就安安静静将晚饭吃完，收拾好之后，江锦才认真地打量起肖澹。

他似乎满腹心事，不经意间眉毛微微地拧着，像是遇到了难题。

虽然不知道他能遇到什么难题，但江锦还是善解人意地问："是遇到什么问题了吗?需不需要我帮忙?"

这是随口一问,江锦也没指望他会回答。

不料,她开口,肖澹却反而松了口气,认真地点了点头:"有一件事,如果不能办成,恐怕终此一生我都没办法做别的。"

他话音低沉,江锦忍不住正色起来,坐直了身子听他说话。

"我这次走这么多天,也是为了这件事搜集素材。"

江锦听了点头,看来肖澹很重视新书的构思啊。自从他上一本的爱情小说被王总包装推出后,销量节节攀升,江锦也忍不住期待他的下一本。

"这一件事,只有你能帮我。"

江锦急了,一把抓住他的西服外套:"你倒是说啊!"

肖澹反扣住她的手腕,眼睛一眨不眨地看着她。

城市的夜晚,灯火辉煌,他却仿佛是一个吸光体,任何光芒洒落到他身边都会变得暗淡。

"江锦,嫁给我吧。"

江锦瞬间哑口无言。

一个木质的长方形盒子出现在她眼前,肖澹捧着它,分外郑重地送到她面前。

这所谓的证物,是钻戒?未免也太大了吧……

他的真挚令她心神摇曳,她心中不断猜测着,忍不住伸出手,打开了盖子,然后脸色一变。

一把精致的银色小刀躺在黑色的天鹅绒布料上,泛着幽幽的光泽。

江锦没好气地合上盖子:"肖澹,你想让我嫁给你,你就送我一把刀?我们学生物的不一定都要解剖你知道的吧。"

见她并没有自己想象中的欣喜,肖澹难得有些无措。

"这把小刀锋利但是造型精致不容易割伤自己,我特意去国外买回来的,光是运回来就费了不少劲儿……能辅助你做实验,关键时刻还能保护你。小锦,如果你不喜欢,我可以……"

"怎么就没人发现你其实有点傻气呢?"江锦伸手捂住了他的唇。

她的手指微凉,衬得他唇有些烫。

昏暗中,两人的心跳愈加清晰。

肖澹向来清晰的大脑空白了许久,直到唇上有什么一触而过,温香软玉从怀里撤出,清亮的声音是他这辈子最能精准捕捉到的频率——

"我答应了,肖先生。"

她笑起来,他像是拥有了全世界。

肖澹以为,从此时此刻开始,他剩余的漫漫人生中,不会再有任何令他不顺心的事了,可生活告诉他,还可以有很多。

事情的起因源于一次婚纱照的拍摄。

对比了北城所有婚纱店的价格,肖澹选的这家是集婚纱和摄影为一体的最高端的婚纱店,肖澹无视性价比选择了一套据说是由外国某著名设计师专门定制的婚纱,光是测量江锦的身形,前前后后就来了三次。

而成品的效果自然很让人惊艳。

江锦第一次穿着那件婚纱出来的时候,一向泰山压顶而面不变色的肖先生猛地打翻了店里的一次性纸杯。这般毛头小子一样的表现,令围观群众都窃笑不已,就连江锦的脸颊也适时地泛起丝丝红晕。

为了找回场子,肖澹整理了一下衣服,走过去,当着众人的面,给他美丽的新娘一个吻,空气中一瞬间涌出了无数粉红色的泡泡。

至此,一切都很美好。

直到拍摄婚纱照的时候——

首先是服装,无论婚纱店怎么承诺衣服洗得很干净,肖澹也是决计不会穿别人穿过的衣服的,最后还是沈辛安送来两套他贯穿的西装才算了事。

然后是化妆……无论化妆师怎么解释,在镜头前的人,和平日里看起来十分不一样,想要有好的表现力,最起码男主角要打打粉底、上个唇膏,肖澹依旧对她那一箱子化妆品避如蛇蝎。在化妆师姑娘快要哭出来时,沈公子第二次被江锦搬了救兵,郑重承诺肖澹的颜值是超越化妆品的存在,顺便让自己公司的修图小能手大包大揽了后期修片的工作。

肖澹就坐在一边拉着江锦的手,默默地散发着低气压。

克服了来自这位高冷、傲慢的顾客的一切困难,拍摄进度好不容易推进到外景海边拍摄场地,一对俊男美女站在海边,本来应该是一幅养眼的画面。

"好,助理把婚纱扬起来——对。"

咔嚓咔嚓!

"来,灯光师反光板,在新娘脸上打一个柔光——对对对,就是这样。"

咔嚓咔嚓!

"两位换一个姿势,新娘靠近一点——对,漂亮。"

咔嚓咔嚓!

"新郎笑一下——新郎?"

"新郎别站得那么直,笑一下。"

"新郎……"

"新郎!"

江锦半偎在肖澹怀里,感受到他身体的僵硬,伸出手指戳了戳他的胸膛:"你放松点儿啊,这么严肃,摄影师他们很难办的。"

肖澹缓缓吐出一口气,贴在江锦的耳边,语气紧绷:"看着摄影师那张满脸是褶的脸,我实在是笑不出来。"

江锦知道肖澹是最不耐烦这些事儿的,之前程暖阳提醒她应该快点照婚纱照,她试探着跟肖澹一说。肖澹半眯着眼,不怎么感兴趣地回答:"家里挂你的照片就好了,如果挂我的照片,偶尔我晚上起夜看到,可能会被吓到。"

你也知道你自己吓人……江锦在心里默默嘀咕,她本身也并不是那么注重形式的人,也就没再提了。

可是事有巧合,欧博科技的一位行政主管也好事将近,带了她和她未婚夫拍摄的一组婚纱照来公司,引起了众人的艳羡。

江锦也笑着送上了祝福。

她将这件事情告诉了肖澹,后者什么也没说,可是当天晚上,两人一起吃完了晚餐,肖澹慢条斯理地擦了擦嘴巴,从兜里掏出了一张纸,放到江锦面前。

江锦疑惑地展开一看,上面龙飞凤舞地列出了几个人名。

"这是什么?"

"我让沈辛安找的一些国内知名的摄影师,你可以在里面选一个给我们拍婚纱照。"

"你不是不想拍吗?"

"我想过了,如果能把你穿着婚纱的样子留下来,我也可以在你身边当个陪衬。"

那一刻,江锦在感动的同时,已经隐隐预料到了今天的情况。

眼看新郎这么不配合,男摄影师遭遇到了他从业十多年以来的滑铁卢,忍不住在心里嘀咕:又不是超模拍杂志硬照,哪怕板着一张脸,也会让人感觉到很高级。

拍婚纱照最重要的是什么?是表情啊,那种两两相望,腻歪得人心里发慌,又不得不啃一嘴狗粮的表情啊!

可是眼下呢，新娘子笑得漂亮，站在那儿整个人如仙女一样，可是她身旁的男人始终板着一张脸，还时不时地垂头盯一眼上前替新娘整理婚纱的小哥，一直盯到他离开新娘身边……

整个画面充满着一种很奇怪的违和感。

休息的间隙，男摄影师借口让新郎看一看照片的感觉，背着江锦，凑到了肖澹跟前，有些疑惑地低声问道："帅哥，你们俩是自愿结婚的吗？"

摄影师心里已经脑补出富家女爱上贫穷贵公子，不惜以势压人下嫁的戏码。

闻言，肖澹扭头看了他一眼，那是他隔着摄影机没法感觉到的森森寒意。

摄影师心理不平衡，告诫了自己一万遍这个男人是他们的金主爸爸，一定要忍住……

最后他还是没忍住，声音忍不住带了一丝阴阳怪气："别人拍婚纱照都是为了纪念，到了您这儿，我怕新娘以后光是看着这个婚纱照，就容易引发家庭内部矛盾啊！"

其实他说完这句话就后悔了，尤其是看到不远处又换了一套礼服袅袅婷婷走过来的新娘，神色温柔地望着这边，他心头忍不住泛起醋意，这年头，美貌动人的姑娘怎么会喜欢冷漠不解风情的男人啊！

"你也不用奇怪……她就是上天为我量身准备的人，所以不管我是什么样子，她都会喜欢我。"

惊觉被洞悉了心中想法的摄影师不禁寒毛倒立，顺便被秀了一脸，身边突然人影一闪，男人已经迈开他的大长腿迎了过去。新娘仿佛是项链戴得有些不自然，一直伸手去调整，旁边的化妆师刚想要上前帮忙，却看见男人的手快了一步。

女人的手撩着碎发，男人站在她身后，目光专注地系着手间的那一枚搭扣，完成之后，又轻声询问，得到她的一个微笑之后，又伸手替她将头发捋好。

新娘跟化妆师道谢，跟发型师道谢，又跟替她提着裙摆的助理道谢，可是男人的目光中只有她。

他看着她的目光，是再也插不进第三个人的感觉。

摄影师呆呆地举起手中的摄影机，按下了快门。

虽然这一天的拍摄磕磕绊绊，进展不太顺利，但是肖澹在离店之前还是勉为其难地在顾客意见单上填了一个"A"。

到了车上，为了奖励他今天称得上是乖巧的表现，江锦主动凑上去亲了亲他。

于是肖澹被摆布所生出的仅有的不快，轻易就消弭于无形了。

只是晚上的时候，他却莫名其妙地失眠了，白天他挤对摄影师时十分自信，可心中不是不烦闷的。他不喜欢热闹，不喜欢与人说笑，说笑起来经常也止不住刻薄让谈话惨淡收场。而江锦不同，有了工作她可以独当一面，回归生活，她也是一个可以轻而易举引起众人瞩目的美人。

今后可能会有越来越多的人告诉她，他们是格格不入的。

怀着满腹心事，肖先生浅浅入眠。

拍完婚纱照，婚礼就提上了日程。

沈辛安本来自告奋勇要做肖澹和江锦婚礼上的司仪，两千字的演说词都写好了，公司却突然来个大活儿。

他哭丧着脸将呕心沥血的演讲稿递给程朝阳。

"我这段时间都没工夫练了，这个机会，组织留给你了。"

江锦也附和了一句："是啊程医生，最近我也开始忙了，这件事就拜托你啦。"

"怎么了?"肖澹路过,顺口问了一句。

江锦叹了口气:"孟董交给我一个大客户,我们合作,重新搭建六爻的平台。"

孟董自然是孟宪,孟汀洲被判刑后,他重回欧博,除了偶尔在允许的时间去探望儿子以外,他的全部精力都放在工作中。

只是苦了员工。

她皱眉的模样落在肖澹的眼里有几分可怜。

肖澹有些不快,婚礼前他什么也不想做,只想天天跟江锦待在一起。

可是他的江锦是个事业型女强人,怎么办?

肖澹选择陪着她。

两人一进欧博科技大楼,好多人的目光都投射过来,有消息灵通的知道,这位年纪轻轻就已经身居高位的女上司好事将近,不管相不相熟的,都特意上前来说一声"恭喜恭喜"。

经过一次大洗牌,许多人江锦都不认识,但她还是逐一点头,回以微笑。

也有几个还想继续攀谈的,在见识到肖澹无时无刻不在散发着的寒冷气息之后,又都识趣地走了。

两人畅通无阻地到了办公室,隔着门就听到了一个男人说着什么,随之响起的,还有他们企宣部小姑娘热络的笑声。

推开门看清了里面的人,江锦惊讶过后,欣喜地打了声招呼:"梁学长,你怎么在这儿?"

"谁啊?"

出声的是本应乖乖前往休息室等她下班的肖澹。

江锦瞪他一眼,还是给他留了颜面:"我大学时期的学长,我们是一个导师。"

梁景秋的目光留在她身上，叹息着开口："小学妹天资聪颖，我甘拜下风。"

随后，梁景秋率先开口，冲肖澹伸出了手："您好，久仰大名。"

肖澹也伸出了手。

两个人的手一碰即收。

下班之后，是闺密之间的聚餐活动，只不过今天多了肖澹这个电灯泡，程暖阳表面上毫不在意，可听了江锦说起遇见老同学的事，她做作地惊呼出声："梁景秋啊……暗恋你三年的那个？"

"啊？我怎么不知道？"

"你刚进校还未成年，告诉你这个干什么？"程暖阳挑起吸管咕噜咕噜喝光了杯中的水，又说，"不过他倒是蛮痴心，听说后面去了国外读了生物工程学硕士，家里有钱，比沈辛安也不差的，倒追过他的小姑娘能从北城大学排到欧博科技。啧啧，可惜了。"

程暖阳想说就说，完全不顾旁边肖澹由红转白又转青的脸色。

不知是哪根弦没搭对，几日之后，在沈辛安拿着设计师的设计图纸上门时，除了秦阿姨依旧宠爱地给他切了水果，肖澹还是摆着一张臭脸。

沈辛安只好偷偷地给江锦发短信求救。

江锦紧急赶回来，成功地救沈公子于水火："辛安谢谢你，这个设计图我很喜欢，就定这一张吧，麻烦你了。"她又将肖澹从沙发上拉起来，"走吧，带我去看看我们未来的家。"

未来的家。

这是两个人之间默认的、最温暖的字眼了。

沈辛安办事尽心尽力，两人新房的选址符合肖澹的一贯审美，大隐隐于市，地理位置属于市中心，却紧邻着一个绿化优良的历史文化馆，交通好,环境也清新幽静。

户型是独立的小别墅,大门外面附赠了一片小小的花园,由于没有人打理,生长着茂盛的野蔷薇。

两人将设计图纸修改了几处,就开始动工装修——江锦也是这时才发现,她未来的老公,靠着精明的投资眼光,还是挺有钱的。

装修的时候大多都是江锦盯着,程暖阳陪着她,肖澹倒是也想一直陪在她身边,只是临近交稿期限,他每天都处在被王总死亡轰炸的地步,王总不怕他冷脸,他没办法,只好在新房和出版社之间两头跑。

虽然忙碌了一些,但是肖先生的心情整体还是明朗的。

直到一天午后,他到了新房门外,刚停好车,抬头就看见了那个令人生厌的颀长身影。

这人以后就准备在这儿扎根了?

肖澹抖了抖袖子上根本不存在的灰,高冷地开口:"梁先生怎么来了?"

梁景秋但笑不语。江锦站起来,指了指外面的小花园:"学长送了一架秋千给我们,当成是提前给我们的新婚礼物。"

肖澹"哦"了一声,并没有去看外头那架精巧的秋千,而是高深莫测地微笑着:"最近我和小锦都很忙,她工作进度一定也落下了不少吧,您要多多包涵。"

梁景秋没有急着回应,而是喝了一口江锦给他冲泡的茶水,才释然地回答:"你放心吧,小锦从来不会因为私事耽误工作进度。"

"你以后就在北城不走了?"

梁景秋看着江锦一笑,点点头说道:"毕竟我的朋友基本上都在北城,在国外除了工资高点儿,也没别的好处了,我父母也愿意我来这里发展,以后就不走了。"

这一番话听得江锦连连点头："没错，还是国内好，尤其是咱们搞生物科技的，跑外面去发展才是大材小用。以后一定能迷倒万千少女的心——高富帅，温柔善良，自己还很有能力。"

梁景秋谦逊地笑笑，忽而叹了口气，眼底里的失落转瞬即逝："迷倒万千少女，我倒不奢求……"他只说了这一句，猛然意识到自己的话别有深意，就及时住了口。

那他奢求什么呢？在座的人没有不心知肚明的。

意识到再往下接有可能会有风险，江锦机智地将话锋转到了别处。梁景秋也很配合，这个话题嘻嘻哈哈就过了。

"我出去抽根烟。"肖澹站起来，面色淡淡地走了出去。

小花园的蔷薇花藤长得十分茂盛，白的粉的一簇簇格外喜人，江锦见这些蔷薇开得热闹，就跟肖澹商量着留下来，肖澹自然依她。

两人还畅想过，等婚后搬进来了，就在这里摆上一张小桌子和两张躺椅，闲来无事，就躺在这儿喝喝茶、聊聊天。

可是现在那个空地上已经摆上了一架秋千。

秋千架子做得格外精美，处处都彰显着制作的精良，秋千把手的位置还缝上了两条皮革，那做工不太精细，和整架秋千的风格不符，一看就是人为后加上去的。

肖澹几乎可以想象得到，那个人是怀着怎样苦涩的心情，却又虔诚地用柔软的皮革包裹住麻绳，以防止日后坐在上面的人划伤手。

肖澹掐灭了烟头，走了进去。

江锦正在和梁景秋兴致勃勃地回忆着大学时期的往事，说到有趣的地方，两个人纷纷大笑。

梁景秋还给江锦出谋划策，说婚礼时要邀请哪些同学，每当提及一个名字，江锦都会向肖澹解释一遍，避免他一无所知而尴尬。

肖澹笑着，看着她的目光，温柔又眷恋。

日头逐渐西斜，梁景秋起身整理了一下衣服，看向江锦："时间不早了，我该回去了。"

"我送你。"说话的却是肖澹。

江锦站起来，脚下不动，笑着跟梁景秋告别。

肖澹和梁景秋两个人并肩向门口走去。

到了门口，梁景秋突然笑了："肖先生，江锦爱你，你们也马上就要结婚了，何必要防我防得这么严实呢？肖先生该不会是不自信吧？"

对此，肖澹只是带着疏离礼貌地微笑着点头致意："梁先生，走好。"

江锦注意着门口那边的动静，看到梁景秋走后，肖澹依旧在门口直直地站了片刻，她若有所思地低下了头。

又过了一段时间，新房装修好之后，肖澹郑重地挑了一个黄道吉日，带着江锦去民政局领了结婚证。

两个红彤彤的小本儿，怎么看怎么喜庆。

行李早已搬到了新居里。

江锦一回来，就变成了一只勤劳的小陀螺，马不停蹄地收拾着新家，就连午饭也只是匆匆地随意解决一下。

她打开衣柜，将肖澹的衬衫按照颜色深浅逐一悬挂起来，冷不防突然被一双温暖的手臂拥住。

"别忙了，你今天起得太早，去休息一会儿吧。"

江锦摇了摇头："我的衣服还没有挂呢，我可不想拖到明天。"

"你放着，我来做吧。"

肖澹半拖半抱着将江锦带到了卧室的大床上，替她脱了鞋，又将被子盖在她身上。

肖澹将江锦的衣服收拾好时，已经是两个小时之后的事情了。

天光暗淡，远处的路灯渐次亮了起来。

他轻轻地推开卧室的门。

嘴上说着不要，身体却很诚实的人在被窝里轻轻地呼吸着。

她在这里，像是让周围的空气都带上了一层淡淡的暖意。

肖澹上床拥住她，不知道是说给熟睡的她，还是说给清醒的自己听："我会做一个好丈夫，以后还会做一个好父亲。"

"既然你都这么说了，干吗还皱着眉头？"

怀里本该熟睡的人睁开了眼睛。江锦倾身钻进他怀里，手指缓缓点上他的眉间，又顺着他的鼻梁滑下来，落在他颜色浅淡的唇上，声音还带着刚睡醒的沙哑，听起来有些甜蜜。

"有人觉得你孤傲，有人和你一样聪明，有人想像你一般对我很好，世界上有各种优点的人何其多，可是肖澹……"她的目光承载了盈盈的水波，每一圈波纹都在他的心头荡漾开，"哪怕别人有千万种好，我独爱你这一种。"

肖澹平生第一次心头突然涌上一阵想要哭泣的感觉，将怀里的珍宝紧紧搂住，却又忍不住想要俯下身去吻她的红唇。

月亮不知道什么时候悄悄地在西边升起，将银色的光洒向了整片大地。

外面夜风吹动，室内春意醉人。

后记

/ 不停溯流而上 /

《嘘，听我心动的声音》上市了。

首先免不了感谢一番。

在题材方面给了我许多建议的心心；帮我修正设定的语洋——一个没有感情的吐槽机器；温柔但催稿时毫不留情的出版编辑迟妹儿；还有那些在我拖稿的时候，比我拖得更肆无忌惮的朋友。她们的英勇无畏，让我迅速找到了心理依靠。

《嘘，听我心动的声音》从萌生灵感到上市至少有一年的时间，回头再看，依旧有许多遗憾。

二十五岁之后的时间仿佛消失得特别快，尤其是这两三年，我过得忙碌又慌乱。

我换了工作又辞了职；写过小说，出版过也因故解约过；写过剧本，被拒绝过也被鼓励过；跟朋友一起在云南开了客栈，没挣到钱但住得开心；去了几个地方看过山和水、人与物；试图好好谈恋爱，但未遂；从羡慕长得好看的，变成了羡慕有脑子有思想的……或者是头发浓密的。

我也开始畅想，自己三十岁可以成为什么样子的人；开始有了一点底气面对未知的明天；开始偶尔期盼，我是不是也可以在这条路上走得更远；开始在写新书的时候，除了梗和辞藻以外，在乎自己还能否表达出更多的东西。

更宽的广度、更深的深度、更多的感染力，让一本书变得更有重量一些。

这些改变有些在《嘘，听我心动的声音》里面体现出来了，有些没有。但这本书里面所有的不足和遗憾，我都会在下本书加以改正。

溯流而上，哪怕旋复回还，也无论摸黑或提灯，我都想慢慢蹚水过河。

但如果有一天，我忽然发现，我真的到达了想去的那条河的对岸，那一定也有看过这篇小说的、你的一份功勋。

道阻且长，但赴前程。

山水迢迢，有缘再见。

北流

2020年3月24日

本书由北流委托长沙大鱼文化传媒有限公司正式授权花山文艺出版社，在中国大陆地区独家出版中文简体版本。未经书面同意，本书的任何部分不得以图表、电子、影印、缩拍、录音和其他手段进行复制和转载，违者必究。